Cerateran

Menschen und Amanen

Caidian Meroth in der Rolle des Vermittlers

von
Claude Peiffer

*„Viele unterschiedliche Blumen ergeben einen bunten Strauß.
Doch Vorsicht! Manche von ihnen besitzen spitze Dornen."*

*Umschreibung der Diversität
laut dem sagorischen Botschafter-Roboter Veegun*

Bibliografische Informationen der Deutschen Nationalbibliothek
Die Deutsche Nationalbibliothek verzeichnet diese Publikation in der Deutschen Nationalbibliografie; detaillierte bibliografische Daten sind im Internet über http://dnb.d-nb.de abrufbar

© 2025 Claude Peiffer – cerateran@yahoo.de – www.cerateran.eu
Titelbild: Claude Peiffer
Illustrationen: Sabrina Kaufmann
Lektorat: Jens Ossadnik – www.rundumtext.de
Verlag: BoD · Books on Demand GmbH, Überseering 33, 22297 Hamburg, bod@bod.de
Druck: Libri Plureos GmbH, Friedensallee 273, 22763 Hamburg
ISBN-13: 978-3-8482-5639-6

Kapitel 23

Menschen

16. Tag des Herbsts
im Jahre 151 nach der Gründung von Aman
10. Joktar 1466 ZMA (Zeitrechnung der Masanischen Allianz)
10. Oktober 646 DNW (Der Neuen Weltordnung)

„Es wird Zeit!"

Mit dieser Behauptung betrat Veegun unangemeldet die großräumige Kabine, die er Caidian und seinen drei Begleiterinnen auf der *Amusgan* zugeteilt hatte.

„Wir müssen nach Aman zurückkehren!"

„Nicht bevor wir mit Japalangosch über seinen Zoo gesprochen haben", trat Sinusi Khana dem zwei Meter großen, goldenen Roboter mutig entgegen. „Egal, wie viele Jahre inzwischen auf Aman vergangen sind."

Furchtlos blickte sie in seine türkisblauen Augen. Erneut glaubte die junge Frau in deren undurchdringlicher Tiefe etwas Vertrautes, einen Hauch von väterlicher Zuneigung zu erkennen, was sie natürlich für völligen Unsinn hielt.

„Der Porko lehnt weiterhin jeglichen Kontakt mit euch ab!", erwiderte Veegun emotionslos.

Er ging gar nicht erst darauf ein, dass er ihnen den unterschiedlichen Zeitablauf auf Aman und innerhalb der Hammanon-Wolke verschwiegen hatte. Für ihn spielten die Jahre keine Rolle, und seine Gäste begriffen die temporale Dynamik, die sich hinter diesem Phänomen verbarg, sowieso nicht.

„Außerdem", fuhr er geduldig fort, „sind eure Anschuldigungen völlig aus der Luft gegriffen. Es gibt auf der Arche keine inhaftierten Menschen. Weder die Sensoren der *Amusgan* noch die meinigen konnten humane Lebenszeichen innerhalb des Asteroiden registrieren."

„Die Porkini …"

„Die Porkini müssen sich irren!", behauptete Veegun von sich und der Technologie seiner sagorischen Herren überzeugt.

„Was, wenn nicht?", hielt Nele dagegen.

„Die Porkini sind zwar blind", erinnerte ihre Zwillingsschwester Nila den Roboter, „ihre geistigen Augen reichen aber in Bereiche hinein, die einem Wesen wie dir vollkommen verschlossen sind. Selbst unsere speziellen Fähigkeiten sind in diesem interdimensionalen Raum völlig nutzlos."

„Kannst du den Porko nicht dazu zwingen, mit uns zu reden?", verlangte Caidian Meroth mit Nachdruck. „Schließlich bist du ein Goldener."

Die Maschine antwortete ihm nicht.

„Verdammt, Veegun! Diese Angelegenheit ist wichtig", ließ Caidian nicht locker. „Nicht für uns persönlich, sondern für Aman. Dem Dorf würde ein Zuwachs an Menschen von außerhalb sicherlich guttun."

„Das würde er in der Tat!", bestätigte ihm Veegun. „Eure Blutlinien sind zwar auserwähltes Erbgut, aber dennoch ist der Erhalt eurer genetischen Vielfalt bedroht. Vor allem da es mit der Drei-Kinder-Regel nicht so läuft wie geplant. Es wäre sinnvoller gewesen, die Blauen Kutten hätten fünfhundert Menschen für die Gründung von Aman ausgesucht."

„Die Priester hatten sicherlich ihre Gründe, nur hundert Menschen auszuwählen!", meinte Caidian. „Aber du lenkst nur von unserer eigentlichen Forderung ab."

„Wieder schwieg Veegun!

„Glaubst du etwa, niemand wäre schlau genug, um dich zu überlisten?", provozierte Sinusi den Roboter. „Die Menschen haben das schon einmal geschafft. Ich erinnere dich nur ungern an den Silberschirm!"

„Na schön!", gab der ehemalige sagorische Botschafter-Roboter der Terraner dem Drängen der jungen Amanen nach. „Folgt mir! Wir werden das ein für alle Mal klären."

Über fünfunddreißig Jahre saß er nun schon auf diesem monströsen Steinbrocken inmitten einer kosmischen Anomalie fest. Ein einfacher Soldat im Dienste der Masanischen Allianz, der sich als junger und gutgläubiger Onar für diesen Weg entschieden hatte. Einen Weg, der seiner Familie und seinem Volk Ehre einbringen sollte.

Ob dem wirklich so war, wusste er nicht. Er hatte es nie erfahren! In den ersten Jahren seines Auftrags hatte er noch daran geglaubt. Heute hielt er alles, was mit den Wächtern der Hammanon-Schleuse zu tun hatte, für eine große Verarschung.

Vielleicht wäre alles anderes gekommen, wenn der Labora Nereidschan ihm und seinen Kameraden mehr Einblick in ihre Aufgabe gewährt, ihnen mehr Vertrauen geschenkt hätte. Doch so folgten die Porko nur ihren teilweise nicht nachvollziehbaren Befehlen und warteten darauf, dass sich die Hammanon-Wolke eines fernen Tages einfach auflösen würde und man ihre Dienste nicht mehr benötigte.

Die Arche war ein langweiliger Ort!

Jedenfalls für einen jungen Soldaten, der sich nach kosmischen Abenteuern sehnte. Und fünfunddreißig Jahre waren eine verdammt lange Zeit, um nur der täglichen Routine zu huldigen.

Für Japalangosch waren die ersten Monate vor dem Hammanon besonders schwer zu ertragen gewesen. Er gehörte einem Trupp von Porkos an, der sich um die Fäkalien einiger schwebenden Tiere kümmern musste, die im Innern der Arche auf einer Art Weide lebten und den ganzen Tag nur damit verbrachten, zu fressen und zu scheißen.

Von seinem damaligen Vorgesetzten wurden diese Wesen als Buhuudi bezeichnet. Ihm war es egal, wie diese aufgeblasenen, fliegenden Fische hießen. Er sah einfach keinen Sinn in dieser erniedrigenden Arbeit und fragte sich, wozu diese ganze Scheiße gebraucht wurde, die er täglich mit seinen Kameraden einsammeln und in einem Bereich der Arche abliefern musste, zu dem er noch immer keinen Zutritt hatte. Sämtliche Versuche seinerseits, in all den Jahren dort einzudringen, waren stets kläglich gescheitert. Es war einer jener Bereiche der Arche, zu denen nur die Porkini oder dieser arrogante Labora Zugang besaßen.

Anfang des Jahres 1436 ZMA, einige Tage vor dem Hammanon, überschlugen sich plötzlich die Ereignisse.

Eine kleine, vom Kampf gezeichnete terranische Flotte samt Raumstation tauchte innerhalb des *Batuba-Nebels* auf und versteckte sich in der Nähe der Arche, die sie jedoch nicht bemerkten. Kurz darauf verschwanden die Schiffe wieder und die Raumstation blieb allein zurück.

Dann wurde es seltsam.

Ein großes Handelsschiff der Kalaner tauchte in Begleitung eines Patrouillekreuzers der Timber auf. Beide positionierten sich in einem schmalen, plasmafreien Seitenarm des Nebels. Kurz darauf steuerte ein terranischer Aufklärer, begleitet von einem kalanischen Shuttle der Deivon-Klasse, die Raumstation an.

Der terranische Aufklärer verharrte nicht lange und versuchte, erkennbar an seinen waghalsigen Manövern, aus dem Nebel zu flüchten. Dabei wäre das Schiff beinahe mehrmals mit einer der tödlichen Plasmaentladungen des Nebels kollidiert.

Das kalanische Shuttle folgte ihm bedeutend vorsichtiger und verlor den Aufklärer schnell aus den Augen. Der wiederum nahm Kurs auf die beiden ersten Schiffe und wurde von den dort wartenden Timbern beschossen. Erstaunlicherweise verfehlten die Wölfe jedoch ihr Ziel und entzündeten dadurch einige Plasmawirbel. Währenddessen nahm das große kalanische Handelsschiff den Aufklärer in einem Hangar auf.

Das kleine Shuttle entkam der gewaltigen Plasmaexplosion nur knapp, fand ein paar Trümmerteile, die dem terranischen Schiff zugeordnet werden konnten, und verließ den *Batuba-Nebel* wieder. Etwas später folgten ihnen die anderen Kalaner und die Timber. Beide kehrten kurz vor dem Hammanon für wenige Stunden zurück, bevor sie endgültig verschwanden und den terranischen Aufklärer in der Raumstation zurückließen.

Keiner der auf der Arche stationierten Porkos fand je heraus, was sich vor ihren Augen abgespielt hatte. Auch Japalangosch nicht.

Der *Batuba-Nebel* entzündete sich, die Hammanon-Wolke entstand, dehnte sich überlichtschnell aus und umschloss schließlich das gesamte Herrschaftsgebiet der ehemaligen Republik Terra mit ihren siebzehn Kolonien.

Als die hyperenergetischen Abläufe sich schließlich beruhigt hatten, stellten die Porko überrascht fest, dass die terranische Raumstation nun in einer orbitalen Bahn um die Arche kreiste. Beide befanden sich im Auge der Wolke, wodurch sie vor deren tödlichen Strahlung und den temporalen Auswirkungen geschützt waren. Gleichzeitig nahm die Hammanon-Schleuse ihren Dienst auf, und die Erniedrigungen der Porko durch die Porkini verschlimmerten sich zusehends.

Seit seiner Versetzung bestand Japalangoschs Kontakt zur Außenwelt nur noch aus den spärlichen Berichten der jungen Neuzugänge, die in den Jahren seiner Dienstzeit die auf der Arche verstorbenen Porko-Soldaten ersetzten.

Wahrscheinlich würde keiner der stolzen Wächter der Hammanon-Schleuse die Arche je lebend verlassen. Dieses kosmische Gebilde, entstanden aus dem energetischen Plasma des *Batuba-Nebel*s und den unvorstellbaren Kräften von Wesen, die lange Zeit in der Geschichte von Japalangoschs Volk den Platz von Göttern eingenommen hatten, war ein Grabmal.

Ein paar Wochen nach seiner Beförderung zum Hetron, zum Kommandanten der Station, entdeckte der Porko innerhalb der Arche Stasiskammern mit einhundert schlafenden Menschen. Es gelang ihm, den Captain eines ehemaligen terranischen Schiffes zu wecken, von dem Japalangosch mehr über das Hammanon und seine Hintergründe erfuhr. Doch die erzwungenen Aussagen brachten den Porko nicht weiter, und er tötete den Mann mit dem Namen Logan Jetter.

Aus Langeweile weckte er nach und nach weitere Menschen auf und steckte sie in ein Habitat, das allem Anschein nach speziell für sie errichtet worden war. Warum und von wem, interessierte ihn nicht. Ihm ging es nur darum, sich mit diesen Wesen, die niemand vermissen würde, die Zeit zu vertreiben.

Japalangosch studierte ihr soziales Verhalten, amüsierte sich über ihr primitives Sexualleben, beobachtete, wie sie auf Nahrungsentzug reagierten oder sich in anderen Notsituationen verhielten. Und wenn ihn die Langeweile mal wieder so richtig übermannte, brachte er den einen oder anderen von ihnen einfach um.

So vergingen einige Jahre, und in seinem violetten Fell machten sich die ersten weißen Strähnen bemerkbar.

„Sie haben nicht das Recht, sich in die Angelegenheiten meines Volkes einzumischen, Botschafter", blockte Japalangosch sofort ab. Die leuchtenden roten Pupillen seiner Augen hatten sich vor Erregung stark geweitet und nahmen fast den Platz der grauen Iriden vollständig ein, die in einer gelblichen Sklera lagen. „Wenn Sie Ihren Bruder Vallsan ..."

„Sollten Sie Menschen auf diesem Asteroiden in Gefangenschaft halten, geht mich das sehr wohl etwas an", bremste Veegun den Redeschwall des aufgeblasenen Porkos. „Öffnen Sie das Schott, Hetron! Ich werde meine Anordnung nicht noch einmal wiederholen!"

Japalangosch stieß ein mürrisches Grunzen aus und gab per Hand am seitlichen Türrahmen einen achtstelligen Code ein.

Beinahe geräuschlos öffnete sich das Schott. Die Amanen und Veegun folgten dem Porko in einen Raum, der große Ähnlichkeit mit der Schleuse eines Raumschiffes besaß. Sie passierten ein wei-

Buhuudi

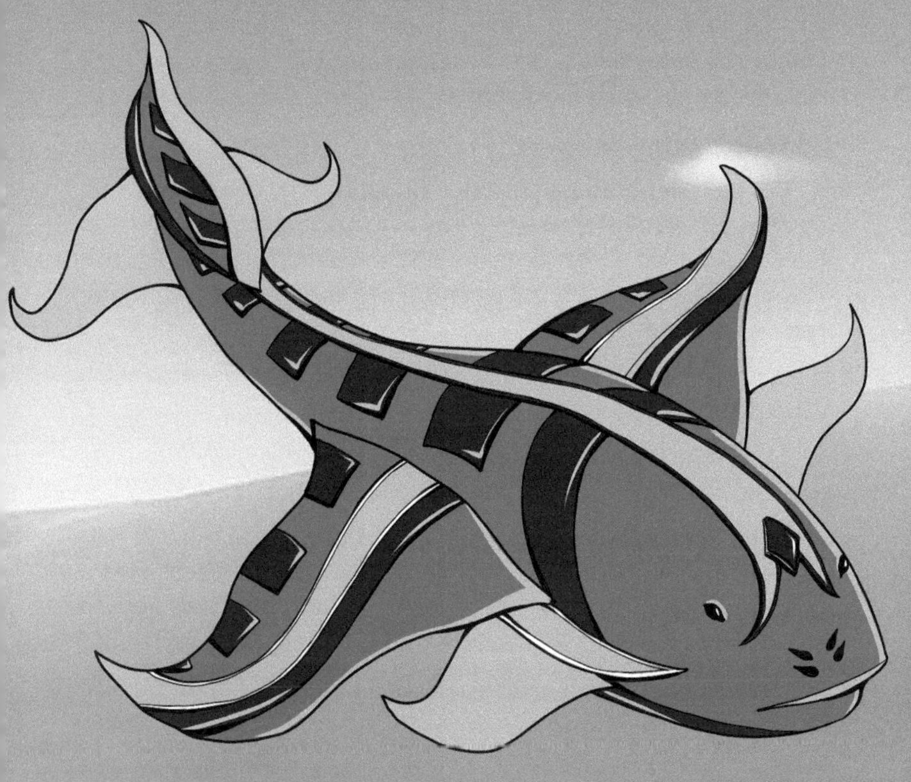

Buhuudi

teres Schott, und vor ihnen erstreckte sich plötzlich eine saftige, grüne Wiese mit einem Teich, durch den ein kleiner Bach floss.

„Das sind Buhuudi!", erkannte Veegun die schwebenden Tiere, die neugierig auf sie zugeflogen kamen. „Wozu halten sich Porko Buhuudi?"

„Die Buhuudi gehören den Porkini oder Nereidschan", erklärte Japalangosch wenig begeistert. „Meine Leute machen nur ihren Dreck weg. Ich glaube, die wurden für das Hammanon benötigt. Aber fragen Sie mich nicht, wozu."

Veegun betrat die Wiese.

Ein paar der bunt gemusterten Buhuudi schwebten vorsichtig auf ihn zu, schnüffelten kurz und wichen erschrocken zurück. Bei den Amanen waren sie nicht so schreckhaft. Sie näherten sich ihnen, wobei sie freudig mit ihren kleinen vorderen Flossen schlugen.

„Die sind aber lieb!", freuten sich die Zwillinge und streichelten sanft die Köpfe der Buhuudi.

Den Porko hingegen ignorierten sie vollständig, fast so, als wäre er nicht würdig genug, um mit ihnen zu interagieren.

„Aus den Fäkalien dieser Tiere kann man Talwenium B herstellen!", gab Sinusi ihr Wissen preis, das sie von Nereidschan während ihres Ausflugs in die zweite Welt erhalten hatte. „Die Porkini benötigen es für ihre Flüge durch den interdimensionalen Raum."

Veegun bückte sich, griff nach einem Haufen Buhuudi-Fäkalien, analysierte sie kurz und presste seine Hand fest zusammen.

Fasziniert beobachteten die Amanen, wie der Inhalt in seiner Faust anfing, bläulich zu leuchten, während einzelne Fäkalienspritzer von der Haut des Botschafters aufgesaugt wurden.

Als Veegun seine Hand wieder öffnete, war sie sauber und in ihr lag ein funkelnder blauer Kristall.

„Talwenium B!", schlussfolgerte der Roboter richtig. „Langsam begreife ich!"

Caidian Meroth erwartete weitere Erklärungen, doch Veegun schwieg und überquerte stattdessen zielsicher die Weide.

„Was befindet sich hinter dieser Felswand?", fragte er den Porko. Seiner Stimme haftete ein bedrohlicher Unterton an.

„Das ist natürliches Gestein der Arche", behauptete Japalangosch, weiterhin bemüht, sein kleines Geheimnis zu bewahren.

Er wusste schließlich, dass der Roboter den Bereich dahinter auf Grund der Abschirmung, deren Technologie er den Porkini gestohlen hatte, nicht wahrnehmen konnte.

Veegun streckte seine Hand mit dem Talwenium-Kristall vorsichtig aus. Je näher er der Felswand kam, desto intensiver leuchtete der Kristall.

„Schalten Sie den Schirm aus!", befahl er dem Porko.

„Ich weiß nicht, wovon Sie reden, Botschafter!", blieb Japalangosch stur.

Veegun griff sich den untersetzten Porko, hob ihn hoch und warf ihn zusammen mit dem Kristall gegen die Felswand. Eine blauweiße Energieentladung durchzuckte den Körper des stämmigen Hetrons, bevor er bewusstlos zu Boden fiel.

Von der Brutalität des Roboters überrascht, schreckten die vier Amanen einen Schritt zurück.

„Hören Sie auf, Botschafter!", verlangte eine grunzende Stimme hinter ihnen. „Sie bringen ihn ja um."

Eine weibliche Porko, deren Fell um einige Nuancen heller war, kam aufgeregt auf sie zugelaufen.

„Wer sind Sie?", fragte Veegun kühl.

„Mein Name ist Gaburbausch!", sagte die Frau und kniete sich sorgenvoll neben ihren Artgenossen. „Ich bin Japalangoschs Stellvertreterin und werde Ihnen Zutritt zu seinem Zoo verschaffen. Nur, bitte, tun Sie ihm nichts."

Die einen Meter dreiundneunzig große Frau mit dem kurzen weißen Haar, deren Haltung nicht mehr ganz so aufrecht war wie vor ihrer Gefangenschaft, sah den sich ihr nähernden Trägern des Leichnams mit einer Mischung aus Trauer, Verzweiflung, vor allem aber Wut entgegen.

Sie hatte den Kampf gegen die Porko-Grippe erneut verloren. Wie hätte sie ihn auch gewinnen können? Ihr fehlten einfach die Mittel dazu. Es reichte nicht, eine geniale Ärztin zu sein, die das Unvermeidliche mit dem Wenigen, was ihr zur Verfügung stand, nur hinauszögern konnte. Sie benötigte Zugang zu einem medizinischen Labor mit all seinen Utensilien und Möglichkeiten. Damit hätte sie sicher das Leben vieler ihrer Kameraden und Freunde retten können.

Doch das kümmerte Japalangosch nicht. Für den verfluchten Porko waren Menschen nur felllose Primaten. Verachtenswerte Kreaturen, denen nicht nur er gezeigt hatte, wo sie hingehörten.

„Wie konnte sie sich anstecken, Olga?", fragte die kleine Edokkerin neben ihr. „Die letzte Bestrafung durch den Porko liegt schon Monate zurück. Könnte das Virus eine so lange Inkubationszeit haben?"

„Um dir darauf einen Antwort zu geben, müsste ich das verdammte Ding gründlicher untersuchen können", antwortete die alte Ärztin. „Zum Glück überträgt es sich nicht von Mensch zu Mensch, sonst wären wir längst alle an Organversagen gestorben!"

Sie wischte sich die Tränen aus ihren verblassten Augen, die einst strahlend grün leuchteten.

„Jetzt bin ich die Vorletzte, die von der Besatzung der *Greycrow* noch übrig ist!"

Die Ärztin erinnerte sich schmerzhaft an die letzten Tagen vor dem Hammanon. Sie waren vor den Schergen der Republik Terra in den *Batuba-Nebel* geflüchtet und wiegten sich dort in Sicherheit.

Doch während Freidenker und Rebellen, die letzten Überlebenden eines hoffnungslosen Kampfes gegen das übermächtige Terra, eingepfercht in einer kleinen Raumstation namens *Dragon,* auf den unausweichlichen Tod durch das Hammanon warteten, wurde die *Greycrow* auf eine letzte Mission geschickt.

Eine Pflicht, durch deren Gelingen das Hammanon erst eingeläutet werden konnte. Die *Greycrow* kehrte nach erfolgreich abgeschlossenem Auftrag in den *Batuba-Nebel* zurück. Mit an Bord die ehemalige Kartellrätin Usagi Kadochi, die letzte Überlebende der Erde.

Doch der Captain der *Greycrow* war nicht mehr dieselbe.

Mit Klaus Bodenstock hatte Mady Stoma ihren besten Kumpel verloren. Ein Verlust, über den die bierliebende Frau nie hinwegkam. Auch nicht mithilfe der Bordärztin, die nichts unversucht ließ, ihre Kameradin von ihren Depressionen zu befreien.

Das Hammanon kam und brachte den Tod.

Jedoch nicht für alle.

Einhundert von ihnen überlebten und wachten sechs Jahre später in Stasiskammern liegend auf. Sie wurden zu Gefangenen von Japalangosch, der sie wie Tiere in eine Art Habitat steckte, das nur mit dem Mindesten ausgestattet war, das Menschen zum Überleben benötigten, und ihnen nur ein Dasein vergleichbar mit Laborratten bot.

„Ihr wart eine tolle Mannschaft und die besten Freunde, die man sich wünschen konnte", versuchte Usagi Kadochi die Frau aus Gorbagrad, einer Stadt auf der ehemaligen terranischen Kolonie Russia, zu trösten.

„Ich muss unbedingt mehr über dieses verdammte Virus in Erfahrung bringen", fauchte Olga Poschenko.

Kurz blitzte sie wieder auf, die Härte, welche die Ärztin in jungen Jahren in ihrer Heimatwelt geprägt hatte. Sie würde den Kampf gegen dieses monströse Wildschwein niemals aufgeben.

„Du tust doch schon alles Mögliche!", erwiderte die kleine, zierliche Usagi, während die Leichenträger an ihnen vorbeizogen und die Verstorbene am Ende des Korridors in einem Müllschacht entsorgten.

„Was für eine Erniedrigung!"

„Es geht leider nicht anders!"

„Ich weiß!", antwortete die Ärztin mit zitternder Stimme. „Ich habe es selbst so empfohlen, als damals Mady als Erste von uns ging. Aber allein schon die Tatsache, dass wir uns von unseren Toten auf diese Weise verabschieden müssen, ist für mich ein

Grund, dieses arrogante Porko-Schwein eines Tages eigenhändig umzubringen."

Mit gesenkten Köpfen zogen die vier Leichenträger wieder an ihnen vorbei. Usagi und Olga sowie der Rest der Trauernden folgten ihnen schweigend zurück auf den kleinen Versammlungsplatz des kuppelförmigen Habitats.

„Heute verabschieden wir uns von Jadira Masala", wandte sich Usagi Kadochi an ihre Mitgefangenen. Mit ihren achtundsiebzig Jahren war sie wohl der älteste Mensch, der noch existierte. Ein Relikt aus fernster Vergangenheit.

„Jadira war uns stets eine wertvolle Stütze …"

„Verschone uns bitte mit diesem Blödsinn!", unterbrach der aufgebrachte Virgil Hauser die ergraute Politikerin, die immer noch eine beeindruckende Würde ausstrahlte, in ihrer etwas konservativen, aber eleganten Kleidung.

Der schwarzhäutige Mann mit dem kahlen Schädel, der einst als Lieutenant unter Admiral Mygun auf der *Bonaparte* diente, hatte die letzten sechs Jahre mit der Frau von Bandul zusammengelebt. Mit Jadira hatte Hauser seine dritte Gefährtin seit ihrer Gefangenschaft in den Tod begleitet. Verständlich, dass ihm ihr Ableben besonderes nahe ging, zumal er seine drei Partnerinnen alle an die Porko-Grippe verloren hatte.

„Ich habe es endgültig satt!", schäumte er wütend. „Ich kann nicht weiter mit ansehen, wie wir nacheinander krepieren. In den ersten Jahren unserer Auferstehung war ich froh darüber, dem Hammanon entkommen zu sein. Ich war diesem verfluchten anthropomorphen Wildschwein sogar dankbar dafür, dass er uns aus den Stasiskammern befreit hatte. Aber wozu?", seufzte er niedergeschlagen.

„Um miterleben zu müssen, wie wir Opfer eines Virus werden, mit dem Japalangosch uns nach und nach dezimiert."

„Das ist nicht bewiesen!", warf Dr. Poschenko vorsichtig ein.

„Er hat es doch selbst zugegeben!", fuhr Virgil Hauser die Ärztin unnötig schroff an. „Ich habe dieses Drumherumgerede so satt. Außerdem bist du ebenfalls davon überzeugt! Gib es doch zu!"

„Stimmt!", erwiderte Olga. „Aber mir fehlen die Mittel, um es zu beweisen!"

„Wen interessiert das?"

„Mich!", behauptete eine laute androgyne Stimme, die aus dem Korridor kam, durch den sie gerade Jadira Masala zu ihrem unwürdigen Grab geführt hatten. „Mich würde es brennend interessieren, was Japalangosch mit euch angestellt hat."

Aus dem Schatten des Eingangs, der zum Habitat führte, trat eine kleine Gruppe hervor und bewegte sich langsam auf den Versammlungsplatz zu.

„Veegun!", stieß Usagi Kadochi überrascht aus.

Sie traute ihren Augen nicht, als sie den ehemaligen terranischen Botschafter-Roboter erkannte, dessen plötzliches Auftauchen augenblicklich die unterschiedlichsten Erinnerungen in ihr hervorrief.

„Das sind … Menschen!", brach Olga Poschenko, diesmal vor Freude, in Tränen aus. „Menschen! Junge Menschen! Wir sind nicht die Einzigen, die überlebt haben."

„Dafür sind die meisten von euch schon ziemlich alt!", bemerkte Veegun nüchtern. „Dieser trostlose Haufen ist keine große Bereicherung für das Dorf, Caidian! Ich frage mich, ob sie überhaupt von Nutzen sind."

„Wir werden sehen!", meinte der junge Mann neben dem Roboter und trat lächelnd auf Usagi zu.

Ein Funke neuer Hoffnung erwachte in der Frau, deren älteste Tochter so entscheidend zur Vernichtung oder zur Rettung der Menschheit beigetragen hatte, je nachdem aus welcher Sicht man es betrachtete.

Usagi ergriff die dargebotene Hand und sah dem Jungen ins Gesicht. Sein markantes Kinn, seine Haare, sein gesamtes Erscheinungsbild sowie sein sicheres, beinahe stolzes Auftreten kamen ihr sehr vertraut vor. Vor allem aber seine grauen Augen erinnerten sie an jemanden, den sie vor langer Zeit gekannt hatte.

„Ich bin Caidian", stellte er sich den etwa fünfzig Personen vor. „Caidian Meroth!"

Erschrocken zog Usagi ihre Hand zurück.

„Meroth?", fragte sie misstrauisch, während die Leute im Hintergrund anfingen zu tuscheln.

„Wer ist dein Vater? Charles oder Clayn?", wollte die kleine Frau wissen. „Ich kannte sie beide. Sie waren menschenverachtende Verbrecher!"

„Mein Vater heißt Hylan!", wunderte sich Caidian über die unerwartete Frage. „Die Namen Charles und Clayn sind mir nicht bekannt."

„Es gibt keinen guten Meroth!", rief eine Frauenstimme aus den hinteren Reihen.

„Ein Mörder bleibt immer ein Mörder, und ein Meroth immer ein Meroth!", hörte Caidian einen Mann sagen.

„Anscheinend kennt man den lausigen Ruf deiner Familie selbst an diesem beschaulichem Ort!", trat Sinusi spöttisch zur Unterstützung an seine Seite.

„Meine Name ist Khana!", wandte sie sich an die Menschen. „Sinusi Khana! Wahrscheinlich hat keiner von euch je von meiner Familie gehört. Aber es gab Leute, die wenigstens einen meiner Vorfahren für würdig genug hielten, um ihn zu einem der Stammväter der neuen Menschheit zu erwählen. So wie sie es mit Caidians Ururgroßvater Gordon Meroth taten. Ich kann euch versichern, der Typ neben mir ist ein ordentlicher Kerl, so wie alle Meroths, die in Aman leben oder gelebt haben."

„Du sprichst in Rätseln, Mädchen!", ergriff Virgil Hauser das Wort und baute sich mit seinem muskelbepackten Körper drohend vor Sinusi auf, die sich jedoch nicht einschüchtern ließ.

„Ich nehme an, jeder der Anwesenden kennt mich oder hat wenigstens schon von mir gehört!", trat Veegun vor und übernahm das Reden.

„Was ihr von mir haltet, interessiert mich nicht. Mir obliegt aber weiterhin die Aufgabe, mich um den jämmerlichen Rest eures Volks zu kümmern. Ganz gleich, ob ihr euch jetzt als Amanen oder Menschen bezeichnet. Ich schlage daher vor, ihr hört mir jetzt alle aufmerksam zu. Ich werde euch genauestens berichten, was sich in den letzten Jahren – für die Amanen waren es hundertfünfzig, für euch wahrscheinlich nur knappe dreißig – auf eurer ehemaligen Herkunftswelt abgespielt hat. Zwischenfragen könnt ihr euch sparen, ich werde keine beantworten."

Veegun schaffte es, seinen Vortrag innerhalb einer Stunde abzuspulen. Mit seinem Schlusswort war alles Notwendige gesagt worden.

Fragen gab es dennoch. Und zwar jede Menge.

Der Roboter weigerte sich jedoch, diese zu beantworten.

Stattdessen zog er Dr. Poschenko beiseite, rede kurz mit ihr und wandte sich schließlich wieder an Caidian, während die Ärztin mit todbleicher Miene zu ihren Freunden zurückkehrte, um ihnen die schlechten Neuigkeiten zu verkünden.

„Ich ziehe mich auf die *Amusgan* zurück!", teilte Veegun den Amanen mit. „Ihr wartet hier auf mich."

„Was ist passiert?", hielt Caidian Meroth den Roboter auf. „Was verschweigst du uns?"

„Ihr alle, Amanen und Menschen, werdet in wenigen Stunden tot sein, wenn es mir nicht gelingt, ein Mittel gegen jenen Virus herzustellen, der hier als Porko-Grippe bekannt ist. Es handelt sich um einen sehr aggressiven und hochgezüchteten Stamm von Viren, die seit kurzem in diesem Habitat herumschwirren und euch alle infiziert haben."

„Und das hast du nicht bemerkt?", fragte Caidian.

„Doch!", antwortete der Roboter. „Gleich als sie eingeschleust wurden."

„Wann war das?"

„Gegen Ende meiner Verlautbarung!"

„Und wer ...?"

„Muss ich dir das wirklich erklären, Meroth?"

„Nein!"

„Wie lange haben wir noch Zeit?", sah sich Sinusi Khana besorgt um.

„In zwei Stunden werden die ersten Symptome auftreten. Anfangen wird es mit Husten, Kopfschmerzen und Übelkeit, gefolgt von Atembeschwerden, Magen-Darm-Problemen und hohem Fieber. Zum Schluss kommt es zu neurologischen Schäden und Organversagen. Nach einem kurzen qualvollen Leiden tritt der Tod ein. Ich hoffe, vorher zurück zu sein."

„Du hoffst?"

„Nun, vieles hängst von der Kooperation der Porko ab!", meinte Veegun, drehte sich um und ging davon. Jede weitere Diskussion würde ihn nur vom Finden einer Lösung abhalten.

★

Weit kam Veegun nicht.

Eine größere Gruppe von Porko-Soldaten stellte sich ihm auf der Buhuudi-Wiese in den Weg. An ihrer Spitze stand Gaburbausch. Von den fliegenden Fischen war nichts zu sehen. Sie hatten sich in Sicherheit gebracht. Vielleicht ahnten diese wenigstens halbintelligenten Tiere, welche Tragödie sich gleich vor ihren Augen abspielen würde.

„Sie haben ihn getötet, Sie Mörder!", schrie die Porko den Roboter an und deutete auf Japalangoschs Leichnam, der vor ihren Füßen lag. „Er hat Ihre ... Befragung nicht überlebt."

„Für so was habe ich keine Zeit!", meinte er nur, und aus seinen Augen schoss ein gefächerter, hellblau leuchtender Strahl, der alle Porko bis auf Gaburbausch traf und sie für die nächsten zwölf Stunden außer Gefecht setzte.

Davon unbeeindruckt, rannte die Porko-Frau, aus ihrer Impulspistole feuernd, laut und wie ein wildes Tier grunzend, auf den Botschafter-Roboter zu.

Veegun, dessen Körperhülle die Energie der Impulsgeschosse spielend absorbierte, entwaffnete Gaburbausch mit Leichtigkeit und stellte ihr eine einfache Frage:

„Willst du leben oder deinem armseligen Liebhaber in den Tod folgen?"

„Bring mich ruhig um!", schrie Gaburbausch ihn wütend an. „Deine geliebten Menschen kannst du nicht mehr retten. Verflucht seist du und deinesgleichen."

„Deinem Wunsch soll entsprochen werden!", teilte ihr der Roboter unbeeindruckt mit und brach der aufgebrachten Frau das Genick.

Er hob ihren toten Körper auf, legte ihn sich über die Schultern, schaltete die kleinen, aber leistungsstarken Antigravitatoren an seinen metallen Fußsohlen ein und flog mit der Leiche zur *Amusgan*.

✶

„Warum hast du die Farbe deiner Kleidung gewechselt?", wunderte sich Nele.

„Das Gelb war mir zu auffällig!", erklärte ihre Schwester und deutete an sich herab. „In diesem Dunkelgrün stechen wir nicht so hervor. Ich finde das in der derzeitigen Situation irgendwie angebrachter."

Nele nickte und änderte ebenfalls die Farbe ihrer eng anliegenden Kombination, über der beide ein kleines Röckchen trugen, mit Hilfe der Schaltfläche an ihrem Gürtel. Die Mutter des Ursprungs hatte ihnen diese spezielle Kleidung speziell für ihren Ausflug in die zweite Welt zur Verfügung gestellt.

„Ihr habt vielleicht Probleme", schüttelte Sinusi verständnislos den Kopf.

Ein paar Meter von den Mädchen entfernt stand Caidian, der sich weiterhin angeregt mit den drei Anführern der Menschen unterhielt.

„Glaubt ihr, diese Leute sind dazu geeignet, Aman zu verstärken?", fragte Sinusi ihre Freundinnen. „Veegun hat Recht. Einige von ihnen sind tatsächlich schon ziemlich alt. Viel frisches Blut bringen sie nicht mit."

„Hauptsache, wir erlösen sie aus ihrer Gefangenschaft", antwortete Nele mitfühlend.

„Ich hätte in dieser Umgebung längst meinen Verstand verloren", schloss sich Nila an.

„Sollten wir Caidian nicht ein wenig unterstützen?", schlug Sinusi vor.

„Der schafft das schon!", meinte Nele nur.

„Der hat voll den Durchblick!", versicherte ihr auch Nila.

Plötzlich stieß Nele ihre Schwester an.

„Da ist sie!"

„Wo?"

„Das Mädchen, links, ganz hinten in der Gruppe."

„Das so aussieht wie eine jüngere Version von der Frau, mit der Caidian gerade spricht?"

„Ja, genau die!"

„Das ist …"

„… das Mädchen aus unserer Vision!", vollendete Nele den Satz ihrer Schwester.

Sinusi horchte auf.

„Die mit den mandelförmigen Augen, die während Bürgermeister Paneks Beerdigung an Caidians Seite stehen wird?", sah sie sich neugierig um und erblickte die junge Frau ebenfalls.

„Sie ist hübsch!", bemerkte sie leise und konnte verstehen, dass sie Meroth gefallen würde. „Etwas flachbrüstig. Aber das scheint Caidian zu mögen, sonst hätte er sich längst für Caressa oder mich entschieden."

„Die ist doch nicht flachbrüstig!", sah Nele an sich herab.

„Wir haben weniger!", meinte Nila.

„Und seit wann hängt Liebe von der Größe der Brüste einer Frau ab?", fragte Nele.

„Woher hast du nur diesen Unsinn?", wollte Nila wissen.

„Aus einem von Lutanas Büchern!", erklärte Sinusi den perplexen Schwestern. „Dort steht, Frauen mit dicken Brüsten würde das Stillen von Neugeborenen leichter fallen."

„Auch wenn das wahr sein sollte, hat das immer noch nichts damit zu tun, ob man jemanden liebt", ließ sich Nele ebenso wenig überzeugen wie Nila.

„Mag sein", erwiderte Sinusi leicht gereizt. „Dennoch schauen die meisten Männer den Frauen auf ihre Brüste oder ihre Ärsche", vertrat sie weiterhin ihre Überzeugung. „Ist so eine Art natürliche Auslese, die es ihnen erleichtern soll, die richtige Gefährtin zu wählen. Caidian ist nicht so einer. Das mag ich so an ihm!"

Nele und Nila sahen sich erstaunt an, bevor sie laut loslachten und damit unfreiwillig die Aufmerksamkeit der Menschen auf sich zogen.

„Was ist so lustig?", drehte sich Meroth zu ihnen um.

„Nichts!", erwiderten die Zwillinge im Duett. „Sinusi hat nur etwas Ulkiges über dich erzählt."

Caidian schüttelte irritiert den Kopf und wandte sich wieder seinem Gespräch mit Usagi Kadochi, Virgil Hauser und Dr. Poschenko zu.

„Was sollte das?", fragte Sinusi gekränkt. „Ich finde das gar nicht komisch."

„Tut uns leid!", antworteten die Bandreso-Zwillinge grinsend. „Aber hast du wirklich nicht bemerkt, wie Caidian deinen Körper auf der Fahrt mit der *Flosse* über den Großen Teich immer wieder angestarrt hat?"

„Doch schon, aber …!"

„Nichts aber!", erwiderten die Zwillinge im Duett. „Auch er ist nur ein Mann, der hinstarrt, wenn es was zu sehen gibt."

„Ihr seid gemein!", ließ Sinusi die Schwestern einfachen stehen, ging ein wenig herum und tat so, als würde sie sich für die Architektur des Habitats interessieren.

*

„Was du uns über das Leben in eurem Dorf berichtet hast, ist wirklich interessant", sagte Dr. Poschenko zu dem Amanen. „Vielleicht lebt ihr etwas rückständig, was allemal besser ist, als hier langsam zu verrotten."

„Dennoch erscheint es mir nicht als das von den Blauen Kutten versprochene Paradies, von dem Admiral Mygun stets sprach", gab Hauser unzufrieden von sich.

„Das hängt von den persönlichen Erwartungen ab", meinte Dr. Poschenko, die seine Meinung nicht teilte.

„Ich habe mir auch immer etwas Fortschrittliches vorgestellt", äußerste sich Usagi Kadochi.

Sie musterte Caidian aufmerksam.

„Es liegt an uns Amanen!", überraschte Caidian sie.

Er hatte gleich erkannt, dass Usagi ein Gespür für komplexe politische und gesellschaftliche Zusammenhänge hatte. Sie erinnerte ihn ein wenig an Bürgermeister Panek.

„Unser menschliches Erbgut können wir leider nicht verleugnen."

„Wie darf ich das verstehen?", fragte Dr. Poschenko.

„Ist doch klar!", meinte Hauser. „Wir, ob wir uns nun als Menschen oder Amanen bezeichnen, waren stets sehr zwielichtige, wenn nicht sogar bösartige Wesen. Ich selbst habe während meiner Dienstzeit auf der *Bonaparte* nicht unbedingt zu den Vorzeigeexemplaren gezählt. Vor allem bei meiner Meinung über Außerirdische war ich immer ziemlich deutlich. Ich hasste es sogar, mit den eigentlich sehr umgänglichen und verständnisvollen Kalanern zusammenzuarbeiten."

„Und dennoch wurden Sie von den Blauen Kutten gerettet", erinnerte ihn Caidian.

„Eine schöne Auswahl!", kommentierte Hauser Meroths Aussage. „Wir waren über sechshundert Menschen auf der *Dragon*. Warum also gerade ich?"

Hauser blickte ihn kurz schweigend an. Dann meinte er:

„Und dafür hasse ich jetzt die Porko!"

„Verständlich, nach all dem, was sie Ihnen angetan haben", zeigte sich Caidian mitfühlend.

„Also versetzten die Priester die Überlebenden des Hammanons in eine Welt, in der Technologie keine große Rolle spielte", erkannte Dr. Poschenko. „Vielleicht erwarteten sie eine gewisse Demut von den Amanen. Oder wenigstens ein Zeichen, dass sie aus den Fehlern der Vergangenheit gelernt hatten."

„Wie stellst du dir die Zukunft für euer Dorf vor?", fragte Usagi. Ihre warmen dunkelbraunen Augen blickten Meroth durchdringend an. „Möchtest du die Amanen wieder zu den Sternen führen oder sie eher dort lassen, wo sie jetzt sind?"

„Unser kleiner Abstecher in die zweite Welt hat mir gezeigt, dass die Sterne, beziehungsweise die Raumfahrt oder die Technologie, nicht die Lösung für ein friedvolles Leben sind", erklärte sich Caidian kurz.

Er hielt das Thema im Moment nicht für so wichtig. Außerdem würde er diese Entscheidung bestimmt nicht treffen. Weder jetzt noch irgendwann später.

„Abgesehen von Nereidschan scheint mir kein anderes Wesen die nötige Reife für eine interstellare Gemeinschaft zu besitzen. Das hat mich erschreckt, aber auch enttäuscht. Ich würde den Amanen nie zu diesem Weg raten. Dennoch, wenn die Hammanon-Wolke aufhört zu existieren, und das wird sie in naher Zukunft, wären die Amanen nicht in der Lage, sich gegen eine Bedrohung, die von anderen Sternenvölkern ausgehen könnte, zur Wehr zu setzen. Wir wären feindlich gesinnten Invasoren schutzlos ausgeliefert."

„Außer Aman würde sich der Malaga-Union anschließen und um Schutz durch die Masanische Allianz bitten", präsentierte ihm Virgil Hauser einen nicht von der Hand zu weisenden Vorschlag. „Ich könnte mir vorstellen, dass dieser Nereidschan etwas in der

Richtung plant. Wie anders wäre sein Interesse am Überleben der Menschheit zu erklären."

„Aber was hätten wir der Allianz dafür im Gegenzug zu bieten?", wandte Caidian ein. „Wir sind nur ein kleines Volk von Bauern und wären nur eine Belastung, die den Aufwand nicht wert wäre."

„Das sind Gedanken, über die sich nachkommende Generationen ihre Köpfe zerbrechen müssen!", teilte Dr. Poschenko Caidians Meinung. „Im Moment zählt nur ein Gegenmittel für die Porko-Grippe. Sobald ein solches gefunden wurde, verschwinden wir erst einmal von der Arche. Alles Weitere ist vorläufig nicht von Bedeutung."

„Gut!", stimmte Usagi Kadochi zu. „Olga und Virgil, kümmert ihr euch um unsere Leute. Die sind sicher schon alle sehr gespannt zu erfahren, was wir ausgeheckt haben. Ich werde inzwischen nach meiner Tochter sehen."

„Hallo!", sprach sie eine sanfte, tiefe Stimme an.

Sinusi drehte sich um.

Vor ihr stand ein großer, junger, gut aussehender Mann mit einem schwarzen Kinnbart, der genauso kräuselte wie sein kurzes Kopfhaar. Er besaß große offene braune Augen, die eine einnehmende Freundlichkeit besaßen. Seine breiten, ausdrucksstarken Augenbrauen verliehen seinem Blick Charakter. Eine elegant geformte Nase fügte sich harmonisch in sein Gesicht ein. Über seine Lippen huschte ein einnehmendes Lächeln.

Was Sinusi aber besonders an dem Jungen gefiel, und das hatte sie nicht erwartet an diesem Ort anzutreffen, war seine Hautfarbe, die fast so schwarz war wie die ihre.

„Ich bin Hakim!", stellte sich der Schönling ihr vor, wobei sie seinen muskulösen Körper in Augenschein nahm, der in einem ähnlichen schwarzen Anzug steckte, wie sie selbst einen trug. „Es war sehr mutig von dir, deinen Freund gegen meinen Vater zu verteidigen."

„Caidian ist nicht mein Freund!", antwortete Sinusi etwas zu überstürzt. „Doch, er ist mein Freund, aber nicht mein ..., du verstehst?", fügte sie verlegen hinzu.

„Ich verstehe!", nickte Hakim verständnisvoll und es erschien Sinusi, als wirkte er erleichtert. „Ich hörte, ihr hättet eine weite, sehr aufregende Reise hinter euch! Dir soll sogar ein Raumschiff gehören!"

„Nein!", winkte Sinusi erschrocken ab. „Da hast du etwas missverstanden. Mir gehört ein Schiff auf Aman, mit dem ich früher zusammen mit meinem verstorbenen Vater auf dem Großen Teich fischen gegangen bin!"

„Vor dir steht dein Traummann und du schwafelst nur dummes Zeug!", versuchte sie sich zu beruhigen.

„Und was tust du so?", fragte sie und versuchte ihre Nervosität irgendwie in den Griff zu bekommen.

„Ich? Ach weißt du, im Habitat gibt es nicht viel zu tun. Ich bekomme Unterricht von einigen Erwachsenen, habe so schreiben, lesen und rechnen gelernt, bin aber bei weitem nicht so klug wie einige der Alten. Aber das gilt für alle Nachkommen, die im Habitat geboren wurden."

„Wie viele seid ihr denn?"

„Bisher erblickten vierzehn Kinder in Gefangenschaft das Licht der Welt. Eines starb gleich bei der Geburt, ein weiteres mit zwei Jahren an der Porko-Grippe!"

„Das ist ja schrecklich!"

„Unsere Ärztin tut, was sie kann!", bedauerte Hakim ebenfalls ihre Verluste. „Japalangosch ist ein erbarmungsloser Porko, der sich an unserem Leiden ergötzt. Am Anfang waren wir einhundert Menschen. Verstehst du? Er hat bereits über die Hälfte von uns getötet."

„Bei der Gründung von Aman waren wir auch einhundert Leute", fiel Sinusi nichts anderes ein.

„Aman ist bestimmt ein schöner Ort!"

„Das Dorf würde dir sicher gefallen", lächelte Sinusi den jungen Mann schwärmerisch an. „Es gibt Felder mit Weizen und Gemüse, jede Menge Obstbäume und Weiden, auf denen fast das ganze Jahr über Kühe und Schafe herumlaufen. Nur die Winter können kalt und trostlos werden. Doch dafür haben wir eine Menge Spaß im Schnee."

„Schnee?", fragte Hakim Hauser neugierig. „Ich kenne dieses Wort nicht."

„Stell dir vor", versuchte Sinusi ihm zu erklären, „die Luft ist so kalt, dass das Wasser, das normalerweise als Regen vom Himmel fällt, in winzigen, gefrorenen Kristallen herunterkommt. Diese Kristalle nennt man Schnee.

Wenn du nach draußen gehst und es schneit, siehst du, wie Millionen von kleinen, weißen Flocken langsam vom Himmel schweben, bis sie den Boden erreichen. Da bilden sie einen weichen, weißen Belag, der alles bedeckt – die Wege, die Dächer der Häuser, die Bäume und die Felder. Es sieht so aus, als ob die ganze Welt in eine dicke, weiße Decke gehüllt wäre."

„Das hört sich wunderschön an!", seufzte Hakim melancholisch. „Aber ich glaube, ich muss das erst mit eigenen Augen sehen, bevor ich richtig begreifen kann, was dich daran so fasziniert."

„Es würde mich freuen, eines Tages mit dir zusammen, eingehüllt in dicke, warme Winterkleidung, einen langen Spaziergang durch den Schnee zu machen", sah Sinusi ihn mit verträumten Augen an.

„Wir könnten über die verschneite Brücke gehen", fuhr sie schwärmerisch fort, „unter der ein fast zugefrorener Bach mühsam versucht, sich auch weiterhin einen Weg zum Großen Teich zu bahnen. Dahinter erstreckt sich der verschneite Laubwald, wo wir den ..."

Hakim!", unterbrach Virgil Hausers Ruf Sinusis romantische Träumerei. „Komm her! Es gibt was zu bereden!"

„Es hat mich sehr gefreut, dich kennengelernt zu haben, Sinusi Khana!", verabschiedete Hakim sich mit einem weiteren zauberhaften Lächeln.

„Wir sehen uns bestimmt wieder!", rief sie ihm wie ein kleines verliebtes Schulmädchen hinterher und bewunderte erneut seinen muskulösen Körperbau.

Dieser Junge war einfach perfekt.

Ihre unbegründete Eifersucht auf Usagi Kadochis Tochter, die sie vor wenigen Minuten noch geplagt hatte, war genauso verflogen wie ihre stets im Hinterkopf lauernden amourösen Gedanken an Caidian Meroth. Es erschien ihr, als hätte sich ihr gesamtes Leben mit einem Schlag verändert.

Seit langer Zeit fühlte sie sich wieder richtig glücklich und … frei von trüben Gedanken.

✶

Verwundert trat Caidian auf die Bandreso-Zwillinge zu.

„Warum seid ihr so gut gelaunt? Habt ihr vergessen, dass wir in wenigen Stunden an der Porko-Grippe sterben können?"

„Wir werden nicht sterben!", antworteten Nele und Nila gemeinsam. „Veegun wird ein Heilmittel finden!"

„Woher wollt ihr das wissen?"

„Denk an unsere Vision von Paneks Beerdigung! Die erklärt alles."

„Seitdem hat sich einiges geändert!", warnte Caidian sie und tippte sich an den Kopf. „Vielleicht würdet ihr mit den neuen Informationen eine völlig andere Zukunft vorhersehen."

Die Zwillinge überlegten kurz.

„Das könnte sein!", gaben sie zu. „Dennoch glauben wir nicht, dass wir hier sterben werden."

„Hoffen wir's!"

„Hast du sie schon gesehen?", erkundigten sich Nele und Nila neugierig.

„Wen?"

„Deine Bündnispartnerin, Usagis Tochter!"

Es dauerte natürlich ein paar Sekunden, bis Caidian begriff, dass die Geschwister wieder einmal von seinem zukünftigen Liebesleben redeten.

„Da ist sie! Gleich neben ihrer Mutter!"

Caidian drehte sich unauffällig um.

„Sie ist … hübsch!", sagte er nur. Doch in seinen Gedanken formten sich ganz andere Worte, die er vorsichtshalber für sich behielt.

„Hübsch!", blickten die Zwillinge ihn enttäuscht an. „Genau dieses Wort gebrauchte auch Sinusi. Bei ihr konnten wir es ja verstehen, aber bei dir?"

„Was wollt ihr von mir hören?", fragte Caidian Meroth sie ein wenig genervt. „Dass ich ihr gleich die Kleider vom Leibe reißen werde und mit ihr ein Kind zeugen möchte?"

„Idiot!"

„Was denn?"

„Ihr Männer seid ja so bescheuert!", beschwerten sich die Zwillinge.

Er schüttelte den Kopf und sah in dem Moment Sinusi bei einem fremden Jungen stehen.

„Wer ist der Kerl dort drüben bei Sinusi?"

„Was geht das dich an?", fragten ihn die Bandreso-Zwillinge verstimmt. „Bist du eifersüchtig?"

„Unsinn! Ich passe bloß auf sie auf. Sinusi ist wie eine Schwester für mich. Vor allem, seit sie bei uns im Haus lebt."

„Schwester!", neckten ihn die Zwillinge. „Ist sie nicht doch etwas mehr?"

Caidian ging nicht darauf ein.

„Der Typ erscheint mir ziemlich aufdringlich", glaubte er zu erkennen. „Ich möchte nicht, dass er sie verletzt. Auf welche Art auch immer!"

„Wie heldenhaft!", verspotteten ihn die Mädchen.

„Was will er von ihr?", blickte Caidian weiterhin in Sinusis Richtung.

„Sie vermutlich flachlegen!"

„Was?", brauste Caidian Meroth auf und wollte schon hinüberlaufen, um dem unverschämten Kerl mal ordentlich die Meinung zu sagen. Aber noch bevor ihn Nele und Nila zurückhalten mussten, wurde Sinusis angeblicher Verehrer von Hauser zur Gruppe zurückgerufen.

„Das ist Hausers Sohn!", erkannte Caidian, da beide die einzigen dunkelhäutigen Männer in der Gruppe waren. „Von ihm hattet ihr keine Vision?"

„Nee!", meinten die Zwillinge weiterhin kindisch grinsend. „Warum? Möchtest du wissen, wann sie es zum ersten Mal miteinander treiben?"

„Ihr seid blöd!"

„Kümmere du dich lieber um Usagis … hübsche Tochter", erwiderte Nele.

„Und denke dabei immer an die Drei-Kinder-Regel", fügte Nila noch hinzu.

Caidian schüttelte nur den Kopf.

Nachdem die Menschengruppe ihre Besprechung beendet hatte, kam Hakim in Begleitung von Usagis Tochter herüber zu den Amanen. Sinusi, die sich ihnen inzwischen wieder angeschlossen hatte, erhielt von den Zwillingen ein paar eindeutige Aufmunterungen zugeflüstert.

„Los, nimm ihn dir! Ihr seid wie geschaffen für einander!"

Und mehr solches Zeug, was Caidian bloß als peinlich empfand, Sinusi hingegen eher nicht.

„Ich bin Hakim!", stellte sich Hauser vor. „Das ist Chiyoko!"

Das Mädchen mit dem nackenlangen schwarzen Haar, das im Licht des Habitats leicht glänzte, verbeugte sich leicht.

„Es freut mich, euch kennenzulernen", sagte sie höflich und lächelte Caidian zu.

„Freut uns auch!" antworteten die Zwillinge gemeinsam, was Hakim und Chiyoko leicht verwirrte, was Caidian wiederum dazu veranlasste, ihnen ein wenig über die Zwillinge zu erzählen, wobei er ihnen auch gleich sich und Sinusi vorstellte.

„Wir sind die beiden ältesten der im Habitat geborenen Kinder", berichtete Hakim. „Die andern sind alle unter zehn Jahren. Ich bin neunzehn und Chiyoko siebzehn! Wir durften an der Abstimmung teilnehmen!"

„Abstimmung?", fragte Caidian interessiert.

„Ob wir euch nach Aman begleiten werden oder nicht!"

„Darüber musstet ihr abstimmen?", wunderte sich Nele.

„Ich dachte, das wäre eine klare Sache!", pflichtete Nila ihrer Schwester bei.

„Das war es auch!", freute sich Hakim. „Es gab keine Gegenstimme!"

„Das ist großartig!", meinten die Zwillinge erlöst, da sie bereits Streitereien innerhalb der Gruppe befürchtet hatten. „Jetzt braucht uns Veegun nur noch das Heilmittel zu bringen und wir können nach Aman zurückkehren."

Inzwischen hatte sich Caidian von Chiyokos Persönlichkeit ablenken lassen und seine Bedenken gegenüber Sinusis leichtsinnigem Verhalten vorübergehend vergessen. Besonders nach einem Blick in Chiyokos große, braune Augen, die neben ihre Ausdrucksstärke und Neugier eine unerwartete Faszination auf ihn ausübten.

„Caidian, hör auf zu starren", gab Nele vor zu flüstern. „Du machst Chiyoko Angst."

„Er kann halt nicht anders, wenn er ein … hübsches Mädchen sieht", neckte Nila ihn grinsend.

Caidian und Chiyoko erröteten beide. Schnell versuchte Meroth das Thema zu wechseln:

„Aman ist eher ein primitives Dorf. Wir besitzen keine so fortgeschrittene Technik, wie sie in der Arche zu finden ist. Besser gesagt, wir benutzen sie nicht. Wenn wir auf Aman ankommen, werdet ihr sehen, was ich damit meine. Die Gründerväter unseres Dorfes waren davon überzeugt, dass Technologie uns nur daran hindern würde, uns selbst zu erkennen und zu erforschen."

„Da könnte was Wahres dran sein!", stimmte Hakim ihm zu seiner Überraschung zu. „Uns hat die Technik jedenfalls nicht sehr weit gebracht!"

Er stockte kurz.

„Ihr wart außerhalb der Wolke?", fragte er neugierig. „Unsere Eltern haben uns davon erzählt. Ist das Leben dort wirklich so anders?"

„Ganz anders!", behauptete Caidian, der die Eindrücke dieser fremden Welt immer noch nicht ganz verkraftet hatte. „Aber nicht besser!"

„Das dachte ich mir schon!", nickte Hakim Hauser ernsthaft. „Ich möchte nicht dorthin."

„Ich ebenso wenig!", schloss sich ihm Chiyoko an. „Dennoch würde ich gerne mehr über die Geschichte unserer gemeinsamen Vorfahren erfahren."

„Dann wärst du bei der Mutter des Ursprungs gut aufgehoben", verriet ihr Sinusi. „Sie kann dir alles über unsere Vergangenheit verraten."

„Dafür ist später noch Zeit", unterbrach Caidian ihr Gespräch. „Veegun ist zurück!"

✮

„Was die beiden wohl so lange miteinander zu besprechen haben?", sorgte sich Sinusi.

„Das sieht wirklich nicht sehr ermutigend aus!", schloss sich Usagi Kadochi ihren Ängsten an.

„Ich habe gehört, wie Veegun nach den Blutgruppen unserer Leute fragte", äußerte sich Virgil Hauser misstrauisch.

„Das kann nichts Gutes bedeuten", behauptete Caidian, der mit unerwarteten Schwierigkeiten rechnete.

„Ihr Amanen wisst, was Blutgruppen sind?", wunderte sich Chiyoko ein wenig.

„Nein!", antworteten die Bandreso-Zwillinge. „Wir kennen nur Blutlinien!"

„Achtung!", schreckte Usagi sie auf. „Die beiden kommen zu uns!"

„Es gibt ein Problem!", kam Olga Poschenko gleich zur Sache. „Veegun hat zwar ein Gegenmittel gefunden, doch es wirkt leider nicht bei allen."

„Was hat das zu bedeuten?", wollte jemand aus der Menge wissen.

„Für die vier Amanen besteht keine Gefahr. Sie können geheilt werden!", verkündete der Roboter ohne emotionale Regung, bevor er die schicksalhaften Worte aussprach. „Drei der achtundvierzig Menschen nicht!"

„Wen trifft es?"

Die Frage kam ebenfalls aus der Gruppe.

„Michelle Grange!", antwortete Dr. Poschenko mit belegter Stimme und warf der ehemaligen Ortungsexpertin der *Bonaparte* einen traurigen Blick zu. „Und die beiden Kadochi-Frauen."

„Warum wirkt dein Gegenmittel nicht bei jedem?", verlangte Caidian von Veegun nach einer Erklärung.

Obwohl der Roboter wusste, dass Meroth seine Antwort nicht verstehen würde, sagte er laut:

„Viren greifen oft spezifische Zellrezeptoren an. Bei den drei erwähnten Menschen benutzt das Virus andere Rezeptoren, die das Gegenmittel nicht effektiv genug bekämpfen kann."

„Und dagegen kann ein so schlauer Kerl wie du nichts tun?", ließ Caidian nicht locker, wobei er versuchte, seinen Frust und seine Enttäuschung nicht die Oberhand gewinnen zu lassen.

„Doch!", antwortete Olga. „Wir sind uns nur nicht sicher, ob wir damit nicht eine weitere Person gefährden werden."

„Etwas genauer, bitte!", bat Usagi Kadochi, die ihre Tochter an der Hand hielt.

„Mit Hilfe einer sogenannten Kombinationstherapie könnte ein Gegenmittel entwickelt werden, das die spezifischen Herausforderungen besitzt, andere Rezeptoren der betroffenen Blutgruppe zu benutzen, um das Virus zu bekämpfen. Doch das müssten wir erst einmal testen."

„Hier im Habitat?", fragte Hauser unsicher.

„Keineswegs!", bestimmte Veegun. „Wir verlassen die Arche auf der Stelle, bevor es zu weiteren Verwicklungen mit den Porko kommt."

„Gab es Probleme?", erkundigte sich Sinusi Khana betroffen.

„Ja!", antwortete Veegun mit einer unerträglichen, nüchternen Kälte. „Gaburbausch wollte mir das Geheimnis über die Porko-Grippe, die sie zusammen mit Japalangosch entwickelt hatte, nicht verraten. Da mir keine Zeit zu einem, in euren Augen, angebrachten und humanen Verhör blieb, tötete ich sie und extrahierte das Wissen aus ihrem Gehirn, solange dieses noch funktionstüchtig war."

Schockiert starrten die Zwillinge ihn an.

„Du hattest wohl keine andere Wahl", erkannte Caidian Meroth das barbarische Verhalten des Roboters an, obwohl ihm dessen brutale Grausamkeit ebenfalls zu schaffen machte.

Veegun hatte ihnen eine Seite von sich offenbart, die ihm ganz und gar nicht gefiel. Erneut stellte er sich die Frage, wie weit der Roboter gehen würde, um seine Günstlinge zu beschützen. Würde er dafür selbst einige von ihnen opfern? Folgte er mit seinen Handlungen einer Programmierung oder entschied er solch notwendigen Entschlüsse eigenständig?

„Wenn ich das richtig verstanden habe", schlussfolgerte Virgil Hauser, „muss sich jemand für diesen Test zur Verfügung stellen und damit sein eigenes Leben gefährden. Warum reicht eine normale Blutspende nicht für die Untersuchungen aus?"

„Diese sehr spezielle Testreihe", informierte sie die Ärztin weiter, „kann nur an einem lebenden Organismus erprobt werden. Dies hat mit der Porko-DNA zu tun, auf die das Virus aufgebaut ist. Einige unserer Zellrezeptoren erkennen diese nicht. Sie sind, selbst mit dem Gegenmittel, nicht dazu in der Lage, diese zu bekämpfen."

„Wir übertragen das Gegenmittel mithilfe von winzigen Naniten", erklärte Veegun weiter. „Diese Naniten überrennen die fremden Viren förmlich, sodass diese gezwungen werden, sich von den angefallenen Rezeptoren zu lösen. Gleichzeitig verbreiten die Naniten das heilende Gegenmittel."

„Und dazu reichen ein paar dieser Dinger aus?", misstraute Hauser dem Roboter.

„Eher ein paar Millionen!", verriet ihm Veegun. „Die Naniten vermehren sich durch das Töten der feindlichen Viren rasend schnell. Dazu benutzen sie die Spurenelemente in euren Körpern, was dazu führen kann, dass ihr euch vorübergehend geschwächt fühlt, aber nur für wenige Minuten."

„Und wenn die Naniten ihre Arbeit getan haben?", fragte Usagi Kadochi.

„Dann lösen sie sich auf und ihr erhaltet eure Spurenelemente zurück. Nur ein winziger Teil der Naniten werden als Wächter zurückbleiben, sodass eure Körper sich auch später besser gegen Virenerkrankungen wehren können. Das dürfte bei eurem neuen Leben auf Aman von Nutzen sein."

„Ich melde mich freiwillig als Testperson!", hob Hakim Hauser die Hand.

„Ich ebenso!", schloss sich ihm Caidian schnell an.

„Danke, aber ihr beide kommt nicht in Frage!", meinte die Ärztin beeindruckt von der Courage der beiden jungen Männer. „Es gibt nur eine Person, bei der die entsprechenden Voraussetzungen gegeben sind."

„Wer?", wollte Sinusi wissen, wobei ihr Herz plötzlich schneller schlug.

„Du, mein Kind!", antwortete ihr Olga mit Bedauern. „Nur dein Blut ist dazu bestimmt, die drei Frauen zu retten. Tut mir leid. Ich hätte dir das gerne erspart."

Sinusi Khana blickte kurz Chiyoko und danach etwas länger Caidian an.

„Du schuldest mir etwas!", flüsterte sie ihm zu und hoffte, das sie diese Schuld auch eines Tages noch eintreiben konnte.

Meroth wusste nicht, was er ihr erwidern sollte.

Zum ersten Mal in seinem Leben fühlte er sich völlig überfordert. Er war froh, dass Chiyoko gerettet werden konnte, sorgte sich aber gleichzeitig um Sinusis Sicherheit. Um ihr Leben!

„Damit wäre alles geklärt", entschied Veegun in seiner typischen Art. „Ich gebe euch eine Viertelstunde, um das Notwendigste zusammenzupacken. Danach folgt ihr mir auf die *Amusgan*. Die Herstellung des Gegenmittels müsste bis dahin abgeschlossen sein."

✶

Auf dem Weg zu Veeguns goldenem Schiff versuchte Caidian mit Chiyoko zu reden. Doch die Bandreso-Zwillinge hielten ihn davon ab.

„Das bringt im Moment nichts", meinte Nele, die links neben ihm schritt.

„Sie und ihre Mutter sind starke Frauen", behauptete Nila rechts von ihm.

Als sie sich in seine Arme eingehängt hatten, sagten sie:

„Sie werden das schon schaffen!"

„Ich könnte ihr doch wenigstens mit ihrem Gepäck helfen."

„Lass es sein!"

„Und Sinusi?", fragte Caidian und schielte zu Hakim hinüber, der sich fürsorglich um ihre Freundin kümmerte und dabei noch zwei Bündel seiner Habseligkeiten mit sich schleppte.

„Die ist gut versorgt!", lächelten die Zwillinge, was Caidian nur weiter verwirrte.

Warum durfte Hakim sich um Sinusi kümmern, er aber nicht um Chiyoko?

Verstehe einer die Welt.

„Beeilung!", lenkte Veegun ihn von seinen Grübeleien ab.

Sie überquerten die Buhuudi-Wiese, auf der immer noch die bewusstlosen Porko-Soldaten herumlagen.

„Man wird Japalangosch und seine Stellvertreterin sicherlich irgendwann vermissen und ich möchte einen weiteren Zwischenfall mit bewaffneten Porkos verhindern. Es könnte jemand von euch verletzt werden."

Natürlich sorgte sich der Roboter nicht um ihre Gesundheit. Wahrscheinlich hatte er aber bereits in seinem biopositronischen Gehirn Pläne ausgeheckt, wie er aus der Aufstockung an Menschenleben in Aman einen Vorteil für sich ziehen konnte.

Zehn Minuten später hatte die kleine Gruppe mit Sack und Pack die *Amusgan* unbeschadet erreicht. Veegun verteilte die Menschen innerhalb der Korridore seines Schiffes und verschwand kommentarlos mit Dr. Poschenko, Sinusi und den drei betroffenen Frauen in der neugestalteten medizinischen Abteilung der *Amusgan*. Bereits wenige Minuten später kehrte Dr. Poschenko zu ihnen zurück und verabreichte allen das heilende Gegenmittel.

Kapitel 24

Zurück nach Aman

*17. Tag des Herbsts
im Jahre 151 nach der Gründung von Aman*

„Gestern konnte es ihm nicht schnell genug gehen, nach Aman zurückzukehren – und heute hat er alle Zeit der Welt!", klagten Nele und Nila Bandreso unisono, ihre blonden Haare, wie meist, zu strengen Zöpfen gebunden.

„Die *Amusgan* fliegt so langsam, dass selbst eine Schnecke uns überholen könnte!"

„Seit wann seid ihr Experten für Geschwindigkeiten von Raumschiffen, die durch den Gunarraum fliegen?", schmunzelte Caidian, doch er konnte die Sorgen der Zwillinge nachvollziehen.

Für den Hinflug zur Hammanon-Schleuse hatte das Schiff gerade mal einen Tag gebraucht, nun, da die Amanen wussten, dass auf ihrer Heimatwelt die Zeit schneller verging als innerhalb der Hammanon-Wolke, zog sich in ihren Augen die Rückreise in die Länge.

„Vielleicht glaubt man in unserem Dorf, wir wären längst tot", murmelte Nele gewohnt leise.

„Seit wir das letzte Mal ein Lebenszeichen gesendet haben, sind ja schon einige Jahre vergangen", schloss sich Nila ihrer Schwester an.

Caidian Meroth lehnte mit verschränkten Armen an einer Zwischenwand ihrer Gemeinschaftskabine.

„Veegun nimmt sich Zeit für die Tests mit Sinusi", behauptete er. „Das ist wichtig. Oder wollt ihr etwa mit ein paar Kranken nach Aman zurückkehren und die Leute dort mit der Porko-Grippe anstecken? Zum Glück wirkt sein Gegenmittel bei uns anderen."

„Trotzdem!"

Nele stampfte mit dem Fuß auf.

„Zwei Toiletten für rund fünfzig Leute? Das ist unmenschlich! Und unsere Gäste müssen auf diesen sterilen Korridorböden der *Amusgan* schlafen wie Vieh!"

„Es ist ja nur für zwei oder drei Tage", entgegnete Caidian mit einem Achselzucken.

Ihn quälte viel mehr die Frage, was hinter der verschlossenen Tür dieses verdammten Labors vor sich ging. Was trieben Veegun und Dr. Poschenko dort mit Sinusi und den drei noch nicht geheilten Frauen?

Seit der Impfung mit den Naniten war es weder bei den Menschen noch bei den Amanen zu nennenswerten Zwischenfällen gekommen. Das Gegenmittel wirkte, das Virus wurde vollständig ausgelöscht. Aber was, wenn Sinusis Blut den drei Infektiösen nicht helfen konnte?

Caidian wusste, dass Veegun keine Skrupel hätte, sie alle in den nächstbesten Stern zu werfen, wenn sie scheiterten. Ein mulmiges Gefühl der Unsicherheit überkam ihn, die er nur schwer abschütteln konnte.

Geräuschlos öffnete sich ihre Kabinentür, und Sinusi trat, gestützt von Dr. Poschenko, ein. Die Ärztin trug einen makellos weißen Hotsan-Anzug, der ihren schlanken Körper betonte.

„Ihr geht es gut", sagte sie sofort, als sie Caidians fragenden Blick bemerkte. „Sie ist nur erschöpft und braucht ein wenig Ruhe. Ich habe sie mit den medizinischen Geräten der *Amusgan* untersucht. Sie ist virenfrei. Bis auf ein leichtes Ungleichgewicht in ihrem endokrinen System ist bei ihr alles in Ordnung. Das liegt wohl daran, dass sie ihre Tage hat."

„Was für Tage?", fragte Caidian verdutzt.

„Ich habe meinen Blutzyklus, du Depp", murmelte Sinusi leise. Sie konnte kaum ihre Augen offen halten. „Die Menschen haben für so einiges andere Bezeichnungen als wir. Und jetzt lass mich in Ruhe, ich möchte ein wenig schlafen."

„Oh!"

Caidian lief rot an und trat hastig zur Seite, während die Zwillinge ihre Freundin übernahmen und sie sanft auf ein gepolstertes Sofa legten. Binnen Sekunden war sie eingeschlafen.

„Das ist normal", beruhigte Dr. Poschenko sie mit einem Lächeln „Ich habe ihr ein leichtes Sedativum, ein leichtes Schlafmittel, verabreicht. Sie wird in ein paar Stunden wieder fit sein."

„Und wie geht es den drei Menschen-Frauen?", erkundigte sich Caidian.

„Ihre Symptome haben sich nicht verschlechtert", antwortete die Ärztin mit dem drahtigen, leicht muskulösen Körper, sachlich. Zwischen ihren Augen und der flachen Nase tummelten sich ein paar verblasste Sommersprossen. Ihr Gesicht war von tiefen Linien durchzogen, vor allem um Mund und Augen. Seelische Narben, die von ihrer Gefangenschaft zeugten.

„Aber sie sind noch nicht über den Berg. Die Kombinationstherapie zeigt Wirkung, doch es wird noch ein paar Stunden dauern, bis wir ein endgültiges Ergebnis erhalten. Sinusi hat ihnen wahrscheinlich das Leben gerettet."

Caidian Meroth nickte, doch seine Gedanken wanderten wieder zu den drei Kranken. Besonders um Chiyoko und ihre Mutter machte er sich Sorgen. Michelle Grange, die er nur vom Sehen her kannte, war für ihn kaum mehr als eine Silhouette, ein Schatten in der Menge.

Dr. Poschenko drehte sich um und wollte gehen, doch die Zwillinge hielten sie kurz auf.

„Danke!", sagten sie zu der Frau.

„Gern geschehen!", nickte Dr. Poschenko.

„Die ist sehr nett!", meinten die Zwillinge, nachdem die Ärztin die Kabine verlassen hatte.

„Das ist sie wirklich", stimmte Caidian ihnen nachdenklich zu. „Meine Mutter wird bestimmt eine Menge von ihr lernen können."

„Es werden einige Veränderungen auf uns zukommen!", behauptete Virgil Hauser mit grimmigem Nachdruck, während er neben seinem Sohn auf dem kalten Metallboden in einem Korridor der *Amusgan* hockte. Sein bulliges Gesicht, durchzogen von den Linien vieler durchwachter Nächte, wirkte noch härter unter der sterilen Beleuchtung des Schiffes.

„Sicher!", sagte Hakim leise, ein wenig in sich hineinlächelnd.

Seine Miene strahlte eine naive Zuversicht aus, die im scharfen Kontrast zu der mürrischen Haltung seines Vaters stand.

„Ich werde mich bemühen, mich so schnell wie möglich an das Leben in Aman anzupassen. Wahrscheinlich muss ich einiges lernen und hart arbeiten. Aber trotzdem freue ich mich darauf, Teil dieser Gemeinschaft zu werden."

Virgil verzog das Gesicht. Seine muskulösen Arme, die durch sein ärmelloses braunes T-Shirt deutlich sichtbar waren, ruhten verschränkt auf den Knien. Sie waren das Resultat jahrelangen Trainings, eines Lebens voller Disziplin und körperlicher Härte, trotz der Gefangenschaft in der Arche.

„Einer Gemeinschaft, die ausschließlich aus Bauern und primitiven Handwerkern besteht!", knurrte er. „Selbst die wenigen technischen Annehmlichkeiten, die uns das Habitat geboten hat, wird es auf der Erde nicht geben."

„Das Leben besteht nicht nur aus technischen Annehmlichkeiten."

Hakim blieb ruhig, aber bestimmt. Sein Blick traf den seines Vaters, der ihn mit einem finsteren Stirnrunzeln bedachte.

„Wir werden frei sein", erwiderte er. „So ein Leben wolltest du doch immer, oder nicht?"

„Schon", gab Virgil widerwillig zu, während er seine großen Hände zu Fäusten ballte. „Aber irgendwie habe ich mir unsere Freiheit moderner vorgestellt."

„Ach komm, Vater! Du warst technischer Offizier auf der *Bonaparte*. Du kannst den Leuten in Aman eine Menge beibringen. Freust du dich nicht, endlich die Erde wiederzusehen?"

Virgil seufzte schwer und fuhr sich mit einer Hand über seinen kahlen, glänzenden Schädel, auf dem dank einer kosmetischen Behandlung vor Beginn seiner Dienstzeit bei der Republic Space Force kein einziges Haar mehr wuchs.

„Junge, hast du vergessen, dass keiner von uns die Erde je zuvor gesehen hat?"

Seine Stimme klang rau, fast wehmütig.

„Wir wurden alle auf einer terranischen Kolonialwelt geboren, Hakim. Mein Großvater stammte sogar noch aus der Produktionskette eines Zeugungshauses auf Yankee. Die Erde ist für uns nur ein Mythos, den wir zuerst mit einer Schreckensherrschaft verbinden, nicht mit Freude und Freiheit."

„Gerade deshalb solltest du doch froh sein, ein neues, völlig anderes Dasein führen zu dürfen", hielt Hakim dagegen. Seine Augen funkelten leidenschaftlich

Virgil schüttelte langsam den Kopf, als würde er versuchen, die Begeisterung seines Sohnes zu begreifen.

„Es fällt mir schwer, deine Euphorie zu teilen, mein Sohn. Und damit bin ich nicht der Einzige."

„Was meinst du damit?", wunderte sich Hakim.

„Ein paar von uns befürchten, dass Veegun sich zu sehr in alles einmischt, dass er uns bevormundet", erklärte Virgil mit gedämpfter Stimme. Sein Blick war ernst, fast eindringlich. „Du kennst den sagorischen Botschafter-Roboter nicht so gut wie wir Älteren. Er ist bekannt für seine Doppelzüngigkeit und Intrigen. Auch wenn die Amanen behaupten, er hätte sich verändert, sein Umgang mit den Porko lässt mich Schlimmes ahnen. Ich hoffe, dass Kin Wu für etwas mehr Klarheit sorgen kann. Sie scheint der Schlüssel zu dieser Welt zu sein."

„Du kennst die Mutter des Ursprungs?", wunderte sich sein Sohn.

Virgil nickte langsam.

„Sie stammt aus meiner Zeit. Damals hat sie den Präsidenten der Republik Terra ermordet, ein paar wichtige Persönlichkeiten vor der Vernichtung des Planeten Bandul gerettet und sich für eine Weile an Bord der *Bonaparte* aufgehalten, bevor sie mit einem Sicherheitsoffizier namens Ail Panek und einem geheimnisvollen Fremden verschwand."

„Und in diese Frau setzt du mehr Vertrauen?", wollte Hakim wissen.

„Nicht unbedingt", erwiderte Virgil mit Bitterkeit. „Aber sie ist wenigstens ein Mensch."

„Das sind die Amanen doch auch!", protestierte Hakim energisch.

Virgil schnaubte abfällig.

„Ja, aber nur ein verkümmerter Zweig der Menschheit, der vorgibt, in einer heilen Welt zu leben!"

Seine Worte klangen wie ein festgesetztes Urteil, und Virgil entschied, seine restlichen, trüben Gedanken lieber für sich zu behalten, bevor das Gespräch mit seinem Sohn in einem Streit enden würde.

„Michelle Grange ist tot!"

Die Nachricht raste wie ein Lauffeuer durch die Korridore der *Amusgan*. Unzählige Stimmen hallten von den metallischen Wänden wider und verstärkten die aufsteigenden Spannungen an Bord.

Caidian betrat in Begleitung der Bandreso-Zwillinge den spärlich beleuchteten Medo-Bereich, wo Dr. Olga Poschenko sie bereits erwartete.

„Was ist passiert?"

Seine Frage wurde begleitet von einer schrecklichen Befürchtung.

„Die Frau machte auf mich einen gesunden Eindruck."

Olga hob langsam eine Hand, um ihn zum Schweigen zu bringen.

„Das Virus", sagte sie mit einer professionellen Ruhe, die ihre innere Zerrissenheit kaum kaschieren konnte, „hatte Michelle schon Tage zuvor befallen, aber sie hat es vor uns allen verborgen. Sie wollte niemanden beunruhigen. Als wir es endlich bemerkten, war es zu bereits zu spät."

Caidian biss sich auf die Lippe.

„Verdammt!"

Er schloss die Augen, rang um Fassung.

„Was ist mit Usagi und Chiyoko? Werden sie … werden sie auch sterben?"

Dr. Poschenko schüttelte entschieden den Kopf.

„Den beiden Edokkerinnen geht es gut. Sie haben den schlimmsten Teil hinter sich. Ihr Immunsystem hat sich angepasst."

Sie zögerte einen Moment, bevor sie hinzufügte:

„Aber Michelle Grange … Veegun hat sie sofort von Bord geschafft. Er …"

„Was hat er getan?"

Caidian trat näher. In seinen Augen blitzte es gefährlich.

„Er hat ihren Leichnam mit einem Schuss aus der Impulskanone des Schiffes pulverisiert."

Olgas Stimme wurde schneidend.

„Er wollte jede Möglichkeit eliminieren, dass das Virus weitergegeben wird. Und er hat es getan, ohne uns die Gelegenheit zu geben, von ihr Abschied zu nehmen."

Nele und Nila, die bisher still im Hintergrund gestanden hatten, meinten:

„Vielleicht wollte er uns nur beschützen."

Olga lachte bitter.

„Oh, da bin ich mir sicher. Unser ehrenwerter Botschafter tat, was er für richtig hielt! Aber Schutz …"

Sie verschränkte die Arme zitternd vor ihrer knabenhaften Brust.

„Es ärgert mich, dass ich ihn dafür verachte, dabei tat er nur das Richtige", flüsterte sie gezwungen. „Und doch tue ich es."

Die Zwillinge sahen einander an, sichtlich verwirrt.

„Aber was hätte er sonst machen sollen?", fragten sie schließlich.

Olga warf ihnen einen langen, prüfenden Blick zu.

„Manchmal, Kinder, verlangt die Pflicht Entscheidungen von uns, die unser Herz zerreißen."

Sie hielt inne, als müsse sie ihre eigenen Worte erst verdauen.

„Aber gerade diese Entscheidungen machen uns zu Menschen. Oder sie zerstören uns."

Caidian senkte den Kopf.

„Michelle hätte es nicht anders gewollt", versuchte er Dr. Poschenko zu trösten.

Olga schenkte ihm ein dankbares Lächeln.

Niemand sprach das Unausgesprochene aus: Die Linie zwischen Vernunft und Mitgefühl war verdammt dünn. Das war gefährlich.

18. Tag des Herbsts
im Jahre 151 nach der Gründung von Aman

Am nächsten Tag hatten es Usagi und Chiyoko überstanden, zumindest körperlich. Caidian machte sich sofort auf den Weg zu der kleinen Krankenstation der *Amusgan*, um Chiyoko zu sehen. Natürlich ging es ihm in erster Linie nur um sie. Auf halbem Weg traf er auf Hakim Hauser. Der junge Mann, dessen Gesicht immer ein wenig zu verschmitzt wirkte, kam ihm mit energischen Schritten entgegen.

„Wie geht es Sinusi?"

Hakims Stimme klang ernster als von Caidian erwartet.

Da lag echte Besorgnis in seinem Ton, so echt, dass sie Meroth überraschte. Kein gespieltes Mitgefühl, wie er es bei anderen schon so oft bei solchen Fragen erlebt hatte. Und sicherlich nicht jenes Interesse, das darauf abzielte, sich bei Sinusi einzuschmeicheln, nur um …

Meroth schämte sich augenblicklich für seine absurde Befürchtung.

Was war bloß los mit ihm? Warum war er so … eifersüchtig? Gönnte er Sinusi keinen Freund? Oder hatte es mit etwas ganz anderem zu tun? Mit Chiyoko? War er doch in Sinusi verliebt? Der Gedanke schlich sich heimlich in seinen Verstand und lachte ihn aus. Er verdrängte diesen Unsinn aus seinem Kopf und sah Hakim an.

„Sie ist wach, aber noch erschöpft. Dr. Poschenko wird sie heute Nachmittag noch einmal gründlich untersuchen. Dann bekommen wir ein endgültiges Urteil."

„Bei Dr. Popo ist sie in guten Händen."

Hakims freches Grinsen kehrte zurück.

„Dr. Popo?"

Caidian blinzelte verwirrt.

Hakim warf ihm einen verschwörerischen Blick zu.

„Dir ist doch sicher ihr kleiner, runder Hintern aufgefallen?"

„Äh …" Caidian räusperte sich. „Natürlich!"

„Deshalb nennen einige von uns sie Dr. Popo. Angeblich hat ihr ein Kerl namens Bodenstock diesen Spitznamen verpasst, als sie noch zur Besatzung der Greycrow gehörte."

Hakim schnalzte mit der Zunge.

„Aber hör zu, Kumpel. Nenn sie bloß nie so! Das könnte dich teuer zu stehen kommen."

„Danke für die Warnung", nickte Caidian unsicher.

„Kein Problem."

Hakim klopfte ihm freundschaftlich auf die Schulter und ging weiter.

Caidian setzte seinen Weg zur Krankenstation fort, seine Gedanken taumelten zwischen Hakims Worten und dem Grund, warum er hier war. Das goldschimmernde Schott vor ihm öffnete sich leise. Sofort fiel sein Blick auf Chiyoko. Sie sprang von ihrem Medo-Bett auf und kam mit strahlendem Lächeln auf ihn zu.

„Caidian!"

Ihre Stimme war wie ein Windhauch, der ihn umfing, und ehe er sich versah, umarmte sie ihn.

Meroth spürte, wie ihm die Röte ins Gesicht stieg. Er begann zu schwitzen. Die Nähe der jungen Frau war überwältigend. Ihr Duft, ihr Herzschlag, die Wärme ihres Körpers. Und dann drückte sie sich fester an ihn.

„Verdammt! Warum lässt sie mich nicht los?"

Was sollte er tun?

Sie zurückweisen?

Sie festhalten?

Er fühlte sich ein wenig verlegen, obwohl er sich über ihre Zuneigung freute. Wie von Geisterhand gesteuert legten sich seine Arme ebenfalls um Chiyoko. Er zog sie noch dichter an sich heran. Jetzt wurde ihm richtig heiß. Sein Herz pochte wild, als er ihre Brüste spürte, die sich gegen seine Brust drückten. Eine Erregung überkam ihn, von der er hoffte, dass Usagis Tochter sie nicht bemerken würde.

Und dann geschah alles blitzschnell.

Chiyoko sah ihm in die Augen, ein schüchternes Lächeln umspielte ihre sinnlichen Lippen und im nächsten Moment küsste sie ihn. Caidian erwiderte den Kuss, als hätte er so etwas schon hundertmal zuvor gemacht.

Natürlich hatte er schon Mädchen geküsst!

Doch diesmal fühlte es sich anders an als die flüchtigen Küsse mit Caressa, Sinusi oder den Zwillingen, die sie als Pubertierende heimlich ausgetauscht hatten. Die Zeit um sie herum schien stillzustehen, als wären Chiyoko und er eins mit dem Universum.

So lange, bis ihn ein kräftiger Griff ihn in die Wirklichkeit zurückholte.

„Was geht denn hier ab?"

Dr. Poschenko zog ihn am Arm von Chiyoko weg. Neben ihr stand eine grimmig wirkende Usagi, die ihrer Tochter einen tadelnden Blick zuwarf.

„Das möchte ich auch gerne wissen", sagte sie vorwurfsvoll.

Caidian und Chiyoko starrten verlegen den Boden an.

„Du kommst ganz nach deiner Schwester!" Usagi schüttelte den Kopf. „Die konnte ihre Gefühle auch nie zügeln."

„Schwester?" Meroth blinzelte irritiert. „Du hast eine Schwester?"

„Hatte", korrigierte ihn Usagi. „Ayumi starb vor langer Zeit, lange vor Chiyokos Geburt. Sie war meine erste Tochter, aus der Ehe mit meinem Mann Taro. Chiyoko verdanke ich der Wissenschaft beziehungsweise einer intrazytoplasmatischen Spermieninjektion. Aber das geht dich nichts an."

„Na... natürlich nicht!"

Caidian stotterte, suchte verzweifelt nach einem Themawechsel und wandte sich an die Ärztin.

„Ähm ... vielen Dank, Dr. Popo ... ich meine ... Dr. Poschenko, für alles, was Sie ..."

Er stockte erschrocken, als er bemerkte, wie Dr. Poschenko nach einem Laser-Skalpell griff.

„Was hast du eben gesagt?"

Ihre Stimme klang gefährlich leise.

„Ich meinte ..."

„Oh, ich habe sehr genau gehört, was du gesagt hast!"

Sie trat näher. Ihr zorniger Blick konnte Eis schmelzen – oder Knochen brechen. Doch dann hielt sie inne. Die Wut in ihren Augen wich Trauer.

„Es gab einen fetten Kerl auf der *Greycrow,* dem ich diesen Namen zu verdanken habe", erklärte sie leise, was Caidian bereits wusste. „Er war ein Idiot, aber manchmal hatte er auch seine guten Seiten, und ganz ehrlich, ich vermisse ihn sogar ein wenig. Er brachte stets ein Stück Normalität in unseren hektischen Alltag."

„Was ist aus ihm geworden?", wollte Caidian wissen.

„Ich weiß es nicht genau", begann die Ärztin zu erzählen. „Er war auf der Mission zur Erde, die das Hammanon einleiten sollte. Er kehrte nicht zurück, genauso wenig wie Usagis Tochter Ayumi, deren Verschwinden viele Rätsel hinterließ, die nur Usagi lösen kann, wenn sie eines Tages dazu bereit sein sollte, darüber zu sprechen. Was Klaus Bodenstock, diesen nervigen Kerl angeht, heißt es nur, er sei verschollen, was wohl bedeutet, dass er tot ist."

„Und einige Monate vor diesem Ereignis", fügte Usagi hinzu, „hat Ayumi diesen unmöglichen Typ sogar geheiratet. Aber das ist eine lange und komplizierte Geschichte. Dennoch kann ich bis heute nicht verstehen, was sie in diesem Mann gesehen hat."

Dr. Poschenko winkte ab.

„Wenn ich diesen Namen noch einmal aus deinem Mund höre", meinte sie, „garantiere ich dir, wird dein Gesicht demnächst wie eine überreife Tomate aussehen. Dann ist es vorbei mit dem Geknutsche."

„Es wird nie wieder passieren!", versicherte Caidian hastig.

Bevor er noch weitere Entschuldigungen loswerden konnte, ertönte Hakims besorgte Stimme über das Audiosystem der *Amusgan*.

„Dr. Poschenko! Bitte kommen Sie sofort zu Sinusi. Ihr Zustand hat sich wieder verschlechtert."

Die Zwillinge, die reglos neben dem Sofa standen, auf dem Sinusi regungslos lag, zuckten zusammen, als Dr. Poschenko mit entschlossenen Schritten in den Raum stürmte.

„Was ist passiert?", kam sie ohne Umschweife zur Sache.

„Sie ist einfach zusammengebrochen!", erklärte Nele bleich vor Schreck.

„Es ging alles so schnell!", ergänzte Nila mit bebender Stimme, als wäre das Sprechen selbst eine Anstrengung.

Die beiden Schwestern standen wie erstarrte Spiegelbilder da, in ihrer Sorge um Sinusi vereint und gelähmt vor Angst.

„Sie hat eben noch über einen Witz von mir gelacht", fügte Hakim noch hinzu.

Er kniete neben Sinusi, hielt ihre Hand, als könnte er sie allein durch seine Berührung aus ihrer Ohnmacht zurückholen.

„Dann fing sie an nach Luft zu schnappen und fiel um. Ich konnte sie gerade noch auffangen."

Er sah die Ärztin mit einem Flehen in den Augen an, das für sich sprach.

Dr. Poschenko nickte knapp, sprach kein Wort, sondern nahm den tragbaren Scanner von ihrem Gürtel. Mit routinierten Bewegungen ließ sie ihn über Sinusis leblosen Körper gleiten. Holografische Daten strömten in die Luft, glühende Blöcke, die sich wie lebendige Fragmente einer unverständlichen Sprache über dem Gerät versammelten.

„Hm", murmelte sie nachdenklich, wobei sich ihre Stirn in tiefe Falten legte. „Das ist … ungewöhnlich."

Ihre Augen fixierten die schimmernden Zahlenreihen und Diagramme, die vor ihr schwebten.

„Ungewöhnlich?", wiederholte Caidian, der die Ärztin zusammen mit Chiyoko zur Unterkunft der Amanen begleitet hatte.

„Die Kombinationstherapie hat bei Sinusi eine unvorhergesehene Mutation ausgelöst."

„Was bedeutet das?", fragte Caidian.

Dr. Poschenko antwortete nicht sofort. Stattdessen drehte sie den Scanner abrupt auf ihn, dann auf die Zwillinge. Neue holografische Muster tauchten auf, verschmolzen miteinander und lösten sich wieder auf.

„Ihr seid alle gesund", erklärte sie schließlich erleichtert. „Keine Anomalien."

„Aber was ist mit Sinusi?", drängte Hakim bekümmert. „Wird sie sterben?"

„Nein!", behauptete die Ärztin überzeugt und richtete sich auf. „Niemand an Bord dieses Schiffes wird mehr sterben. Zumindest nicht, solange ich das verhindern kann."

Sie wandte sich wieder dem Scanner zu, ihre langen knochigen Finger huschten über die kleine Steuerkonsole ihres Scanners. Plötzlich erstarrte sie, ihre Augen weiteten sich.

„Strahlung! Daran hätte ich denken müssen."

„Strahlung?", wiederholte Caidian und trat einen Schritt näher. „Was für eine Strahlung?"

„Die Hammanon-Strahlung", präzisierte sie. „Ihr Amanen seid dieser euer ganzes Leben lang ausgesetzt gewesen. Sie hat Sinusis Zellstruktur beeinflusst."

„Bitte in verständlichen Worten!", verlangte Caidian, der sich leicht vorbeugte, als könnte er so schneller an die Antwort gelangen.

„Sinusis Blutzyklus", berichtete Olga, und diesmal ließ sie bewusst die unverständlichen medizinischen Begriffe weg, „und der dadurch gesenkte Hormonspiegel verursachten eine leichte Zellmutation in ihren Eierstöcken. Das führte zu extremen Schwankungen ihres Blutdrucks. Deshalb ist sie ohnmächtig geworden."

„Ist das lebensgefährlich?", wollte Hakim wissen.

„Nicht unmittelbar", erwiderte Dr. Poschenko, während sie eine Hochdruckinjektion vorbereitete. Die Flüssigkeit im Zylinder schimmerte bläulich, wie eine destillierte Hoffnung. „Das hier wird ihren Kreislauf stabilisieren. Aber ich muss Sinusi weiterhin überwachen. Eventuell könnten unvorhersehbare Nachwirkungen durch die Strahlung auftreten."

Sie setzte die Injektion an Sinusis Hals und drückte ab. Ein kaum hörbares Zischen begleitete den Vorgang. Augenblicke, die sich wie Minuten hin dehnten, folgten.

„Sie bewegt sich!", riefen die Zwillinge wie aus einem Mund, als Sinusi schwerfällig die Augen öffnete.

Ihr Blick irrte durch den Raum, verwirrt, wie jemand, der gerade aus einem tiefen Traum erwacht war.

„Was ... was ist passiert?", brachte sie krächzend hervor.

Dr. Poschenko musterte sie prüfend, bevor ein kleines, beruhigendes Lächeln ihre Züge erhellte.

„Du hattest einen Schwächeanfall", sagte sie sanft. „Aber du bist jetzt wieder stabil. Keine Sorge, Kleines!"

„Solange wir eine Ärztin wie Dr. Poschenko haben, wird alles gut", fügte Hakim erleichtert hinzu.

Ein kurzes, schwaches Schmunzeln huschte über Sinusis Gesicht, bevor sie wieder in den Schlaf sank – diesmal friedlich.

„Ich glaube, die Hammanon-Strahlung wird mich auch noch in Zukunft beschäftigen", meinte die Ärztin vorausschauend.

In stummer Übereinkunft wandten sich die Bandreso-Zwillinge einander zu.

★

„Wir waren der Hammanon-Strahlung nie ausgesetzt", bemerkte Virgil Hauser schärfer als beabsichtigt.

Die Worte aus Dr. Poschenkos Bericht hallten in seinem Kopf nach, ein ständiges Rauschen, das sich nicht abstellen ließ. Er betrachtete die Menschen, die sich erwartungsvoll um das Triumvirat ihrer kleinen Gemeinschaft versammelt hatten. Ihre Anspannung war fast greifbar. Virgil spürte die Mischung aus Hoffnung und Angst im Raum, die Freude auf das neue Leben, das ihnen die Amanen versprachen, und zugleich die schleichende Furcht vor dem Unbekannten.

„Setzen wir uns vielleicht einer Gefahr aus, wenn wir uns auf der Erde ansiedeln?", fragte er provozierend in die Runde und löste damit eine leichte Panik aus.

Dr. Poschenko hob mahnend die Hände, eine Geste der Beruhigung. Das Raunen im Raum wich nur langsam zurück.

„Ich glaube nicht", antwortete sie zögerlich.

„Du glaubst nicht?", hakte Usagi Kadochi nach, die stets analytische Denkerin der Gruppe. „Du hast also keine Gewissheit?"

„Den Urvätern und -müttern der Amanen hat sie schließlich auch nicht geschadet", erinnerte Olga sie.

Trotz ihres unerschütterlichen Verhaltens bemerkte Virgil, der immer noch die braune Uniform der Raumflotte trug, das leichte Zittern in Olgas rechter Hand, als sie nach ihrer Wasserflasche griff. Ihre Fassade war stark, doch ihre Angst war nicht zu übersehen.

„Die haben nur vergessen, woher sie kamen und wer sie waren", fügte Virgil hinzu. „Es dauerte Jahre, aber es war nicht aufzuhalten."

„Kin Wu unterlag diesem Phänomen nicht", erinnerte Usagi ruhig, als wollte sie den Faden einer gewaltfreien Diskussion aufrechterhalten.

„Natürlich nicht!", spottete Virgil. „Die Mutter des Ursprungs war in ihrem Gewölbe geschützt, hat tatenlos zugesehen, wie ihre Mitmenschen dahinsiechten."

Einen Moment lang herrschte Schweigen, das nur von Virgils leiser Stimme durchbrochen wurde.

„Ihr Gewölbe", murmelte er leise, mehr zu sich selbst.

Plötzlich überkam ihn ein Gedanke, der ihn die Luft anhalten ließ.

„Was, wenn wir diese High-Tech-Basis einfach übernehmen würden?", fragte er neu motiviert. „Es wäre eine bessere Alternative, als in dieses verdammte Dorf zu ziehen. Und wir wären geschützt."

Dr. Poschenko schüttelte heftig den Kopf.

„Das wäre ein Fehler!", warnte sie. „Veegun würde uns niemals durchkommen lassen. Wir sind schließlich hier, um das Erbgut der Amanen zu stärken, nicht, um eine politische Fraktion zu gründen. Es wäre nicht nur ein Affront, sondern ein Akt der Rebellion gegen alles, was wir uns geschworen haben!"

„Dem stimme ich zu", sagte Usagi kühl, aber nicht ohne Verständnis für Hausers Überlegungen. Sie trat einen Schritt näher an den Mann heran. „Was bedrückt dich wirklich, Virgil? Ist es die Angst vor dem Unbekannten? Oder ..." – sie hielt kurz inne, die Frage konnte verletzend sein – „... schämst du dich, dir die Hände schmutzig zu machen?"

Virgil schnappte nach Luft, als hätte sie ihm eine schallende Ohrfeige verpasst. Sein Zorn brach wie ein Damm, der nicht mehr standhielt.

„Ich war technischer Offizier auf einem Raumschiff!", fuhr er auf. „Ich habe Maschinen gewartet, Systeme optimiert, Menschen gerettet!" Seine Stimme zitterte vor Wut. „Und jetzt erwartet ihr von mir, den Feldarbeiter zu spielen?"

„Vielleicht könntest du ein Erfinder sein", schlug Dr. Poschenko vorsichtig vor, doch ihre Worte gossen nur Öl ins Feuer. „Hilf den Amanen, fortschrittlicher zu werden. Du könntest Brücken bauen zwischen ihren Traditionen und unserer Technologie."

Virgil lachte trocken auf.

„Und wenn ich eines Tages vergesse, wer ich war? Was bleibt von mir übrig? Nur ein Schatten, der sich selbst nicht mehr kennt."

Er starrte Dr. Poschenko mit durchdringendem Blick an.

„Was dann?"

„Vielleicht würde das dir sogar helfen", sagte Usagi. Ihre Meinung traf Virgil wie ein verirrter Pfeil. Unbeabsichtigt, doch schmerzlich präzise. „Manchmal ist es besser, das Alte loszulassen, um Platz für etwas Neues zu schaffen."

„Ah ja, nach dem Motto: Je dümmer ein Mensch ist, desto weniger Probleme bereitet er!"

Virgil schlug mit der Faust gegen die Wand. Der dumpfe Klang ließ alle zusammenzucken.

„Das ist es, was ihr denkt, oder? Dass ich ein kleiner dummer Bauer werden soll im großen Spiel der kosmischen Mächte!"

„Niemand sprach von Dummheit!", versuchte Dr. Poschenko ihn zu beruhigen. „Vergessen bedeutet nicht, dass du dumm bist. Vielleicht ... vielleicht würde es dir sogar neue Perspektiven eröffnen. Denk nach, Virgil! Du bist nicht allein mit diesen Ängsten. Jeder von uns fürchtet sich vor der unbekannten Zukunft."

Virgil starrte sie einen Moment lang an, seine Hände immer noch zu Fäusten geballt. Er drehte sich abrupt um und ging. Seine Schritte hallten laut und schwer durch den Korridor des Schiffes, dem er nicht entkommen konnte.

„Ich hätte gedacht, er wäre aufgeschlossener", murmelte Usagi untröstlich.

Dr. Poschenko seufzte leise.

„Es ist nicht leicht, alles zu verlieren, was man kennt, und dann etwas Neues zu akzeptieren, das man eigentlich nicht will. Er wird nicht der Einzige sein, dem es schwer fallen wird, sich in das Gemeinschaftssystem der Amanen einzufügen. Ich kann ihm nicht einmal einen Vorwurf machen."

Ein leises Gemurmel brach unter den übrigen Gruppenmitgliedern aus. Die Zukunft erschien ihnen wie ein dünner Faden, der zwischen den allmählich verblassenden Erinnerungen an das Vergangene und der Unsicherheit des Kommenden gespannt war.

„Wir spüren die Furcht unter den Menschen", flüsterten die Bandreso-Zwillinge fast unhörbar.

Sie wandten sich an Caidian, als sie gemeinsam mit ihm und Chiyoko Kadochi die Gemeinschaftskabine verließen und durch die mit Menschen überfüllten Korridore der *Amusgan* schlenderten. Ihre Worte erklangen in einer erschreckenden Synchronität, als kämen sie aus einem einzigen traurigen Bewusstsein. Die Luft um sie herum schien sich zu verdichten, zu gefrieren, und ein kalter Schauer lief Caidian über den Rücken.

Hakim war bei Sinusi geblieben, um auf sie achtzugeben, eine Tatsache, die Caidian nur widerwillig akzeptiert hatte. Das Misstrauen, das er gegenüber dem jungen Mann hegte, war wie ein Schatten, der an ihm haftete. Es war ein Gefühl, das ihn nicht loslassen wollte. Er musste unbedingt an sich arbeiten.

Chiyoko, die stets an seiner Seite weilte, betrachtete die Zwillinge mit einer Mischung aus Neugier und Unbehagen.

„Worüber sollten die Menschen sich fürchten?", fragte sie scheinbar unbekümmert. Ihre Augen verrieten jedoch, dass sie für ihre Jugend alles andere als einfältig oder leichtgläubig war.

„Weil nicht alle sind wie du, Chiyoko", erklärte Nele ihr mit sanften Worten.

„Oder wie Hakim!", fügte Nila ergänzend hinzu. „Viele Menschen klammern sich verzweifelt an ihre Vergangenheit, als wäre sie ihr einziger Halt. Sie haben Angst vor dem, was aus ihnen werden könnte, wenn sie alles, was sie je gekannt haben, vergessen."

Chiyoko runzelte nachdenklich die Stirn. Caidian hatte ihr bisher kaum etwas über die besondere Gabe der Bandreso-Zwillinge erzählt, und das geheimnisvolle Schweigen um sie herum machte die Sache nur mysteriöser.

„Was könnten sie vergessen?", fragte sie zögerlich.

„Ihr gesamtes Leben", flüsterte Nele.

Caidian legte schützend seine Hand um Chiyokos Schulter.

„Die Hammanon-Strahlung", sagte er düster, „obwohl sie bereits stark abgeklungen ist, kann zwar nicht mehr die Moleküle unserer Körper beeinflussen, aber das, was wir in unseren Köpfen aufbewahren, schon. Erinnerungen, Identitäten … alles könnte bei den Menschen verblassen, einfach verschwinden, so wie bei unseren Ahnen. Wenn das eintritt, bleibt nur die Erinnerung an das Leben auf Aman. Genauso ist es den Gründern unseres Dorfes ergangen."

Die Stille, die folgte, war bedrückend.

Chiyoko verstand das Problem.

„Aber … könnten wir uns nicht darauf vorbereiten?", hoffte sie.

„Vorbereitung hilft nur denen, die bereit sind zuzuhören", antwortete Nila mit der gleichen undurchdringlichen Miene wie ihre Schwester. „Die anderen werden in Panik verfallen. Sie werden sich gegen uns wenden. Die Angst macht Menschen gefährlich, Chiyoko."

Caidian hatte den drei jungen Frauen aufmerksam zugehört.

„Wir müssen Kin Wu davon berichten", verriet er ihnen seine Meinung. „Vielleicht hat sie eine Idee, mit der man die Menschen beruhigen könnte. Oder sie findet eine andere Lösung. Einfach wird es nicht, aber wir dürfen diese Situation nicht ignorieren."

„Ich könnte mit meiner Mutter sprechen", schlug Chiyoko vor. „Sie hat großen Einfluss auf die Gruppe, und zusammen mit Dr. Poschenko werden sie sicher einen Weg finden."

Caidian hielt kurz inne. Beinahe zögerlich fragte er:

„Und was ist mit Hakims Vater? Können wir ihm vertrauen?"

Chiyoko starrte ihn an, ihre Augen weiteten sich vor Überraschung.

„Warum nicht? Glaubst du wirklich, er ist ein Aufrührer? Jemand, der nur Streit sucht?"

Ihre Stimme klang beinahe empört, doch als sie fortfuhr, schwang eine leise Unsicherheit mit:

„Es gibt zwar Gerüchte über seine Zeit auf der *Bonaparte*. Aber niemand weiß genau, was vorgefallen ist."

„Was für Gerüchte?", fragten die Zwillinge.

Chiyoko senkte den Blick.

„Es wird gemunkelt, dass er nicht besonders gut auf Fremdweltler zu sprechen ist. Selbst wenn diese die Menschen als Gleichwertige ansehen. Aber Virgil hat sich während unseres Aufenthalts im Zoo des Porkos bewährt. Trotz all seiner persönlichen Verluste, die er erlitten hat. Ich denke, seine Taten sprechen für sich."

„Mit solch einem Szenario wird er es auf Aman jedenfalls nicht zu tun bekommen", meinte Caidian. „Dennoch habe ich das Gefühl, dass er etwas vor uns verbirgt. Er wirkt ... verschlossener. Ablehnender. Wie jemand, der ständig nach Gefahren sucht und diese auch findet."

Chiyoko hob das Kinn.

„Vielleicht ist das genau seine Stärke. Er sieht Bedrohungen, die andere nicht wahrnehmen."

Caidian zögerte, bevor er zustimmend nickte.

„Das mag sein. Trotzdem werde ich ihn im Auge behalten."

Er wandte sich wieder den Zwillingen zu.

„Habt ihr in den letzten Tagen keine Visionen gehabt? Etwas, das uns helfen könnte, die Situation zu verstehen oder uns auf das vorzubereiten, was kommt?"

„Nein!", kam die knappe, abweisende Antwort ziemlich schnell.

Caidian hob eine Augenbraue.

„Keine Visionen?"

„Nein!", wiederholten Nele und Nila diesmal mit schärferer Entschlossenheit. „Das werden wir nicht tun."

„Könnt ihr inzwischen auch Gedanken lesen?", fragte Caidian argwöhnisch.

„Nein", antwortete Nele, ihre Lippen zu einem spöttischen Lächeln verzogen.

„Aber wir kennen dich!", ergänzte Nila. „Du willst, dass wir uns mit Chiyoko verbinden, um in die Zukunft zu sehen."

„Wenn es der Gruppe hilft …", begann Caidian, doch die Zwillinge schnitten ihm das Wort ab.

„Das ist gefährlich. Für uns. Für Chiyoko. Sogar für dich. Nicht jede Zukunft will gesehen werden."

„Gefährlich ist es nur, wenn ihr dazu gezwungen werdet!", entgegnete er, während er an ihre verhängnisvolle Vision mit Zarga Rowitsch dachte.

Chiyoko trat einen Schritt vor.

„Wovon sprecht ihr da genau?", fragte sie mit einer Mischung aus Neugier und Besorgnis. „Seid ihr wirklich in der Lage, in die Zukunft zu blicken? Das klingt … faszinierend!"

Caidian schloss kurz seine fehgrauen Augen.

„Bitte!", flüsterte er. „Es ist wichtig!"

Die Zwillinge sahen sich erneut an, ein stummes, tiefes Verständnis lag in ihren Blicken. Schließlich trafen sie eine Entscheidung.

„Gut", gaben Nele und Nila nach. „Folgt uns zur Krankenstation. Dort wird uns niemand stören. Aber wundert euch nicht, wenn das, was wir sehen, mehr ist, als ihr euch erhofft."

Kaum hatten sie die Krankenstation betreten, schritten die Zwillinge auf Chiyoko zu, ihre Hände suchten die ihren. Sie schlossen den Kreis, indem sie sich auch gegenseitig die Hand reichten. Ein unsichtbares Band spannte sich zwischen ihnen, und in diesem

Moment verschwanden die Bewusstseine der drei jungen Frauen aus der Wirklichkeit.

Chiyoko fühlte sich, als wäre sie in einen Traum gefallen. Sie stand auf einem grasbewachsenen Hügel, der sich über eine tiefe Klippe erhob. Vor ihr erstreckte sich das endlose Meer. Sein Blau schimmerte im Licht der unsichtbaren Sonne. Mächtige Wellen brachen krachend gegen das felsige Ufer, schickten weiße Gischt in die Luft, die im Wind wie zerfetzte Schleier tanzte. Der raue, eisige Atem des Meeres schnitt in ihre Wangen, während fremdartige Gerüche ihr in die Nase stiegen. Einen davon konnte sie vielleicht noch als salzig identifizieren. Die restlichen waren ihr unbekannt.

„Was riecht hier so seltsam?"

Ihre Lippen formten die Worte, doch kein Laut entkam ihrem Mund.

„Das ist der Geruch von Fisch und Seetang."

Die Antwort kam klar und unaufgefordert. Zwei Stimmen, gleich und doch eigenständig, hallten in ihrem Kopf.

Erschrocken fuhr Chiyoko herum. Hinter ihr standen Nele und Nila, ihre langen blonden Haare vom Wind zerzaust. Ihre Augen wirkten geheimnisvoll, fast wissend, als ob sie mehr sahen, als Chiyoko jemals begreifen könnte.

„Wo sind wir?"

Chiyokos Stimme war kaum mehr als ein Flüstern. Sie wandte sich wieder dem tobenden Meer zu, das unter dem grauen Himmel ungestüm pulsierte.

„An der Küste nahe unserem Dorf!"

„Ist das alles echt?"

„Es könnte eines Tages real werden", antworteten die Zwillinge. „Dies ist ein Blick in die Möglichkeiten deiner Zukunft. Schau nach links, Chiyoko. Dort bist du, und du bist nicht allein."

Ein Zittern lief über ihren Rücken, als sie den Blick nach links wandte. Wenige Meter von ihr entfernt erkannte sie sich selbst. Arm in Arm mit Caidian stand sie auf einer kleinen Anhöhe, das Gesicht strahlend vor Glück. Doch es war nicht nur die Freude über dieses Glück, die sie inne-

halten ließ. Ihr anderer, zukünftiger Körper trug einen auffallend runden Bauch vor sich her.

„Ich bin schwanger!", stieß Chiyoko überrascht aus.

Sie sah sich selbst zu Caidian sprechen. Es klang so vertraut und doch fremd:

„Ich bin so froh, dass es endlich geklappt hat mit dem Kind. Jetzt wirst du bald Vater von drei Kindern sein – und das von drei verschiedenen Frauen."

Caidian lächelte leicht gequält. Er legte eine Hand auf ihren Bauch.

„Es gibt aber nur eine, die ich liebe."

„Ich weiß", sagte sie lächelnd und hauchte ihm einen sanften Kuss auf die Wange. „Als Sinusi dich damals bat, ihr ein Kind zu schenken, war ich nicht begeistert. Heute sehe ich es anders. Sie, Hakim und der kleine Sandor bilden eine glückliche Familie."

„Ich war es ihr schuldig", sagte Caidian nachdenklich. „Schließlich hat sie dein Leben gerettet."

„Und das meiner Mutter", fügte Chiyoko mit einem Anflug von Traurigkeit hinzu. Ihre Augen glänzten. „Schade, dass sie die Geburt unseres Kindes nicht erleben konnte."

„Sie gab ihr Leben für dich", sagte Caidian mitfühlend. „Mit der Gewissheit, dass dir ein glückliches Leben bevorsteht."

Plötzlich fiel Dunkelheit wie eine Flut über die Szene, verschluckte die Farben, die Stimmen, sogar die Luft selbst. Chiyoko fühlte sich, als würde sie durch die Finsternis gewirbelt. Ein lähmender Schwindel erfasste sie. Übelkeit stieg in ihr auf. Doch ebenso schnell, wie sie gekommen war, löste sich die Dunkelheit wieder auf, und eine neue Vision nahm ihren Platz ein.

Diesmal stand sie in einem geräumigen Wohnzimmer. Die Wände waren aus massiven Holzbalken, die dem Raum eine warme, rustikale Atmosphäre verliehen. Der Duft von Holz und etwas Vertrautem lag in der Luft. An einem großen, robusten Esstisch saßen zwei Männer – Virgil und Hakim Hauser. Sie wirkten angespannt. Virgils Augen funkelten vor Zorn, während Hakim verzweifelt den Kopf senkte.

„Du musst dich von Sinusi trennen!"

Virgils übergroße Hand donnerte auf den Tisch.

„Du kannst mit ihr keine Kinder bekommen. Dr. Poschenko hat das bestätigt. Hätte sie damals nicht die Kadochis gerettet, wäre Sinusi noch mit einem Menschen kompatibel. So kann sie nur von einem Aman geschwängert werden."

Hakim schüttelte den Kopf. Tränen funkelten in seinen Augen.

„Aber ich liebe sie!"

„Hast du den Verstand verloren?"

Virgils Stimme wurde lauter, schneidend vor Wut.

„Sie will mit Caidian schlafen, um ein Kind zu bekommen. Das ist doch absurd. Aber das war schon immer ihr Wunsch, wie einige der Dorfbewohner mir erzählten."

„Das ist nicht wahr!"

Hakim sprang auf, seine Hände zitterten.

„Ja, sie war früher in ihn verliebt, aber das liegt weit in der Vergangenheit!"

„Und doch will sie von ihm geschwängert werden!"

Virgils Stimme überschlug sich vor Empörung.

„Das ist Irrsinn! Es gibt genügend andere Frauen in Aman, mit denen du Kinder haben kannst. Warum muss es ausgerechnet Sinusi sein?"

„Weil ich sie liebe!", wiederholte Hakim sich. „Kannst du das nicht verstehen?"

„Es war ein Fehler, nach Aman zu kommen!", griff Virgil wieder das leidige Thema auf, mit dem er sich im Dorf, in voller Absicht, bei einigen Leuten ziemlich unbeliebt gemacht hatte. „Ich hätte nach dem Tod des alten Bürgermeisters ernsthafter versuchen sollen, die Macht zu ergreifen. Nun sind wir in diesem Kaff gefangen und lassen uns Tag für Tag von diesen Gutmenschen erniedrigen."

„Warum bist du nur so unzufrieden mit deinem jetzigen Leben?", wollte Hakim wissen. „Du hast dir nicht einmal eine Arbeit gesucht. Obwohl dir mehrere angeboten wurden. Man könnte langsam der Meinung sein, du wärest lieber in dem Zoo des Porkos geblieben."

„Du verstehst gar nichts!", schüttelte Virgil energisch den Kopf.

„Aber es geht dir, es geht uns allen doch sehr gut!", äußerte sich Hakim verzweifelt. „Selbst das Vergessen hält sich in Grenzen."

„Ich werden das nicht weiter hinnehmen!", stand Virgil von seinem Stuhl auf, der durch den Schwung krachend umkippte. „Wenn du dich auf diese Komödie einlässt, will ich nichts mehr mit dir zu tun haben. Dann bist du nicht mehr mein Sohn. Du wirst mit dieser Schlampe kein Bündnis eingehen. Verstanden? Eher werde ich sie …"

Erneut senkte sich die Dunkelheit wie ein eiserner Vorhang, schwer und unentrinnbar.

Abrupt ließen die Zwillinge Chiyokos Hände los. Die junge Edokkerin taumelte leicht und hielt den Atem an. Mit weit aufgerissenen Augen starrte sie Caidian an, als hätte sie gerade in einen bodenlosen Abgrund geblickt.

„Was habt ihr gesehen?"

Meroths Stimme durchbrach die unangenehme Stille. Er streckte die Hand nach Chiyoko aus, um sie zu beruhigen, doch sie wich vor ihm zurück, als würden seine Berührungen etwas Unausweichliches in Gang setzen.

„Sie hat eindeutig zu viel gesehen", riefen Nele und Nila gleichzeitig und bestätigten damit ihre Warnung von vorhin. „Und natürlich ging es – wie immer – nur um dich!"

„Erzählt es mir!", flehte Caidian sie beinahe an.

„Nein!"

Chiyoko hob abwehrend die Hände, als wollte sie die Worte der Zwillinge zurückdrängen.

„Er darf es nicht wissen. Ich will nicht, dass er unsere gemeinsame Zukunft kennt."

„Aber …"

„Kein aber!", schnitt Nele scharf dazwischen.

„Wenn das ihr Wunsch ist, soll es so sein", erklärte Nila unnachgiebig und erstickte jede weitere Diskussion im Keim.

„Das ist nicht fair!"

Meroths übliche Gelassenheit wich einer leichten Frustration. Chiyoko griff nach seiner Hand. Ihre Berührung war unerwartet sanft.

„Vielleicht ist es das, aber es muss so sein", appellierte sie an sein Verständnis. In ihren Augen lag ein tiefes Vertrauen. „Ich kann dir nur eins sagen: Mit Virgil liegst du richtig. Wir müssen ihn im Auge behalten. Seine Pläne sind unheilvoll."

„Welche Pläne?"

Meroth klang alarmiert.

„Er erhebt Machtansprüche", erklärten ihm die Zwillinge. Ihre Worte glichen einer düsteren Prophezeiung. „Er glaubt nicht, dass wir rückständigen Amanen in der Lage sind, das Beste aus unserem Leben zu machen."

„Das ist ziemlich vage!"

„Tja, bei der restlichen Vision standest leider du im Mittelpunkt!"

„Verstehe!", nickte Caidian unzufrieden.

Alles drehte sich immer um ihn. Warum nur? War es eine Eigenart der Zwillinge? Benutzten sie ihn als eine Art Anker, um durch die Zeit zu reisen? Das Chaos in seinem Kopf ließ ihn kaum klar denken. Dabei hatte gerade er nie wissen wollen, was die Zukunft für ihn bereithielt.

„Was tun wir jetzt?", fragten die Zwillinge ungeduldig.

„Vielleicht sollten wir Veegun einweihen", schlug Caidian vor, bemüht, seine innere Unruhe zu überspielen.

„Er würde nach Beweisen fragen, die wir nicht haben", wandte Nele ein.

„Halten wir uns an unseren Plan mit Kin Wu", erinnerte Nila ihre Freunde. „Die Mutter des Ursprungs wird sich darum kümmern."

Caidian spürte, wie sich die Last auf seinen Schultern unweigerlich verstärkte. Etwas an Chiyokos Vision hatte sie tief in ihrem Innersten erschüttert, und das ließ sie nicht mehr los. Und wie es schien, trug er die Schuld daran.

Kapitel 25

Rückkehr ins Land Wu

*31. Tag des Frühlings
im Jahre 154 nach der Gründung von Aman*

Zwei Tage später erreichte die *Amusgan* das Sol-System. Das goldene Raumschiff des sagorischen Botschafter-Roboters trat aus dem violett schimmernden Tunnelausgang des Gunarraums und steuerte majestätisch auf sein Ziel am Horizont zu. Die Bordsensoren registrierten die Gravitationswellen des vierten Planeten, der als rötlicher Punkt unter dem Flugkörper vorbeizog.

Veegun, das zwei Meter große Kunstgeschöpf, geschaffen nach dem rudimentären Vorbild seiner Schützlinge, hatte die Amanen auf die Brücke eingeladen, damit sie erstmals den Anflug auf ihre Heimatwelt miterleben konnten. Staunend und mit ehrfürchtigem Schweigen betrachteten die vier Jugendlichen, wie der Blaue Planet auf dem leicht gekrümmten Panoramaschirm langsam größer wurde.

Caidian Meroth, der neben Sinusi in einem der bequemen Schwebesessel saß, blickte die gleichaltrige Frau zufrieden an. Sie hatte sich wieder vollständig erholt und ein sorgloses Lächeln lag auf ihren vollen Lippen.

„Für die Menschen ist das die Erde", bemerkte Sinusi ruhig, doch Caidian fiel ein fragender Unterton auf. „Für uns ist es Aman! Welchen Namen sollen wir in Zukunft benutzen?"

„Aman! Natürlich Aman!", riefen die Bandreso-Zwillinge wie aus einem Mund, ohne den Blick vom Schirm zu lösen.

Caidian hingegen zögerte. Nachdenklich fuhr er sich durch sein dichtes dunkles Haar.

„Aman halte ich für sinnvoller", schloss er sich Nele und Nila an, obwohl er nicht ganz so überzeugt war wie die beiden Mädchen, die sich förmlich ihre kleinen Stupsnasen am Bildschirm platt drückten.

„Warum?", wollte Sinusi von ihm wissen. Caidian entdeckte zwei schwache Falten auf ihrer Stirn. „Ist das nicht der Name unseres Dorfes? Führt das nicht zu Verwechslungen?"

Caidian schien dies bereits durchdacht zu haben.

„Das glaube ich nicht", äußerte er sich. „Jedenfalls hat die kosmische Gemeinschaft außerhalb der Hammanon-Wolke schlechte Erinnerungen an die Bezeichnung Erde. Gleiches gilt für die Worte Terraner oder Menschen. Sie rufen Misstrauen und Angst hervor. Aman oder Amanen klingen neutraler. Und vor allem identifizieren wir uns mit diesen Namen."

Sinusi war noch nicht ganz überzeugt.

„Schafft das keine Missverständnisse bei unseren neuen Freunden? Werden wir die Menschen damit nicht verärgern?"

Caidian zuckte gleichgültig mit den Schultern und blieb ihr eine Antwort schuldig.

„Vielleicht hast du recht", sagte Sinusi leise. „Vielleicht ist es an der Zeit, die fragwürdige Geschichte unserer Vorfahren hinter uns zu lassen. Konzentrieren wir uns auf eine gemeinsame Zukunft. Von nun an sind wir alle Amanen."

Veegun drehte sich zu ihnen um.

„Eine kluge Entscheidung", kommentierte er mit der unerschütterlichen Stimme einer Maschine. „In der kosmischen Gemeinschaft ist der Name oder der Ruf eines Volkes oft mächtiger als die beste Waffe."

Der Blaue Planet füllte nun den Panoramaschirm vollständig aus. Dicke Wolken lagen über Teilen der südlichen Ozeane und

Kontinente. Der Planet schien zum Greifen nah. Für einen Moment waren alle Blicke der Anwesenden wieder gebannt.

„Aman", flüsterte Sinusi leise vor sich hin.

Über dem Frontschirm veränderte sich die grünleuchtende Datumsangabe. Sie wechselte von der bisherigen Bordzeit auf die aktuelle Zeitrechnung auf dem Planeten.

„Etwas mehr als vier Jahre sind seit unserem Start vergangen", teilte Veegun ihnen mit. „Ich habe bereits Kontakt mit Kin Wu aufgenommen. Die Mutter des Ursprungs bereitet alles für den Empfang der Menschen vor."

„Was bedeutet das?", fragte Caidian misstrauisch.

„Nun, erst einmal muss geklärt werden, welche Aufgaben diese Leute im Dorf übernehmen werden", antwortete der Roboter sachlich. „Und sie müssen für die ihnen bevorstehenden Veränderungen geschult werden."

„Geschult?", wunderte sich Sinusi. „Sind nicht wir es, die von ihnen lernen könnten? Sie stammen schließlich aus einer hochtechnisierten Welt! "

„Das muss für Aman nicht unbedingt ein Vorteil sein", behauptete Veegun. „Es wird mit Sicherheit Anpassungsschwierigkeiten geben. Eine Integration einer größeren Anzahl von Zuwanderern in ein bestehendes politisches System, vor allem wenn es sich um ein so kleines wie Aman handelt, ist kompliziert."

„Aber eine solche Integration trägt doch zur Steigerung der Vielfalt bei", warf Caidian Meroth ein und fragte sich, ob er Veegun über das sonderbare Verhalten von Virgil Hauser informieren sollte.

„Das tut sie!", bestätigte ihm der Roboter. „Doch Vielfalt kann sich auch negativ auf eine Kommune auswirken. Stellt euch vor", und dabei blickte er Sinusi an, „unter den Menschen befinden sich drei, vier oder gar mehrere, deren Charaktereigenschaften denen eines Maso Hunagi oder einer Zarga Rowitsch ähneln. Das würde für Aman den Untergang bedeuten. Die Diversität blind zu akzeptieren schafft Raum für Unruhe. Diebe, Betrüger, Mörder ja sogar Diktatoren können sich in einer naiven und unvorbereiteten Gesellschaft prächtig entfalten. Letztere stellen die größte Gefahr für eine unschuldige Demokratie wie die eure dar. Solche Individuen beschneiden schnell sämtliche Freiheiten ihrer Untertanen."

„Du machst uns Angst!", beklagten sich die Bandreso-Zwillinge.

„Das war nicht meine Absicht", versicherte ihnen Veegun. „Ich wollte euch nur darauf aufmerksam machen, welche Probleme auf euch zukommen könnten. Probleme, mit denen du, Caidian, dich eines Tages auseinandersetzen musst."

„Warum ich?", fragte Caidian verdutzt. „Ich strebe keine Machtposition im Dorf an."

„Darum wärst du perfekt für diese Position", erwiderte der Roboter unbeeindruckt. „Und wie ich den alten Panek einschätze, arbeitet er bereits daran, dass du eines Tages die Führung in Aman übernehmen kannst."

„Aber das möchte ich gar nicht!"

„Wir werden sehen!", meinte Veegun nur.

„Hast du von Kin Wu etwas über das Dorf und seine Bewohner in Erfahrung gebracht?", fragte Sinusi mit leichter Sorge. „Hat sich in den vergangenen Jahren etwas Besonderes ereignet?"

„Das einzig Erwähnenswerte wäre das Ableben von Zarga Rowitsch!", verriet ihr Veegun emotionslos. „Weitere erwähnenswerte Zwischenfälle gab es keine."

Erleichtert atmeten Sinusi und die Bandreso-Zwillinge auf. Besonders Nele und Nila freuten sich darauf, ihre Eltern wiederzusehen. Da ihre speziellen Fähigkeiten nur innerhalb einer begrenzten Reichweite funktionierten, hatten sie jeglichen Kontakt zu ihnen oder zu den Bewohnern des Dorfes verloren.

Das Land Wu, die dem Kontinent, auf dem Aman lag, vorgelagerte Insel kam in Sicht und die *Amusgan* setzte zur Landung an.

Hausers Unzufriedenheit war kaum zu übersehen. Mürrisch wartete er mit seinen Reisegefährten vor der Backbordschleuse auf das Öffnen des Schotts. Vier! Gerade einmal vier Leute hatten sich für seinen Plan begeistern lassen. Viel zu wenige, um seine wachsende Nervosität zu besänftigen. Einige hatte er gar nicht erst gefragt. Sie standen zu tief unter dem Einfluss von Usagi und Olga. Die beiden alten Frauen hatten sich mit ihrer Weisheit und Fürsorge ein unumstößliches Ansehen erarbeitet. Doch vier waren ein Hohn. Selbst sein eigener Sohn war ihm in dieser Angelegenheit keine Hilfe. Eine Wahrheit, die wie Salz in einer Wunde brannte.

Ein unerwünschter Hauch von Scham kroch in Virgil empor. Er schob ihn hastig beiseite. Es war nicht Zeit, um Nachsicht zu üben. Und dennoch. Sich gegen Usagi und Olga zu stellen, war ein Schritt, vor dem er zurückschreckte. Zu viel hatten beide für ihre kleine Gemeinschaft getan, zu oft hatten sie die Gruppe vor der Auslöschung bewahrt. Aber sie waren blind, sahen nicht, was er sah: Das unerschöpfliche Potenzial des Gewölbes der Mutter des Ursprungs bot ihnen unbegrenzte Möglichkeiten. Man musste sie nur ergreifen.

Sein Blick schweifte ab, seine Gedanken überschlugen sich. Er sah noch eine andere Option, die sich ihm anbot.

Kin Wu!

Sie war der Schlüssel zu ihrer Zukunft. Er müsste Kin von seinen Absichten überzeugen. Wenn er sie auf seine Seite ziehen könnte, würde das alles verändern. Ihr Einfluss würde den Unterschied machen und die Skeptiker überzeugen. Sie würde die Brücken bauen, die er benötigte.

Aber war Wu noch immer dieselbe?

Die junge Frau, die er einst auf der *Bonaparte* kennengelernt hatte, war leidenschaftlich gewesen, bereit, für ihre Überzeugungen zu kämpfen. Doch die Berichte, die er von den Amanen über die Mutter des Ursprungs gehört hatte, zeichneten ein anderes Bild: müde, gebrochen, gefangen in der Schwere der Verantwortung.

Was für eine Verschwendung ihrer Talente.

Lautes Gemurmel riss ihn aus seinen Gedanken. Es war zu spät für solche Überlegungen. Er musste sich an seinen Plan halten. Mit den wenigen, die er hinter sich versammelt hatte, würde er es versuchen. Kin musste überwältigt werden – nicht, weil er in ihr den

Feind sah, sondern weil es notwendig war. Er würde alles tun, um den Menschen ein besseres Leben zu bieten. Wenn die Macht des Gewölbes erst einmal in seinen Händen lag, würden seine Kritiker schnell verstummen.

✯

Die Luft in der Backbordschleuse roch trotz des Menschenauflaufs nach steriler Frische. Als Veegun sie betrat, wichen die Leute respektvoll zurück. Der metallene Glanz seines humanoiden Roboterkörpers spiegelte das Licht der indirekten Deckenbeleuchtung. Seine türkisblauen Augen fixierten Caidian mit strenger Autorität.

„Virgil Hauser schart Verbündete um sich!", kam er ohne Umschweife zur Sache. „Er möchte versuchen, das Gewölbe der Mutter des Ursprungs unter seine Kontrolle zu bekommen. Ein geradezu lächerlicher Plan."

„Lächerlich oder nicht", erwiderte Caidian. „Hauser ist gefährlich."

Vor ihnen dirigierten die Bandreso-Zwillinge fast mit militärischer Präzision die Menschen von Bord, während Sinusi, die geduldig abseits der Landezone wartete, die Evakuierten einsammelte. Von Kin Wu war nichts zu sehen. Die Mutter des Ursprungs ließ auf sich warten.

Caidian rieb sich die rechte Schläfe. Die Ereignisse der letzten Stunden belasteten ihn. Er war es nicht gewohnt, schwere Entscheidungen zu treffen.

„Hast du die Menschen von der *Amusgan* überwachen lassen?", dämmerte es ihm schließlich.

Veegun neigte seinen goldenen Kopf leicht zur Seite, eine Geste, die Caidian daran erinnerte, dass der Roboter weit mehr war als eine einfache Maschine, die nur versuchte, ihre Schützlinge zu imitieren.

„Natürlich! Würdest du das nicht?"

Caidian zögerte, ein schwaches Lächeln zog über sein müdes Gesicht.

„Wahrscheinlich schon", gab er verlegen zu.

„An Bord der *Amusgan* entgeht mir nichts", erklärte Veegun und richtete sich auf, wie ein General, der seine Armee inspiziert. „Botschafter stehen im ständigen Kontakt zu ihren Schiffen. Wir verschmelzen förmlich mit ihnen."

Caidian ließ sich von dieser aufschlussreichen Bemerkung nicht ablenken.

„Zurück zu Virgil!", verlangte er. „Was gedenkst du zu tun? Und wer sind seine Anhänger?"

Veegun nannte ihm die Namen. Caidian konnte ihnen keine Gesichter zuordnen.

„Diese Leute sind jedoch nicht mein Problem", fügte Veegun unverblümt hinzu, als hätte er gerade über das schlechte Wetter gesprochen.

Caidian blinzelte irritiert.

„Wie bitte?"

„Du musst dich mit ihnen auseinandersetzen, Caidian Meroth." Veegun trat einen Schritt näher, seine Stimme senkte sich zu einem Flüstern. „Vielleicht kann dir Hakim dabei helfen, seinen Vater zu bändigen."

Caidians Gedanken überschlugen sich.

„Hm! Ich möchte ungern einen Familienzwist auslösen."

„Solche sekundären Gedanken musst du dir abgewöhnen", beschwor ihn Veegun.

Caidians Gesichtszüge verhärteten sich.

„Ich bin keine seelenlose Maschine."

Veegun hielt inne, und für einen Moment schien es, als hätte er lächeln wollen.

„Ich auch nicht."

Er drehte sich um und ging zurück auf die Brücke, seine Schritte hallten nicht einmal im leeren Korridor.

Caidian war noch immer in Gedanken versunken, als Chiyoko, die ihm gegenüber gestanden hatte, auf ihn zutrat. Ihre Nähe milderte seine Anspannung.

„Was wollte Veegun?", fragte sie neugierig.

„Er hat mir berichtet, dass Virgil weiterhin vorhat, das Gewölbe einzunehmen."

Chiyoko schmiegte sich liebevoll an ihn. Er atmete tief, aber geräuschlos ein. Nahm ihren Duft in sich auf.

„Das musst du unbedingt verhindern", sagte sie.

„Ich weiß."

Caidian seufzte schwer und ließ kurz den Kopf hängen, bevor er ihn entschlossen wieder hob.

„Aber es wird nicht einfach."

„Es wird niemals einfach sein", sprach Chiyoko ihm Mut zu. „Aber wenn es jemand schaffen kann, dann du."

Er war sich da nicht so sicher und fragte sich, woher sie diese Zuversicht nahm. Sie kannte ihn ja erst ein paar Tage. Dennoch schenkte sie ihm ihr volles Vertrauen. Meroth nickte langsam und entschied sich, das vor ihm liegende, schicksalhafte Los anzunehmen – egal, was es ihn kosten würde. Hauptsache, die junge Frau stand an seiner Seite.

„Meroth hat es tatsächlich geschafft!"

Kin stand auf einer metallenen Empore hoch über dem unterirdischen Felsenhangar. Lässig stützte sie sich an dem breiten Geländer ab und blickte hinab auf das grell beleuchtete Landefeld, an dessen Rand sich die Ankömmlinge versammelten.

Ein anerkennendes Lächeln umspielte ihre Lippen. Sie hatte es ihm nicht zugetraut und musste sich eingestehen, dass er ihre Erwartungen bei Weitem übertraf. Sie hätte es nicht für möglich gehalten, fern der Erde noch weitere Überlebende des Hammanons zu finden.

„Das kann nicht sein!", entfuhr es Kin Wu plötzlich, als sie eine vertraute Silhouette unter den Menschen ausmachte. „Ist das wirklich …?"

Mit einem eleganten Schwung drehte sie sich von der Empore weg. Ihr gelbes, hochgeschlossenes Seidenkleid mit den seitlichen Schlitzen, die bis zu ihrer Taille reichten, flatterte. Kin trat in den Antigrav-Lift, der sie sanft hinunter zum Rand des Landefeldes brachte. Ohne zu zögern schritt sie auf die Neuankömmlinge zu, ihre Schritte so sanft und präzise wie die einer Tänzerin, ihre Haltung so selbstbewusst, wie es sich für die Mutter des Ursprungs gehörte.

„Bist du das wirklich, Hauser?"

Ihre Worte hallten über das Feld, als sie in die Gruppe hineinrief.

Der breitschultrige, dunkelhäutige Mann schälte sich aus der Menge hervor. Sein Gesicht zeigte Überraschung und ein wenig Verwirrung zugleich.

„Kin Wu?", fragte er ungläubig. „Du hast dich kein bisschen verändert. Wie machst du das? Ist die ewige Jugend eines der Geheimnisse deines Gewölbes?"

Abrupt blieb Kin Wu stehen. Ihre leicht schräg stehenden Augen sahen ihn forschend an. Sie faltete die Hände vor ihrem Bauch, eine elegante Pose, die nichts von den nagenden Fragen verriet, die sie sich in ihrem Inneren stellte.

„Haben die Kinder hinter meinem Rücken über mich geredet?"

Sie sprach mit ihrer typischen Gelassenheit, doch ein Hauch von Misstrauen schlich sich in ihre Stimme. Kin ließ ihren Blick durch die Menge schweifen und blieb bei Meroth hängen, der an der Seite einer jungen Edokkerin stand.

„Caidian? Was geht hier vor?"

Bevor Meroth antworten konnte, traten Hauser und vier weitere Männer langsam auf die Nikong zu. Ihre Bewegungen waren behäbig, fast bedrohlich, und dennoch wich Kin Wu keinen Schritt zurück. Ihr Stand wurde nur fester, sprungbereit wie der eines wilden Tiers.

Selbst ohne ihren Drachen – das ehemalige Geschenk der Blauen Kutten, das jahrelang ihren Rücken geziert hatte – besaß sie die Gabe, die Absichten anderer zu erkennen. Sie roch Gefahren förmlich, lange bevor sie sich manifestierten. Sie spürte die Angriffslust der Männer, ahnte ihre Schritte im Voraus.

Natürlich konnte eine zierliche Frau wie Kin Wu es nicht mit der Kraft von Hauser aufnehmen. Dafür besaß sie andere Talente. Schnelligkeit, gute Reflexe und detaillierte anatomische Kenntnisse. Hinzu kam, dass sie lange Zeit einen Symbionten getragen hatte, einen Tholaner, einen Abkömmling eines uralten Volkes, das in fernster Vergangenheit mit den Sagorern zusammenarbeitete und auserwählten Trägern als machtvolles Kampfinstrument diente. Dieses Wesen hatte Spuren bei ihr hinterlassen. Erinnerungen an längst vergessene Kampftechniken sowie einige chemische Stoffe, die ihrem Körper immer noch anhafteten und ihn zu besonderen Leistungen befähigten.

„Bitte", schritt Hauser mit eindringlicher Stimme auf sie zu, „mach uns keine Schwierigkeiten. Wir möchten nur die Leitung dieses Stützpunktes übernehmen."

„Virgil! Lass den Unsinn!", unterbrach ihn eine ältere Edokkerin mit Nachdruck. „Wir sind nicht hier, um Ärger zu machen!"

„Usagi hat Recht, Hauser!", mischte sich Caidian ein, der neben den beiden Edokkerinnen stand. „Ihr könnt das nicht erzwingen. Selbst Hakim würde das nicht gutheißen."

„Mein Sohn ist ein Schwächling und ein verliebter Narr!", ließ sich Hauser ablenken. Zorn flackerte in ihm auf. „Und du, Junge, wirst mich nicht aufhalten können! Keiner von euch wird mich aufhalten können!"

Das war der Moment, auf den Kin Wu gewartet hatte.

Die Frau mit den edlen Gesichtszügen bewegte sich so schnell, dass selbst Meroth nur eine vage Silhouette wahrnahm. Mit einem einzigen gezielten Tritt gegen Hausers Solarplexus setzte sie den kräftigen Mann außer Gefecht. Sein massiver Körper sackte zusammen, als hätte ihn der mächtige Knüppel eines Giganten umgehauen.

„Noch jemand?", fragte Kin ruhig. Ihre Augen musterten die verbliebenen Männer, die sofort zurückwichen und sich zögernd wieder der Menge anschlossen.

„Eine beeindruckende Leistung!"

Meroth trat mit den beiden Edokkerinnen an seiner Seite, und einer weiteren alten Frau, an sie heran.

„Halb so wild", erwiderte Kin, während sie sich gelassen eine schwarze Haarsträhne aus dem Gesicht strich. Ihr Atem war gleichmäßig, als hätte sie gerade einen entspannten Spaziergang hinter sich gebracht.

Dr. Poschenko kümmerte sich um den bewusstlosen Hauser.

Kin hob eine Augenbraue und wandte sich mit einem spöttischen Grinsen an Meroth.

„Aber jetzt zu dir, Caidian. Sag mir, wer sind deine neuen Freundinnen?"

„Der Mann muss bestraft werden!"

Meroth war sichtlich irritiert. Er hatte nach ihrer Ankunft im Land Wu eine Willkommensfeier erwartet. Nichts Großes. Ein paar freundliche Worte, ein Bier aus der Panek-Brauerei, und etwas zu knabbern wäre nett gewesen.

Doch nachdem er Kin Wu seine drei Begleiterinnen vorgestellt hatte, Virgil Hauser auf der kleinen Medo-Station des Gewölbes ruhig gestellt worden war, hatte die Mutter des Ursprungs die Menschen einfach in eine kalte Höhle verfrachtet, wo sie ohne weitere Erklärungen kurz warten sollten. Anschließend forderte die Nikong die Amanen auf, sie in die Zentrale des Gewölbes zu begleiten.

„Warum?", fragte Caidian Meroth, dem die maschinelle Architektur des Raumes Unbehagen bereitete. Er fühlte sich ihr hilflos ausgeliefert. „Nur damit du ein Exempel statuieren kannst? Und dann noch so ein drastisches!"

Er war nicht nur verärgert darüber, wie Kin Wu ihre Gäste behandelte, sondern auch erschrocken über ihr Vorhaben, sich Hausers einfach so zu entledigen. Nicht einmal ein gerichtliches Verfahren gestattete sie ihm. Vielleicht hätte Veegun sie umstimmen können, doch der Botschafter-Roboter war seit der Landung nicht mehr aufzufinden.

„Es geht mir nicht um ein Exempel", erwiderte Kin Wu kaltherzig. „Es geht um Ordnung. Mit der Todesstrafe wird deutlich, dass ich keine weiteren Unruhen in Aman dulden werde."

„Das ist Wahnsinn!", platzte es aus Sinusi heraus. Sie stand zwischen Caidian und den Zwillingen. „Das werden wir nicht zulassen!"

Kin Wu drehte sich langsam zu ihr um. Mit einem süffisanten Lächeln auf den Lippen fragte sie:

„Und was willst du dagegen unternehmen, Sinusi Khana? Etwa meinen Platz einnehmen und selbst über Hausers Schicksal urteilen?"

Sinusi erinnerte sich an die Prophezeiung aus dem Buch über das Land Wu. Ein unangenehmes Gefühl überkam sie. Eine unausweichliche Bedrohung, die – seit sie die Worte gelesen hatte – über ihr schwebte. Dennoch widerstand sie Kins bohrendem Blick.

„Geht es dir wirklich nur um Macht und Kontrolle?", fragte sie verbittert.

„Geht es nicht immer nur darum?", lachte Kin Wu laut. „Du solltest dich besser fragen, warum du hier bist, Sinusi. Vielleicht bist du es, die mehr davon haben möchte, als sie zugibt."

Sinusi schüttelte den Kopf.

„Ich werde niemals deinen Platz einnehmen!"

„Lassen wir diesen Unsinn, Kin!" schnaubte Caidian empört. „Du sprichst davon, einem Mann das Leben zu nehmen. Das ist Mord! Egal, wie du es uns verkaufen möchtest. Glaubst du, so wirst du dir Respekt bei den Menschen verschaffen?"

„Sie lenkt euch nur von ihren wahren Absichten ab!", erkannten Nele und Nila plötzlich. „Sie hat gar nicht vor, Hauser zu töten. Während wir uns mit diesem ganzen Thema beschäftigen, kümmert sich die Positronik des Gewölbes um die Menschen. Sie werden …"

„Ich sehe, ihr habt euch weiterentwickelt", unterbrach Kin Wu die Zwillinge mit einem Hauch von Belustigung und Bewunderung. „Ihr müsst aufpassen, nicht zu neugierig zu sein. Das Schnüffeln in fremden Köpfen kann gefährlich sein. Ihr müsst dabei subtiler vorgehen."

„Ihr könnt also doch Gedanken lesen!", blickte Caidian die Mädchen vorwurfsvoll an.

„Nur in bestimmten Fällen!", verteidigte sich Nele hastig.

„Und wir tun das nicht absichtlich!", fügte Nila hinzu, ihre Wangen röteten sich leicht vor Verlegenheit.

Caidian atmete tief durch.

„Tut mir leid, ich wollte euch nicht bedrängen", sagte er verständnisvoll. „Ich habe nur gerade daran gedacht, wie schrecklich und verwirrend es sein muss, die Gedanken mehrerer Amanen gleichzeitig zu vernehmen."

„Das wäre unerträglich!", riefen Nele und Nila entsetzt. „Allein die Vorstellung lässt uns erschaudern."

„Ihr müsst lernen, euch vor der Masse der unwichtigen Gedanken abzuschirmen", schlug Kin Wu vor. „Ich besitze einige Erfahrungen aus der Zeit, als ich noch den Symbionten trug und mich ähnlichen Herausforderungen stellen musste. Wenn ihr möchtet, helfe ich euch dabei, bestimmte Techniken zu erlernen, mit denen ihr das erreichen könnt."

Sinusi verlor die Geduld. Die Mutter des Ursprungs ging ihr auf die Nerven und sie sehnte sich nach Hakims Nähe.

„Hat das nicht Zeit bis später?", beschwerte sie sich verärgert. „Kin, sag uns endlich, was COS mit den Menschen anstellt!"

„Keine Angst, denen geht es gut", winkte Wu mit gespielter Gleichgültigkeit ab. „Erzählt mir lieber etwas über euren kleinen Ausflug in die zweite Welt. Hat es euch gefallen? Wen habt ihr getroffen?"

„Die Menschen haben Vorrang!", forderte Caidian von der Mutter des Ursprungs.

„Na gut!", meinte Kin. „COS versorgt sie mit Nahrung, kleidet sie nach amanischem Vorbild neu ein und führt DNA-Analysen durch. Diese vergleicht die Positronik mit der Datenbank des Gewölbes. Bis auf ihren Nachwuchs dürfte COS die Leute schnell identifizieren können. So wird es möglich sein, die Menschen nach ihren Fähigkeiten perfekt ins Dorf zu integrieren."

„Warum machst du darum so ein großes Geheimnis?", runzelte Caidian die Stirn.

„Tu ich doch gar nicht!"

„Und was sollte dann das ganze Theater mit Hausers Bestrafung?"

Kin Wu zuckte mit den Schultern.

„Mir war langweilig. Ihr habt mir gefehlt. Ich wollte einfach nur reden. Ach übrigens, ihr solltet euch auch wieder umziehen, bevor ihr nach Hause zurückkehrt. Nehmt eure Anzüge aber mit, vielleicht könnt ihr sie eines Tages noch gebrauchen."

Sinusi starrte sie fassungslos an.

„Langweilig? Menschen sind kein Spielzeug! Du bist eindeutig überfordert mit deiner Rolle."

„Das kannst nur du ändern, Kleines."

„Das stimmt nicht mehr!", meldete sich die androgyne Stimme von COS. „Es gibt eine weitere Person, die deinen Platz einnehmen könnte, Kin. Und das Beste daran, ihr ist die Beschützerrolle wie auf den Leib geschrieben."

„Erzähl mir mehr!", verlangte die Nikong und verließ die Zentrale.

„Gehen wir die Kleider wechseln!", schlug Caidian vor.

„Wie lautet ihr Name?", fragte die Mutter des Ursprungs ungeduldig.

Ihre Schritte hallten leise auf dem steinernen Boden wider, während sie die in den massiven Fels geschlagenen Korridore durchquerte. Die steinernen Wände wurden von einem warmen, gelblichen Licht erhellt, das aus eingelassenen, flachen Lichtquellen strömte, die seitlich an dem endlos erscheinenden Tunnel angebracht waren.

„Zichau! Meng Zichau!", lautete die Antwort der Positronik.

Kin hielt kurz inne. Sie ließ ihre schlanken Finger über die felsige Wand streifen, während sie nachdachte.

„Eine Nikong?", hinterfragte sie misstrauisch.

„Es könnte sein, dass du der Frau während deiner Ausbildungsjahre an der Akademie der Republic Space Force auf deiner Heimatwelt begegnet bist", erklärte ihr COS. „Sie war zwei Klassen unter dir."

Kin Wu schüttelte den Kopf.

„Der Name sagt mir nichts. Vielleicht, wenn ich sie sehe."

Ihr Blick wanderte nachdenklich an die Decke des Korridors, wo die Beleuchtung ein diffuses Muster warf.

„Im Gegensatz zu dir ist Meng Zichau um dreißig Jahre gealtert", erinnerte COS sie ungerührt.

Kin spürte, wie sich eine vage Erinnerung in ihrem Geist formte, die aber nicht zu fassen war.

„Was weißt du sonst noch über sie?", fragte sie schließlich und ging langsam weiter.

„Sie diente im Rang eines Ensign als Waffenoffizier auf der *Greycrow*", berichtete die Positronik.

„Schon wieder die *Greycrow*!", fiel Wu auf. „Weiter COS!"

„Meng Zichau hat eine Vorliebe für Geschichte, moderne Waffentechnologie und altertümliche Waffen", fuhr COS fort. „Schon in jungen Jahren galt sie als Expertin in diesen drei Bereichen. Außerdem ist sie eine hervorragende Jon-Ju-Kämpferin."

Das ließ Kin aufhorchen. Erneut blieb sie abrupt stehen.

„Jon-Ju!", murmelte sie leise. „Ja, jetzt fällt es mir wieder ein. Ich bin damals bei den Vorentscheidungen der Akademiespiele auf Zichau getroffen. Es war nur ein kurzer Kampf."

„Den du gewonnen hast!", verkündet COS.

„Was sonst!", grinste Kin schief.

Als sie in den nächsten Korridor abbog, öffnete sich vor ihr der Eingang zu der kleinen Höhle, in der die Menschen dicht gedrängt standen. Das Licht hier war etwas dunkler und warf lange Schatten.

„Wo ist Meng Zichau?", rief Kin laut.

Eine Frau trat vor, ihre Bewegungen waren geschmeidig und kontrolliert. Sie hätte als Kins ältere Schwester durchgehen können, mit den gleichen feinen Gesichtszügen und dem rabenschwarzen Haar, das zu einem langen Zopf geflochten war. Sie war nur etwas größer und … älter. Laut COS war sie neunundfünfzig Jahre alt, doch ihre Präsenz war ungebrochen.

„Ich bin hier", sagte die Frau ruhig und trat näher.

Kin Wu musterte sie. Ihre Augen suchten nach bekannten Merkmalen im Gesicht der anderen. Schließlich nickte sie zufrieden.

„Komm mit mir. Wir haben dringend miteinander zu reden."

Meng Zichau zögerte kurz und folgte Kin schließlich. Ohne ein weiteres Wort oder einen Blick in Richtung der verblüfften Menge verschwanden die beiden Frauen in einem der seitlichen Gänge. Um die Fragen der Zurückgebliebenen kümmerte sich keiner.

Mit COS' Hilfe gelang es Meroth bei seiner Rückkehr, die Unsicherheit der wartenden Menschen ein wenig zu lindern. Aber erst die aufmunternden Worten von Sinusi und den Zwillingen schienen die bedrückende Stimmung allmählich aufzuhellen. Einige Zweifel blieben dennoch.

„Wann kommen wir hier raus?", verlangte Usagi Kadochi nach einer klärenden Antwort. Sie stand selbstbewusst, mit den Händen an den Hüften, vor Meroth. „Meine Leute mögen es nicht, schon wieder eingesperrt zu sein."

„Das seid ihr nicht!"

Caidian versuchte seine Antwort ruhig und bestimmt zu geben. Er verstand die Ungeduld der Menschen nur zu gut. Vor allem bemerkte er immer wieder die Zweifel in ihren Augen. Sie trauten ihm nicht über den Weg, was wahrscheinlich an seiner unrühmlichen Verwandtschaft lag, die er nie zu Gesicht bekommen hatte und die längst verstorben war.

„Aber wir dürfen uns nicht frei im Gewölbe bewegen", wandte Chiyoko ein und blickte von ihrer Mutter zu Caidian.

Caidian seufzte leise.

„Das dient nur eurer Sicherheit", gab er eine weitere, eher fadenscheinige Erklärung ab. „Dieser Ort verbirgt einige gefährliche Stellen. Kin Wu möchte nicht, dass euch etwas zustößt. Aber lange wird es bestimmt nicht mehr dauern, bis wir nach Aman weiterreisen können."

„Fragt sich bloß, wie", warf Sinusi ein.

Meroth drehte sich zu ihr um.

„Was meinst du damit?"

„Du glaubst doch nicht im Ernst, dass ich mit all diesen Leuten über den Großen Teich segeln werde."

Sinusi schüttelte entschlossen den Kopf.

„Es braucht nur ein kleiner Sturm aufzuziehen, und das Ganze könnte in einer Katastrophe enden. Die *Flosse* ist ein Schiff zum Fischen, nicht um Passagiere zu transportieren."

„Verstehe!", nickte Caidian. „Sieht ganz danach aus, als bräuchten wir nochmals Veeguns Hilfe."

„COS hat uns bereits Möglichkeiten aufgezeigt, wie wir uns im Dorf nützlich machen könnten", wechselte Usagi das Thema. „Die meisten von uns sind mit seinen Vorschlägen einverstanden. Bei ein paar muss ich noch Überzeugungsarbeit leisten, aber insgesamt wären wir bereit für die Umsiedlung."

„Das ist ja toll!", strahlten die Zwillinge. Ihre jugendliche Energie wirkte erfrischend.

Dr. Poschenko, die bisher schweigend zugehört hatte, räusperte sich und wandte sich ihnen mit ernster Miene zu.

„Was hält Kin Wu von der Umsiedlung? Sie machte auf mich nicht den Eindruck, als wäre sie von unserer Anwesenheit begeistert."

Caidian schnaubte leise.

„Kin hat zurzeit andere Sorgen", behauptete er. „Sie ist mit der Suche ihrer Nachfolgerin beschäftigt."

„Meng Zichau?"

Usagi hob überrascht die Augenbrauen.

„Soll sie etwa die neue Mutter des Ursprungs werden?"

Caidian verzog den Mund zu einem Grinsen.

„Den Titel wird man wohl ändern müssen. Aber ja, sie soll in ihre Fußstapfen treten und die Verantwortung für das Dorf übernehmen. Ich an ihrer Stelle würde es nicht tun."

Caidian Meroth trat vor und erklärte seinen Zuhörern, was Meng Zichau erwartete. Die Reaktionen waren gemischt. Manche wirkten schockiert, andere neidisch angesichts der Aussicht auf relative Unsterblichkeit. Doch die meisten waren nur dankbar, nicht mit ihr tauschen zu müssen.

In einem Moment der Ruhe wandten sich die Zwillinge an Chiyoko.

„Können wir kurz mit dir reden?", flüsterten sie ihr verschwörerisch zu und zogen die junge Edokkerin ohne weitere Erklärung von der Gruppe weg.

Caidian warf ihnen einen fragenden Blick zu, aber die Zwillinge ließen ihn abblitzen.

„Das hat dich nicht zu interessieren!"

Ihre Worte duldeten keinen Widerspruch.

Fragend drehte sich Meroth zu Sinusi um.

„Wie geht es Hakim? Hat ihn die Sache mit seinem Vater nicht zu sehr mitgenommen?"

Sinusi hatte sich jedoch bereits ihrem neuen Freund angeschlossen. Sie saßen auf einem kleinen Felsvorsprung. Ihre Hände lagen tröstend um seine breiten Schultern und sie sprach aufmunternd auf ihn ein.

„Dein Vater wird sich uns bestimmt anschließen", hörte Meroth sie sagen. „Vielleicht braucht er nur etwas mehr Zeit."

Caidian beobachtete die Szene mit einem Anflug von Melancholie.

„Deshalb möchte ich niemals ein Anführer sein", murmelte er mehr zu sich selbst als zu jemand anderem. „Man steht immer im Mittelpunkt und ist dennoch die ganze Zeit allein."

✳

„Wir müssen mit dir über deine Vision sprechen", flüsterten die Zwillinge Chiyoko zu.

Nele und Nila standen dicht beieinander. Ihre Schatten verschmolzen an der Felsenwand gegenüber dem Höhleneingang. Immer wieder sahen sich die beiden in dem leeren Gang nervös um, so als fürchteten sie, jemand könnte sie belauschen.

„Wir sollten vorsichtig sein", murmelte Chiyoko und spähte ebenfalls über ihre Schulter. Ihr Herz schlug ein wenig schneller. „Wenn COS uns überwacht …"

„Lass COS ruhig zuhören", schnitt Nele ihr das Wort ab.

„Kin interessiert sich nicht für unsere Probleme", meinte Nila. „Egal, was die Positronik ihr erzählt."

Chiyoko atmete tief ein. Die kühle Luft, die in ihre Lunge drang, war erfüllt von einem Geruch nach frischer Minze. Ein Anzeichen dafür, dass die Belüftung im Innern des Gewölbes ausgezeichnet funktionierte.

„Ich werde Caidian nicht sagen, was ich gesehen habe", erklärte sie unaufgefordert. „Wenn er erfährt, dass Sinusi und er ein Kind zeugen werden, könnte das alles zwischen uns zerstören."

„Erstens", begann Nele und hob einen Finger, „eure Beziehung wird das überstehen."

„Und zweitens", ergänzte Nila mit zwei Fingern, „Caidian weiß längst, dass Sinusi einen Sohn bekommen wird."

„Einen Sohn?"

Chiyoko starrte sie entgeistert an.

„Sie bekommen einen Sohn?"

Die Zwillinge wechselten einen bedeutsamen Blick, bevor sie gleichzeitig antworteten:

„So steht es im Buch über das Land Wu geschrieben. Caidian ahnt aber nicht, dass er der Vater sein wird. Das Kind wird eines Tages sein Nachfolger werden."

„Was ist mit … unserem Kind?", fragte Chiyoko erwartungsvoll.

Die Zwillinge zuckten synchron die Schultern.

„Keine Ahnung!"

Chiyoko schnaubte frustriert.

„Und was genau erwartet ihr jetzt von mir?"

„Du musst mit Sinusi reden", sagte Nele, als wäre es das Offensichtlichste der Welt.

„Warum ausgerechnet ich?"

Chiyoko sah sie verwirrt an.

„Ihr seid doch ihre Freundinnen. Ihr solltet mit ihr sprechen. Ich habe schon genug damit zu tun, zu akzeptieren, dass Caidian überhaupt in Betracht zieht, ein Kind mit ihr zu zeugen!"

„Du weißt genau, warum er das tun wird!"

Chiyoko zuckte zusammen, als ob eine kalte Hand nach ihrem Herz griffe.

„Weil Sinusi mir das Leben gerettet hat!", flüsterte sie.

Chiyoko starrte die Zwillinge an, unfähig, ein weiteres Wort zu reden. Ihre Gedanken überschlugen sich. Ihre Kehle war trocken und sie sehnte sich nach einem Schluck Wasser.

„Sie hat bedenkenlos ihr Leben riskiert, um meins zu retten", gab sie schließlich krächzend von sich.

„Ja, ohne dabei an irgendwelche Konsequenzen zu denken!", antwortete Nele.

„Und deshalb steht Caidian in ihrer Schuld", erklärte Nila. „Das ist der Grund, warum er darauf eingehen wird."

„Aber warum muss ich mit ihr reden?", fragte Chiyoko, während ihr Herz immer lauter pochte.

„Weil Sinusi wissen muss, dass du Caidians Handeln verstehst und auch akzeptieren wirst", behaupteten die Zwillinge mitfühlend. „Sonst wird sie niemals darauf eingehen. Ihr verdammter Stolz würde ihr im Weg stehen."

„Aber ich …"

Chiyoko verstummte.

Ihre Schultern sanken herab, und sie starrte auf den Boden. Sie fühlte sich zerrissen, überfordert von der Situation. Der Gedanke, dass Caidian einen Sohn mit einer anderen Frau haben würde, nagte an ihr. Zumal sie bereits wusste, dass er ein Kind mit dieser Caressa hatte, von der Caidian ihr auf dem Flug nach Aman erzählt hatte.

„Ich weiß nicht, ob ich bereit bin, es zu akzeptieren", gestand sie den Zwillingen.

„Das wirst du müssen", entgegnete Nele sanft, aber bestimmt.

„Ihr vier", sagte Nila, „du, Sinusi, Caidian und Hakim – ihr werdet eines Tages das Herz des Dorfes sein. Eure Taten werden viele Amanen beeinflussen."

„Das klingt beängstigend", murmelte Chiyoko und hob den Blick. „Hattet ihr etwa noch mehr Visionen?"

Die Zwillinge tauschten einen ernsten Blick, bevor sie nickten.

„Ja, eine weitere!"

„Und?" Chiyoko schaute sie ungeduldig an. „Was habt ihr gesehen?"

„Das können wir dir nicht sagen", antworteten sie gemeinsam. „Nicht jetzt."

Chiyoko wusste, dass sie sich selbst noch viele Antworten geben musste, bevor sie mit Sinusi reden konnte. Doch eines war ihr inzwischen klar geworden. Sie musste es tun, nicht nur für Sinusi, sondern auch für sich.

✶

„Du erinnerst dich an mich?"

Meng Zichau runzelte die Stirn, ihre Augen verengten sich misstrauisch.

„Ja …"

Ihre Antwort kam zögerlich, zerrissen zwischen der Faszination der Begegnung und dem Unbehagen, das ihren Weg inzwischen begleitete.

„Du warst die Einzige, gegen die ich je einen Jon-Ju-Kampf verloren habe", sagte sie. „Danach warst du für mich eine Art Vorbild. Nun ja, bis zu dem Tag, als du durchgedreht bist und den Präsidenten ermordet hast."

Eine Spur von Bitterkeit huschte über Kins Gesicht.

„Um dir darüber ein Urteil bilden zu können, kennst du nicht die ganze Geschichte", führte Kin sie in die Zentrale des Gewölbes. „Wenn du erst einmal meinen Platz eingenommen hast, kannst du die Hintergründe in den Geschichtsdateien nachlesen. COS besitzt eine beeindruckende und sehr ausführliche Datenbank über alle historischen Ereignisse, die während der Zeit der Republik Terra und davor stattgefunden haben."

„Ich soll deinen Platz einnehmen?"

„Ja, als Mutter des Ursprungs!"

Kin überlegte kurz.

„Vergiss diesen Quatsch mit der Mutter! Sagen wir lieber als Beschützerin von Aman."

Meng zögerte, ließ sich aber von der Autorität in Wus Stimme mitziehen.

Kin betätigte einen Schalter, und die Zentrale verwandelte sich in eine Symphonie aus unzählbaren holografischen Bildschirmen, schwebend angeordnet in einem scheinbar endlosen Kreis. Ein Paradies für jeden Überwachungsfetischisten.

„Das ist Aman …"

Voller Leidenschaft streckte Kin ihre Arme aus, als wolle sie das gesamte Universum umarmen. Meng war von der technischen Spielerei beeindruckt und beunruhigt zugleich.

„… Die neue Hoffnung. Die einzige Hoffnung für die Menschheit."

Meng Zichaus Augen wanderten über die Bilder, die auf den Holoschirmen flimmerten. Sie zeigten kleine Dorfwege, grüne Felder, Menschen, die ihrer Arbeit und ihrem Vergnügen nachgingen, und vieles mehr. Es war wirklich überwältigend, doch ein unterschwelliges Gefühl von Unbehagen kroch ihr langsam den schmalen Rücken hinauf.

„Von hier aus kannst du alles sehen, was in Aman geschieht", erklärte Kin euphorisch und aktivierte einen Schalter.

Plötzlich wurden pikante Details des Lebens sichtbar. Ein junges Paar, das auf einer Couch rummachte, ein alter Mann, der mühsam eine Straße überquerte, eine halbnackte Frau, die in einem Badezimmer ihr Spiegelbild anstarrte.

„Willst du mir so deinen Job schmackhaft machen?", fragte Meng sarkastisch. „Indem du mich zuschauen lässt, wie Menschen ihre intimsten Momente erleben? Das ist armselig!"

Kin lächelte nicht. Ihr Gesicht blieb ernst.

„Das ist nicht der Punkt. Die Macht, die dir hier geboten wird, übersteigt deine Vorstellungskraft. Du könntest das Schicksal der neuen Menschheit lenken. Sie dorthin führen, wo du willst."

Meng verspürte eine Mischung aus Faszination und Abscheu. Aber auch die Verlockung, die diese Apparatur bot.

„Und was genau tust du hier? Spannen? Gott spielen?"

„Darüber reden wir, wenn du zugesagt hast", unterbrach Kin sie und ließ das Thema abrupt fallen.

Sie lehnte sich gegen eine Konsole, ihr Gesicht wurde von einem grünen Bildschirm angestrahlt.

„Fragst du dich nicht, warum ich immer noch so jung aussehe?"

Meng sah sie einen Moment lang schweigend an.

„Natürlich frage ich mich das."

Ein schwaches Lächeln huschte über Kins Lippen, dieses Mal von echter Wärme durchzogen.

„Mit Hilfe einer der Maschinen aus dem Gewölbe kann dein Alterungsprozess verlangsamt, ja fast aufgehalten werden. Dir kann sogar ein Stück deiner verlorenen Jugend zurückgegeben werden. Außerdem wärst du immun gegen Krankheiten. Ein Leben ohne Schmerzen, Meng. Wie würde dir das gefallen?"

Meng schwieg, aber ihre Augen verrieten die Versuchung, die sich langsam in ihre Gedanken einnistete.

„Du hast zwölf Stunden, um es dir zu überlegen", gestattete Kin ihr. „Danach werden die Menschen das Gewölbe für immer verlassen. Sie werden mit den Jahren vergessen, dass es diesen Ort überhaupt gibt. Ich wäre dir dankbar, wenn du mir deine Entscheidung rechtzeitig mitteilen könntest."

Meng biss die Zähne zusammen, bevor sie leise antwortete.

„Ich werde darüber nachdenken."

Kin nickte knapp und wandte sich ab. Für sie war das Gespräch beendet.

„Du kannst jetzt gehen."

Der Rausschmiss kam unerwartet, war fast verletzend in seiner Kühle. Meng fühlte einen Stich der Kränkung, sagte aber nichts. Sie drehte sich um und verließ die Zentrale, während das schwere Schott hinter ihr leise zischend zuglitt.

Allein im Korridor stehend, suchte Meng nach dem Rückweg.

„Gut, dass du dir den Weg eingeprägt hast", murmelte sie vor sich hin, doch in Gedanken war sie ganz woanders.

Was Kin ihr angeboten hatte, klang verlockend. Verdammt verlockend. Aber auch gefährlich. Sie hatte die Einsamkeit in Kins Augen sehen können, den tiefen Schatten eines Jahrhunderts, das sie in Isolation verbracht hatte. Vielleicht war es diese Einsamkeit, die Kin Wu so verbittert gemacht hatte. Wahrscheinlich war dies auch der Grund, weshalb sie das Gewölbe unbedingt verlassen wollte.

War dem wirklich so?

Da war noch etwas anderes. Eine Präsenz, die sie gespürt hatte, als sie in der Zentrale stand. Etwas Unheimliches, das weit über die Macht der Maschinen des Gewölbes hinausging.

Doch am Ende war es die Historikerin in ihr, die entschied. COS besaß eine Datenbank, die das gesamte Wissen der Menschheit umfasste, vielleicht sogar Antworten auf die Fragen besaß, die sie seit Jahren plagten. Sie würde die dunklen Geheimnisse der ehemaligen Republik Terra ergründen können.

Mit einem Seufzen straffte sie ihre Schultern.

„In Ordnung, Mutter des Ursprungs", flüsterte sie in die Leere des Felsenkorridors hinein. „Ich nehme dein Angebot an."

Das Gemurmel der Menschen in der Höhle klang wie das Plätschern eins Baches, doch für Chiyoko war es kaum mehr als ein Hintergrundrauschen. Ihre Gedanken waren ein Wirbelsturm der Gefühle, der von der Rückkehr Meng Zichaus und ihrem Bericht nur kurz unterbrochen worden war.

Sie saß dicht neben Caidian auf dem rauen, felsigen Boden und spürte die Kühle der Steine durch ihre Kleidung. Seine Gegenwart war ein seltsamer Trost, obwohl sie ihn gleichzeitig nicht in ihrer Nähe habe wollte.

„Was bedrückt dich?"

Sie blickte nicht zu ihm auf, sondern biss sich auf die Unterlippe. Was sollte sie ihm sagen? Die Wahrheit? Wohl kaum! Nele und Nila hatten sie davor gewarnt, ihr eingeschärft, nichts zu verraten. Doch die Last ihres kleinen Geheimnisses schnürte ihr die Kehle zu.

„Ist alles in Ordnung?", ließ Caidian nicht locker. „Seit deinem mysteriösen Gespräch mit den Zwillingen bist du völlig verändert. Hör zu, ich werde nicht von dir verlangen, mir davon zu erzählen. Das ist deine Sache. Aber so, wie du dich jetzt verhältst … das gefällt mir nicht."

„Mir geht es gut", murmelte sie. Es klang nicht überzeugend.

Ihr Magen zog sich zusammen. Er war so ehrlich zu ihr, so offen. Wie konnte sie ihm das nur antun? Sie wollte ihn doch nur schützen. Aber tat sie das wirklich? Sie musste schnellstens mit Sinusi reden, damit diese Sache geklärt werden konnte. Das Thema war jedoch zu heikel, um sie direkt darauf anzusprechen. Sie wusste nicht, wie Sinusi reagieren würde. Dafür kannte sie die junge Frau zu wenig. So wenig, wie sie Caidian kannte. Dennoch fühlte sie sich zu ihm hingezogen, so stark, wie sie es nie für möglich gehalten hätte.

Was hätte sie Caidian sagen sollen? Sie durfte ihn nicht belügen. Keinesfalls!

Und was sollte sie Sinusi sagen? Du darfst einmal mit meinem Freund schlafen, um ein Kind zu bekommen, weil du mir das Leben gerettet hast? Was, wenn es nicht beim ersten Mal klappte, wenn sie es mehrmals probieren müssten? Was, wenn es Caidian gefiele, mit Sinusi zu schlafen, mehr als mit ihr?

Das würde sie nicht überleben!

„Ich weiß nicht, wie ich mich bei Sinusi bedanken soll", fiel Chiyoko nichts anderes ein. „Ohne sie wäre ich gestorben! Da reicht ein einfaches Dankeschön nicht."

„Ach so!", atmete Caidian erleichtert auf. „Ich dachte schon ..."

„Was dachtest du?"

„Nicht so wichtig!", entgegnete er schnell, zu schnell.

„Magst du Sinusi?"

Sie tastete nach einer Möglichkeit, das Gespräch zu lenken, weg von dem Abgrund, der sich in ihren Gedanken auftat.

„Natürlich mag ich sie. Sie war lange Zeit in mich verliebt, das weißt du ja. Aber das scheint seit ihrer Begegnung mit Hakim zum Glück vorbei zu sein."

Chiyoko biss sich erneut auf die Lippe, dieses Mal härter. Die Chance, auszuweichen, lag vor ihr.

„Apropos Hakim! Könntest du ihn ablenken, damit ich mit Sinusi allein reden kann?"

Caidian runzelte die Stirn.

„Warum?"

„Bitte", flehte sie, ohne eine Erklärung auszusprechen.

„Na schön! Jetzt gleich?"

„Wenn es dir nichts ausmacht."

Er seufzte, stand auf und reichte ihr die Hand, um ihr aufzuhelfen. Als sie sich erhob, hielt er ihre Finger lange fest. Seine grauen Augen suchten die ihren. Sie bemerkte den Schmerz darin. Eine stille Verzweiflung, die ihr Herz wie mit einem Dolch durchbohrte. Sie hatte seine Gefühle verletzt. Das hatte sie nicht gewollt.

„Eines Tages wirst du alles verstehen", flüsterte sie, bevor sie sich auf die Zehenspitzen stellte und ihn auf den Mund küsste. Erleichtert stellte sie fest, dass er ihren Kuss erwiderte.

★

Nachdem Caidian mit Hakim weggegangen war, stand Sinusi etwas abseits des Geschehens. Sie wirkte ruhig, doch als Chiyoko auf sie zutrat, verhärtete sich ihre Miene ein wenig.

„Ich muss mit dir reden!", begann Chiyoko vorsichtig. „Es geht um Caidian!"

„Was ist mit ihm?"

Chiyoko atmete tief durch.

„Es gib da eine Sache, die du wissen musst!"

„Verstehe!", nickte Sinusi. „Ich kann dir versichern, wir hatten nie etwas miteinander. Ich wollte zwar immer, er jedoch nicht! Heute bin ich froh darüber, dass er sich nicht verführen ließ, und würde es …"

„Er wird dich schwängern!", ließ Chiyoko die Bombe platzen.

„Wie bitte?"

Sinusi starrte sie an, als hätte sie sich verhört.

Chiyoko erzählte ihr von ihrer Vision und von den Zwillingen, und was der Preis dafür war, den Sinusi bezahlen musste, weil sie ihr das Leben gerettet hatte. Mit jedem Satz, den Chiyoko sprach, fühlte sie sich leichter, als ob jemand ihr die Last von ihrer Seele genommen hätte. Sinusi hingegen wurde stiller, nachdenklicher, und in ihren Augen machte sich Traurigkeit breit.

„Ich muss es Hakim erzählen!", sagte Sinusi. Sie wirkte verzweifelt. „Er sollte es wissen."

„Nein! Es ist noch zu früh."

Chiyoko packte ihre Hand

„Bitte, warte den richtigen Zeitpunkt ab. Wir sagen es den beiden gemeinsam. Das wird einfacher."

„Einfacher? Für wen? Für uns oder für sie?"

„Ich hoffe, für uns alle", seufzte Chiyoko.

Schließlich nickte Sinusi, ihre Zweifel jedoch blieben. Immerhin bestand noch die Möglichkeit, dass die Zwillinge sich irrten. Doch bisher lagen sie mit ihren Vorhersagen meistens richtig. Vielleicht etwas daneben, aber nie so gravierend, dass sie von der Hauptaussage abwichen.

„Wir werden sehen", murmelte Sinusi.

Kapitel 26

Noch mehr Geheimnisse

*31.–32. Tag des Frühlings
im Jahre 154 nach der Gründung von Aman*

Kurz vor Mitternacht kehrten Caidian und Hakim von ihrer kleinen Besichtigungstour zurück. Die beiden Männer wirkten gut gelaunt, lachten, als hätten sie die Strapazen der letzten Tage vergessen. Hakims Finger spielten mit einem kleinen Stein, den er unterwegs gefunden hatte.

Die Menschen hatten inzwischen ein primitives Nachtlager in der Höhle errichtet. Einer von Kin Wus Bots hatte sie mit dem Notwendigsten versorgt. In der Mitte der Höhle stand ein modernes Heizgerät, das eine angenehme Wärme ausstrahlte.

Lächelnd empfingen die Mädchen ihre Jungs. Sie wirkten müde und waren froh darüber, dass die beiden sich immer besser zu verstehen schienen.

„Morgen früh kehren wir nach Aman zurück!", verkündete Sinusi sichtlich erleichtert. „Kin Wu konnte Veegun überreden, uns mit der *Amusgan* über den Großen Teich zu bringen. Wir sollen uns alle auf die *Flosse* begeben, und er wird uns samt Schiff in der Nähe der Küste absetzen. Den Rest des Weges erledige ich."

Ein Hauch von Stolz schwang in ihrer Stimme mit, als ob sie froh darüber war, endlich wieder ihr Schiff steuern zu können beziehungsweise die Kontrolle übernehmen zu dürfen.

„Das sind gute Neuigkeiten!", behauptete Caidian zufrieden.

„Wir sollten jetzt schlafen", schlug Sinusi vor und warf Hakim einen vielsagenden Blick zu. „Kommst du?"

Ihr Tonfall war eher beiläufig, aber die Wärme darin ließ Caidian verwundert aufhorchen. Hakim zögerte kurz, folgte ihr aber zu einer gemütlichen Ecke in der Höhle, wo Sinusi bereits ein paar dicke Wolldecken auf dem Boden ausgebreitet hatte.

„Sie scheinen sich wirklich gut zu verstehen", beurteilte Chiyoko das Verhalten ihrer Freunde.

Die junge Frau trat auffordernd auf ihn zu. Bevor sie jedoch etwas sagen konnte, erklang die Stimme ihrer Mutter hinter ihr.

„Nicht so schnell, meine Liebe! Du legst dich zu mir."

Chiyoko seufzte, ihre Schultern sanken ein wenig nach unten, als sie ihre Mutter leicht verärgert anblickte. Sie hatte stets ein wachsames Auge auf ihre Kleine.

„Schade!", murmelte sie leise in Caidians Richtung, bevor sie sich zu Usagi begab.

Erneut fühlte sich Caidian seltsam allein. Doch lange blieb er es nicht, denn die Bandreso-Zwillinge, mit einem breiten Grinsen im Gesicht und einigen frechen Bemerkungen auf der Lippe, stießen ihn spielerisch in die Seite.

„Du musst es dir wohl bei uns gemütlich machen!", sagten sie gleichzeitig. „Aber nicht zwischen uns!"

„Ihr seid unmöglich", murmelte Caidian und schüttelte lachend den Kopf.

Er breitete eine der dicken Wolldecken aus und ließ sich neben den beiden Mädchen nieder. Trotz des harten Steinbodens fühlte sich die kuschlige Decke in diesem Moment wie ein unbezahlbarer Luxus an.

„Gute Nacht", brummte er, mehr zu sich selbst als zu den Schwestern, und drehte sich um.

Währenddessen wurde es in der Höhle langsam stiller.

✴

„Aufwachen!"

Kins schrille Stimme riss Caidian aus einem Traum, den er nur zu gerne ausgemalt hätte. Natürlich ging es um Chiyoko und ihn. Um ihr Leben in Aman …

„Meroth!", rüttelte Kin an seiner Schulter.

Caidian fand nur langsam in die Wirklichkeit zurück. Erst der Schrei der Zwillinge ließ in hochfahren.

„Der Brunnen!", krächzten sie heiser, wodurch weitere Schläfer geweckt wurden.

„Folgt mir!", drängte Wu die drei Amanen, sie zu begleiten.

„Wartet auf uns!", hörten sie Sinusi rufen. „Wir kommen mit!"

„Wir auch!", meldeten sich Chiyoko mit ihrer Mutter und Dr. Poschenko im Schlepptau.

Sie eilten durch die felsigen Korridore und erreichten wenige Minuten später die offene Felsenkammer mit dem sonderbaren Brunnen, der zu einem uralten Transportsystem der Blauen Kutten gehörte und dazu beigetragen hatte, das Hammanon zu ermöglichen.

Der Brunnen besaß einen Durchmesser von genau 12 Metern und ragte einen Meter aus dem Boden hervor. Laut Kin Wu reichte er vierzig Meter in die Tiefe. Er bestand aus einem bläulich leuchtenden Material, das an Sandstein erinnerte, jedoch als unzerstörbar galt. Selbst die modernsten Waffen konnten ihm nichts anhaben. Gefüllt war er mit einer braunen morastähnlichen Substanz, die angeblich von der Heimatwelt der Blauen Kutten stammte.

So viel hatten die Amanen inzwischen durch COS in Erfahrung gebracht. Aber auch Nereidschan, der sie während ihres Ausflugs in die zweite Welt begleitet hatte, hatte ihnen einige Informationen zu diesem Thema vermittelt.

„Was passiert hier?", wandte sich Caidian Meroth, seinen Blick auf den blubbernden Morast des Brunnens gerichtet, an die Bandreso-Zwillinge. Ein Echo seiner lauten Stimme hallte von den steinernen Wände wider.

„Wir spüren eine undeutliche Präsenz!", antworteten Nele und Nila. „Jemand scheint den Brunnen zu benutzen."

Eine vage Hoffnung keimte in Caidian auf.

Das Blubbern verstärkte sich.

Menschen und Amanen wurden Zeuge, wie aus dem braunen Morast heraus sich langsam eine undefinierbare Gestalt bis zu ihren Hüften emporhob, um augenblicklich wieder darin zu versinken.

Ohne lange zu überlegen, kletterte Caidian auf den Rand des Brunnens und sprang hinein. Etwas von der Brühe drang in seinen Mund. Er spuckte sie wieder aus, nicht ohne dabei zu bemerken, dass sie ihn an den Geschmack einer überreifen Tomate erinnerte. Er hasste Tomaten. Meroths Hände brauchten nur wenige Sekunden unterhalb der Oberfläche zu suchen, bis er einen Arm fand. Er zog den dazugehörenden Körper an sich und versuchte mit ihm den Rand des Brunnens zu erreichen.

Da bemerkte er einen Helfer an seiner Seite.

Hakim!

Natürlich ließ sich Sinusis Freund nicht davon abhalten, ebenfalls in die Heldenrolle zu schlüpfen.

„*Idiot!*", beschimpfte er sich im Stillen und fragte sich, ob es Eifersucht war, die ihn immer wieder zu solchen dummen Gedanken trieb. Er musste unbedingt damit aufhören, Hakim völlig grundlos zu verdächtigen, ein zweiter Maso Hunagi zu sein. Sinusi hatte zweifellos einen netten Mann an ihrer Seite verdient.

„Danke!", murmelte Meroth erleichtert, während er gemeinsam mit Hakim den Brunnenrand erreichte, wo Sinusi und Chiyoko ihnen halfen, den Geretteten aus dem Brunnen zu ziehen.

„Er muss atmen können!", trat Dr. Poschenko an den reglosen Körper heran. „Befrei sein Gesicht vom Schlamm!", forderte sie Sinusi auf, während sie mit Hilfe ihres Scanners den Geretteten untersuchte.

Inzwischen waren Caidian und Hakim dem Brunnen entstiegen. Meroth trat neben Dr. Poschenko.

„Lebt er noch?", fragte er die Ärztin und wischte sich den klebrigen Schlamm von seinen Armen.

„Seine Vitalzeichen sind schwach, aber stabil", antwortete Olga Poschenko.

Einen Augenblick später starrte Caidian in das Gesicht eines etwa dreißigjährigen Mannes, dessen Augen geschlossen waren. Er besaß dichtes dunkelblondes Haar und einen gepflegten Vollbart. Der Schmutz, der seine menschlichen Züge verdeckte, ließ ihn fremd erscheinen, und doch waren da Details, die Meroth sehr vertraut vorkamen. Die Tätowierungen hingegen, sonderbare Zeichen jeweils zwei über und unter seinem rechten Auge, passten irgendwie nicht zu dem Gesicht und zogen Caidians Blicke magisch an. Er bemerkte kurz ein schwaches, blaues Leuchten, das von den Symbolen ausging.

„Das ist unmöglich", hämmerten seine Gedanken ihm ein. Meroth spürte, wie sein Herz begann, schneller zu schlagen.

„Wir müssen ihn auf die Medo-Station bringen", verlangte Olga von Kin Wu.

„Natürlich!", stimmte Wu zu, tippte kurz auf ihrem Multikom herum und legte ein Antigravfeld um den Bewusstlosen, wodurch dessen Körper sich langsam emporhob.

„Ist er einer von euch?", wandte sich Hakim an Sinusi.

„Ich glaube nicht!", meinte die dunkelhäutige Frau. „Ich habe den Mann noch nie gesehen."

Nele und Nila sahen sich an und tauschten wortlos ihre Gedanken aus. Ihre Stimmen hatten immer etwas Magisches an sich, wenn sie im Einklang sprachen, doch diesmal empfand sie Meroth eher als gespenstisch.

„Aber …", enthüllten sie ihre Wahrnehmungen. „Caidian, erkennst du nicht deinen Freund?"

Meroth sah genauer hin. Die Worte der Zwillinge lösten Erinnerungen aus, die er in letzter Zeit stets vermieden hatte.

„Caidian, das ist Hosin!", beharrten die jungen Frauen auf einer schwer zu verdauenden Wahrheit.

„Wir dürfen keine Zeit verlieren", drängte Dr. Poschenko, und Meroth schob den schwebenden Mann, den die Zwillinge für den totgeglaubten Hosin hielten, zum Ausgang der Felsenkammer.

Die kleine Gruppe folgte ihnen zur Medo-Station des Gewölbes.

„Ist das wirklich Hosin?", fragte Sinusi ihre Freundinnen. „Seid ihr euch sicher? Der Mann ist doch mindestens dreißig Jahre jünger als der alte Eremit. Das kann doch nicht sein. War da noch etwas im Brunnen?"

„Nein!", erwiderte Nele traurig.

„Diesmal nicht!", fügte Nila enttäuscht hinzu.

„Wer ist Hosin?", traute sich Chiyoko die Frage zu stellen, von der sie hoffte, endlich eine Erklärung für das sonderbare Geschehen zu bekommen.

Kin Wu betrachtete den nackten Körper auf dem Untersuchungstisch der Medo-Station. Sie hatten ihn neben dem ruhiggestellten Hauser abgelegt. Einige medizinischen Holodatenblöcke schwebten vor ihr und gaben ein pulsierendes orangefarbenes Licht von sich. Die Medo-Bots hatten ihre Arbeit mit einer peniblen Gründlichkeit erledigt. Der Patient war gewaschen, desinfiziert und umfassend untersucht worden. Ihr Fazit lautete: Der Mann war in perfekter körperlicher Verfassung, ein Paradebeispiel für Gesundheit, frei von Infektionen oder irgendwelchen medizinischen Anomalien. Und dennoch lag er in tiefer Bewusstlosigkeit, als wäre sein Geist in einem unerreichbaren Exil gefangen.

Kin Wu fuhr sich durch ihr Haar und betrachtete erneut die Daten.

„Hmm …", brummte sie, während sie mit einer langen Strähne spielte, die ihr immer wieder ins Gesicht fiel. „Laut COS handelt es sich einwandfrei um Hosin Rowitsch. Warum er jetzt so jung aussieht und auch ist, entzieht sich unserem Wissen. Eine solche Verjüngung wäre selbst mit meinem Kryo-Tank unmöglich. Wahrscheinlich hatten da die Blauen Kutten ihre Finger im Spiel."

„Das ist wohl deine Erklärung für alles", nörgelte Dr. Poschenko und umrundete den Tisch. Ihre grünen Augen blitzten skeptisch, doch ihre Neugier war nicht zu leugnen.

Kin hatte nur der Ärztin und Caidian Meroth erlaubt, den bewusstlosen Mann in den Untersuchungsraum zu begleiten.

„Ist halt so", entgegnete Kin zynisch. Die Mutter des Ursprungs hatte eine Miene aufgesetzt, die zwischen Langeweile und mildem Amüsieren oszillierte. „Ohne die Priester würden wir bekanntlich gar nicht existieren."

Caidian beobachtete die Szene schweigend. Er konnte Kin Wu ihren Gleichmut nicht abkaufen. Hinter ihrer scheinbar desinteressierten Fassade verbarg sich etwas. Davon war er überzeugt. Was wusste sie, das sie nicht preisgab? Und vor allem: Was hatten die Blauen Kutten mit Hosin angestellt? Vier Jahre lang war er verschwunden gewesen, und nun war er auf unerklärliche Weise zurückgekehrt, verjüngt und im Koma liegend.

Sie verließen die Medo-Station und kehrten in die Zentrale des Gewölbes zurück. Hier hatten ihre Begleiter die Untersuchung auf einem der großen Holobildschirme verfolgt.

„Ich muss zur Clausura", erklärte Caidian plötzlich.

Die Worte ließen die Amaninnen erstarren. Verwirrung stellte sich auf den Gesichtern der Menschen ein.

„Du bist verrückt!", rief Sinusi und trat einen Schritt vor.

„Ein sinnloses Vorhaben", kommentierte Kin mit einem Schulterzucken. „Dir wurde der Zutritt bereits verwehrt."

„Das ist viel zu gefährlich!", warnten die Zwillinge. „Was, wenn dir das Gleiche passiert wie Hosin?"

Caidian konnte sich ein Schmunzeln nicht verkneifen.

„Nun, ich kann wohl kaum dreißig Jahre verjüngt werden."

Die Reaktion der Mädchen kam prompt.

„Idiot!", riefen nicht nur die Zwillinge, sondern auch Sinusi stimmte ein.

„Was ist die Clausura?", fragte Chiyoko aufgebracht. „Ihr Amanen habt so viele Geheimnisse vor uns", sie deutete auf Hakim, ihre Mutter und Dr. Poschenko, „da kommt von uns keiner mehr mit."

„Ich habe schon von der Clausura gehört", meldete sich Usagi Kadochi zu Wort. „Dabei soll es sich um einen ganz bestimmten Ort auf dem Gebiet des ehemaligen Meroth Manor handeln."

„Wir befinden uns an diesem Ort", erklärte Caidian ruhig. „Nur einige Millionen Jahre in der Zukunft."

„Natürlich, die temporale Divergenz der Hammanon-Wolke!", nickte Usagi wissend. „Aber Meroth Manor wurde doch nach der Abschiebung der Meroths nach Pendragon zerstört."

„Man kann die Clausura nicht zerstören", entgegnete Caidian. „Sie liegt außerhalb von Raum und Zeit. Ich kenne zwar die erklärenden Worte …", er zögerte, „… doch leider verstehe ich sie nicht. Ich weiß nur, dass ich noch einmal versuchen muss, die Clausura zu betreten."

„Warum?", fragte Chiyoko bekümmert. „Warum setzt du dich freiwillig einer Gefahr aus?"

„Ich muss in Erfahrung bringen, was mit Hosin passiert ist."

„Rowitsch wird sicher innerhalb der nächsten Stunden aus seinem Koma erwachen", versuchte Kin, ihn zu beschwichtigen. „Dann kannst du ihn selbst fragen."

Ihre Stimme klang gelassen, doch Caidian bemerkte ein leichtes Zucken ihres linken Mundwinkels. Ihre Angst galt nicht ihm, sondern der Möglichkeit, dass er etwas herausfinden könnte, das ihr hätte schaden können.

„Wir sollten doch schon längst nach Aman aufgebrochen sein", gab Usagi zu bedenken. „Hat das nicht Vorrang?"

„Ihr könnt ja ohne mich losziehen", schlug Caidian vor.

„Das geht nicht", erklang plötzlich die androgyne, aber durchdringende Stimme von Veegun hinter ihnen. Des sagorische Botschafter-Robo stand im Eingang der Zentrale. Auf seiner goldenen Metallhaut spiegelte sich das Licht einiger Hologramme.

„Ihr müsst alle zusammen zurückkehren", verlangte er.

„Weshalb ist das so wichtig?", fragte Sinusi argwöhnisch.

„Weil das zur Geschichte gehört, mit der ihr nach Aman zurückkehren werdet."

„Welche Geschichte?", wollten die Zwillinge wissen.

„Die Geschichte, die ich für euch zurechtgelegt habe, um den Dorfbewohnern zu erklären, wo ihr in den letzten vier Jahren gewesen seid."

„Wir sollen unsere Familien und Freunde belügen?", stellte Sinusi betroffen fest.

„Glaubst du wirklich, die Wahrheit würden sie eher verkraften, kleine Sinu?"

Sinusi erstarrte.

„Wie hast du mich genannt?"

„Kleine Sinusi!", log der Roboter kalt.

„Wir haben eindeutig ,Sinu' gehört", korrigierten ihn die Zwillinge synchron.

Sinusi trat einen Schritt auf die Maschine zu.

„Nur mein Vater hat mich so genannt. Woher weißt du das?"

Kin trat hastig ein.

„Das ist doch kein Geheimnis!", lachte sie. „Das Überwachungssystem des Gewölbes zeichnet alles auf. So habe ich deinen Kosenamen ebenfalls erfahren. Und COS tauscht sich oft mit Veegun aus. Also? Alles klar!"

Die Zwillinge nickten langsam, offenbar zufriedengestellt. Sinusi jedoch blieb misstrauisch, genau wie Caidian. Seine Gedanken kehrten jedoch schnell zu seinem eigenen Problem zurück.

„Ich werde Meroth in die Clausura begleiten", erklärte Veegun unerwartet.

Kin Wu war immer noch gegen den Versuch. Sie packte Caidian am Arm und zischte: „Das kann nicht gut gehen, Meroth! Veegun benutzt dich nur. Du weißt, wie hinterlistig er ist."

„Wir werden sehen", brummte Caidian unbeeindruckt.

Er war entschlossen, diesmal den Sprung in die Clausura zu schaffen. Neben ihm stand der Botschafter-Roboter. Eine goldene Statue vor dem pulsierenden, blau schimmernden Energiefeld. Die Luft war erfüllt von einem subtilen Summen, das von dem Feld ausging und den Anschein erweckte, als würde es leben.

„Lass es uns hinter uns bringen!"

Veegun streckte seine metallische Hand aus. Der Amane zögerte, sein Blick ging kurz zu Kin Wu, bevor er schließlich die Hand des Roboters ergriff. Die Berührung fühlte sich kühl an, fast unnatürlich, dennoch gab sie Caidian Sicherheit.

Sinusi stand, zusammen mit dem Rest der Gruppe, vor einem der Felsvorsprünge der Höhle. Ihre Lippen verzogen sich zu einem unwillkürlichen Lächeln, als sie das skurrile Bild betrachtete: ein sturer Amane und ein ebenso sturer Roboter, Hand in Hand wie Partner vor einem grotesken Tanz.

„Jetzt!", gab Veegun das Startzeichen.

Entschlossen traten sie voran.

Zwei, drei Schritte, und sie verschwanden im flimmernden Energiefeld, das die Clausura vor der Außenwelt beschützte. Ein leises Knistern erklang, dann wurde es still.

Die Welt war nicht mehr dieselbe.

Caidian taumelte vorwärts und blinzelte verwirrt. Er befand sich mitten in einem dichten, grauen Nebel. Der Boden unter seinen Füßen war weich und federnd, wie mit Moos bedeckt. Von Veegun fehlte jede Spur. Die Hand, die er eben noch festgehalten hatte, war ihm während des Transfers entglitten.

„Das ist also die Clausura", murmelte er, während er sich umsah. Seine Stimme hallte seltsam hohl im Nebel. „Ehrlich, ich hatte mehr erwartet."

Ein kalter Wind blies ihm entgegen. Er brachte kühle Regentropfen mit sich, die sich auf Caidians Gesicht legten. Der Wind wurde stärker, der Regen prasselnder. Der Nebel begann sich zu lichten, langsam, wie der dicke Vorhang bei Beginn der Theatervorstellungen im Rathaus, die Meroth sich so gerne ansah.

Vor ihm tauchten die schemenhaften Konturen eines Hauses auf. Ein Schauer lief Caidian den Rücken hinunter, als er es erkannte. Die kleine Veranda, das schräge Dach, der Weg, der hinunter zur Küste führte. Es war das Haus von Sinusis Vater. Das Haus, in dem er mit ihr zusammengelebt hatte, bevor Maso ihn umbrachte. Später hatte Bürgermeister Panek das Anwesen Hosin Rowitsch nach dessen Rückkehr aus der Verbannung überlassen.

Meroths Puls beschleunigte sich. Er zwang sich weiterzugehen. Die Veranda bot Schutz vor dem Regen und er brauchte Antworten, die er nur im Haus finden konnte.

Was ging hier vor sich?

Im Trockenen stehend hielt er erneut Ausschau nach Veegun. Es war weiterhin nichts von dem Roboter zu sehen.

Ein Geräusch schreckte ihn auf. Jemand befand sich im Innern des Gebäudes. Das Licht einer Öllampe fiel plötzlich durch das große Küchenfenster. Es flackerte auf wie eine unausgesprochene Einladung.

„Warum kommst du nicht rein, Caidian?", hörte er jemanden rufen.

Sein Atem stockte.

Diese Stimme … Das war nicht möglich!

Meroth glaubte nicht an Geister und solchen Kinderkram. Doch die ganze Szene wirkte sehr gespenstisch auf ihn. Und sie sollte noch gespenstischer werden.

Jeder Schritt zur Tür fiel ihm schwer, als wären seine Beine aus Blei. Schließlich erreichte er die Tür, öffnete sie und trat ein.

Der Raum war warm und behaglich. Der Geruch von altem Holz und der ölig-wärmende Duft der brennenden Lampe erfüllten ihn. Am Tisch saß Sandor Khana, leibhaftig. Er sah aus, als wäre kein Tag vergangen, seit Maso ihm das Leben genommen hatte. Ein breites, warmes Lächeln umspielte sein Gesicht.

„Hallo, Caidian! Wie geht es dir, Junge?"

Es war Sandors Stimme, so wie er sie kannte. Sanft und fest.

Caidian brachte keinen Ton hervor. In seinem Kopf tobte ein Sturm aus Gedanken und Emotionen. Das konnte nicht echt sein. Es durfte nicht echt sein. Doch Sandor sprach weiter:

„Keine Angst!", meinte er. „Ich bin nicht von den Toten zurückgekehrt. Vielleicht bin ich auch nie gestorben. Doch, das bin ich. Ihr habt meinen Körper ja begraben. War übrigens eine schöne Beerdigung. Nun, ich weiß auch nicht richtig, was mit mir passiert ist.

Ich glaube, es wird ziemlich kompliziert, es dir zu erklären. Scheiß drauf! Lange Rede, kurzer Sinn: Ich bin nun ein Teil von diesem verdammten Roboter."

„Das … das ergibt überhaupt keinen Sinn", stotterte Caidian endlich.

Er nahm unaufgefordert gegenüber Sandor Platz. Er hatte immer von sich gedacht, einen offen Geist zu besitzen, sich vor nichts zu verschließen. Auf einigen Gebieten schien dies jedoch nicht der Fall zu sein.

„Was meinst du damit, du bist ein Teil von Veegun?", fragte Meroth den dunkelhäutigen Mann. „Tut mir leid, ich verstehe gar nichts mehr."

„Tu ich doch auch nicht!", lächelte Sandor verschwitzt. „Ich habe immer noch vor Augen, wie Maso auf mich einstach. Dann war ich tot. Und kurz darauf lebte ich wieder. Im Körper von Veegun."

„Wie ist das möglich!", fragte Caidian.

„Nun", kratzte sich Sandor am Hinterkopf, „der Roboter braucht von Zeit zu Zeit ein frisches Bewusstsein, damit die biologische Komponente seines Gehirns nicht abstirbt. Ist so ein Ding aus der sagorischen Biotechnologie. Hochentwickelt und viel zu komplex, um sie in ein paar Worten zu erklären. Etwas, wovon die alten Kartellräte nur träumen konnten. Nein, nein!", wehrte Sandor einen unausgesprochenen Einwand von Caidian ab. „Ich sehe schon, was du denkst. Er zwingt mich nicht dazu. Hätte ich es nicht gewollt, hätte er meinen Geist ziehen gelassen. Wohin, hat er mir nicht verraten. Aber anscheinend ist der Tod nicht das Ende."

Caidian konnte kaum glauben, was er da hörte. Die Vorstellung, dass der Tod nicht das Ende sein sollte, brachte seinen Verstand an seine Grenzen.

„Und wenn er mal wieder frisches Material für seine biologische Komponente braucht?", wollte Caidian wissen.

„Geht meine Reise ins Unbekannte weiter", erklärte ihm Sandor. „Aber ehrlich. Ich fühle mich in ihm ganz wohl. Du kannst dir nicht vorstellen, was dieser Kerl alles kann und weiß."

„Nein, das kann ich wirklich nicht!", seufzte Meroth.

„Das Beste ist aber, dass ich so verfolgen kann, wie Sinusis Leben abläuft", meinte Sandor erleichtert. „Mann, hat die um dich herumgeschwänzelt. Ich bewundere deine Willenskraft. Andere Jungs wären längst schwach geworden. Doch nun hat sie ja den Richtigen gefunden."

„Ist er das?"

„Hakim? Natürlich!"

Sandors feste Überzeugung schien Caidian irgendwie zu beruhigen. Ein gutes Gefühl.

„Und jetzt bist du hier, in der Clausura", sagte er schließlich und sah sich enttäuscht um. „Hatte ich mir irgendwie anders vorgestellt."

„Veegun auch!", nickte Sandor eifrig.

„Wo befindet sich der Botschafter eigentlich?"

„An einem sicheren Ort!", behauptete Sandor. „Die Blauen Kutten mögen keine sagorischen Helfershelfer innerhalb ihres … Kontinuums. Mich haben sie durchgelassen, damit sie über mich mit dir kommunizieren können."

„Ist das nicht ein wenig umständlich?"

„Im Gegenteil!", grinste Sandor. „Aber das liegt daran, dass sie sich von uns so sehr unterscheiden wie wir uns von einem Regenwurm. Der dient auch nur zum Fischen."

„Ist ja nicht gerade ein Kompliment für uns Amanen", räusperte sich Meroth.

„Das sollte es auch nicht sein!"

„Verstehe!"

Sandors Gesichtsausdruck veränderte sich. Seine Augen schimmerten plötzlich seltsam, und seine Stimme klang tiefer, fremder.

„Was hast du auf dem Herzen, Caidian Meroth?", fragte Sandor.

„Die Blauen Kutten!", erkannte Caidian richtig. *„Ich spreche jetzt mit einem der Priester."*

Ein sonderbares Gefühl überkam ihn. Demut, gepaart mit einer großen Portion Neugierde, aber auch ein wenig Verärgerung.

„Ich habe tausende von Fragen!"

„Das wissen wir!"

„Was habt ihr mit Hosin gemacht?"

„Die Sorge um deinen Freund ehrt dich. Aber das wird er dir eines Tages selbst erzählen."

„Warum bin ich hier?", fragte er mürrisch. „Wieso habt ihr mich diesmal durchgelassen?"

„Um dir ein Geschenk zu übergeben!", lautete die Antwort.

„Was für ein Geschenk?"

„Das wirst du erkennen, wenn du es brauchst."

„Und wenn ich es nicht will?"

Sandor verzog sein Gesicht zu einem spöttischen Grinsen.

„Du besitzt es schon längst! Und jetzt verlasse uns. Geh!"

Meroth erhob sich von seinem Stuhl und ging zur Tür.

„Ach, Caidian!", rief Sandor mit seiner gewohnten Stimme ihm nach.

Meroth drehte sich stumm um.

„Sinusi braucht von all dem nichts zu wissen!"

„Ich mag diese Geheimnisse nicht."

„Welche?"

„Alle!"

Mit einem Schlag war die Welt um ihn herum verschwunden. Er blinzelte.

„Ich sagte es doch!", hörte er Kin Wu erleichtert rufen. „Es wird nicht funktionieren."

Caidian sah auf. Die kühle, metallische Hand Veeguns lag immer noch in seiner. Und vor ihnen schimmerte das blaue Energiefeld, unversehrt.

„Hat es funktioniert?", fragte er Veegun.

„Nein!", antwortete der Roboter.

Nur Meroth bemerkte sein kurzes Zwinkern.

✳

„Was machen wir mit Hosin und Hauser?", fragte Caidian, während sein Blick über das chaotische Treiben in der Höhle glitt. Die Menschen sammelten ihre Habseligkeiten ein und bereiteten sich auf die Abreise vor.

„Ihr könnt Rowitsch ruhig mitnehmen!", erwiderte Kin gleichgültig.

Sie hätte eigentlich gedacht, nach seinem erneuten Versagen vor der Clausura, es mit einem enttäuschteren Caidian zu tun zu haben. Meroth wirkte jedoch befreit, ja fast sogar beschwingt.

„Ich kann nichts weiter für ihn tun. Und was Hauser betrifft – der geht mich nichts an."

Caidian wandte sich Dr. Poschenko zu. Die alte Frau nickte langsam, so als wolle sie das Gewicht dieser Entscheidung unterstreichen.

„Also gut!", sagte Caidian mit einem resignierten Seufzer. „Ich kümmere mich darum."

„Nicht nötig!", unterbrach ihn Kin, noch bevor er loslegen konnte. „Der Botschafter hat die beiden bereits auf die *Flosse* gebracht. Wahrscheinlich hat er dabei Rowitsch persönlich untersucht."

Caidian knirschte mit den Zähnen.

„Ich mag es nicht, wenn er uns nicht darüber informiert, was er tut", knurrte er verärgert.

Mit spöttischem Blick neigte Kin Wu ihren Kopf leicht zur Seite.

„Was willst du dagegen tun?", fragte sie ihn.

Die einfache Frage traf Caidian wie ein Schlag in die Magengrube. Er spürte wieder diese Ohnmacht, diese erdrückende Erkenntnis, dass die Amanen gegen Wesen wie Veegun oder die Blauen Kutten völlig machtlos waren. Obwohl er anerkennen musste, dass sie auch hilfreichen waren, auf ihre eigene verdrehte Art.

Caidian atmete tief durch und schüttelte seine Frustration ab.

„Auf nach Aman!" rief er laut.

„Ich bleibe hier!", ertönte eine leise Stimme hinter ihm.

Caidian drehte sich um. Meng Zichau stand entschlossen, aber mit leicht nach vorne gebeugten Schultern neben Usagi Kadochi. In ihren Augen lag ein Hauch von Traurigkeit.

„Willst du das wirklich?", fragte Usagi, die ihre Entscheidung nur schwer akzeptieren konnte.

Meng nickte stumm. Ihre Lippen zuckten kurz, doch aus ihrem Mund drang kein Wort.

Kin trat vor und zog Meng an sich und umarmte sie liebevoll.

„Das freut mich!", sagte sie mit einer solchen Herzlichkeit, dass selbst die skeptischsten Beobachter für einen Augenblick gerührt waren. „Wir werden eine Menge Spaß haben. Sinusi ahnt nicht einmal, was ihr entgeht."

Meng wirkte verloren, wie ein Blatt im Wind, das nicht wusste, wo es landen würde. Caidian betrachtete sie einen Moment lang und spürte die aufkommenden Zweifel in sich. Wusste die Nikong wirklich, worauf sie sich einließ?

„Na schön", sagte er schließlich und zwang sich, mehr Zuversicht auszustrahlen, als er empfand. „Gehen wir!"

„Wir werden uns in wenigen Dekaden wiedersehen!", rief Kin ihnen fröhlich nach und winkte zum Abschied.

„Ich kann es kaum erwarten!", murmelte Meroth sarkastisch vor sich hin.

Die Gruppe setzte sich in Bewegung. In ihren Köpfen unausgesprochene Gedanken und nicht gestellte Fragen. Während ihre Schritte leiser wurden, sah Meng ihnen mit gemischten Gefühlen nach. Kin Wu legte einen Arm um ihre Schulter und flüsterte ihr etwas zu.

Ein zufriedenes Lächeln legte sich auf ihr Gesicht.

✶

Der Abstieg zum Anlegeplatz der *Flosse* am Ufer der Temz verlief ohne nennenswerte Zwischenfälle. Die Menschen drehten sich immer wieder zu dem imposanten Leuchtturm um, der wie ein stiller Wächter am Ausgang des Gewölbes stand. Sein Abbild spiegelte sich auf den nassen Stufen der Steintreppe wider, die wie in den Fels gemeißelt hinab zum Schiff führte.

Dr. Olga Poschenko hielt inne, stützte sich auf Sinusi und musterte die *Flosse* skeptisch.

„Mit dem Kahn seid ihr übers Meer gefahren?", fragte sie mit erhobenen Augenbrauen und einer Mischung aus Bewunderung und Zweifel. „Ihr seid mutiger, als ich dachte, Kinder. Kannst du mir helfen, dieses Schiff zu erklimmen? Ich möchte nach Hosin sehen."

Sinusi nahm sie mit einem freundlichen Lächeln bei der Hand.

„Natürlich, Heilerin."

Mit geschickten, aber behutsamen Bewegungen half sie der alten Frau an Bord. Die anderen Menschen folgten ihnen schweigend und verstauten ihr Gepäck entlang der Reling.

Sinusi führte die Ärztin unter Deck. Die Dielen knarrten leise unter ihren Schritten. In der Kabine der Bandreso-Zwillinge fanden sie Rowitsch und Hauser, die reglos nebeneinander auf dem breiten Bett der Mädchen lagen. Die Gesichter der beiden Männer wirkten blass, doch ihre Atmung war ruhig und gleichmäßig.

„Wie lange wird Virgil Hauser noch schlafen?", fragte sie Dr. Poschenko.

„Zehn, zwölf Stunden, schätze ich!"

Sie sah auf ihren rechten Unterarm, wo sie einst ihr Multikom getragen hatte. Ihre Lippen verzogen sich zu einer schmalen Linie.

„Verdammt!", fluchte sie unvermittelt. „Ich vermisse dieses Ding noch immer, selbst nach all den Jahren in Gefangenschaft. Besitzt ihr in eurem Dorf Uhren?"

„Das Rathaus hat eine!", erwiderte Sinusi mit einem Anflug von Stolz. „Nach ihr richtet sich das Leben in Aman."

„Wenigstens etwas", murmelte Olga und fuhr sich über ihr kurzes weißes Haar.

Plötzlich ging ein kaum wahrnehmbarer Ruck durch das Schiff, ein Zittern, das die Dielen unter ihren Füßen erbeben ließ.

„Was war das?", fragte Sinusi, die bereits zur Treppe eilte. Sie stürmte hinauf aufs Deck, trat ins Freie und erstarrte.

Über der *Flosse* schwebte die *Amusgan*, majestätisch und unheilvoll zugleich. Ein gelblicher Energiestrahl, der aussah wie flüssiges Licht, hatte sich um das Schiff gelegt und zog es langsam aus dem Wasser empor. Sinusi vernahm ein eigenartiges Summen, das sie entfernt an einen Bienenschwarm erinnerte.

„Kapp die Bugleinen!", rief Sinusi Caidian zu, der an der Reling stand und die Szenerie mit offenem Mund beobachtete.

Sie wandte sich hastig um. Noch bevor sie selbst zu den Seilen am Heck laufen konnte, durchzuckten plötzlich rötliche Energiestrahlen die Luft. Sie kamen aus der *Amusgan*, durchtrennten die dicken Taue mit erschreckender Präzision und lösten das Schiff von seinem Ankerplatz. Das Summen verstärkte sich. Gefühlvoll setzte sich die *Amusgan* in Bewegung, die *Flosse* wie ein Spielzeug hinter sich herziehend. Menschen und Amanen versammelten sich an der Reling. Einige hatten Angst, andere waren nur neugierig. Die meistens von ihnen kannten die Prozedur. Sie starrten hinab auf die Temz, deren Lauf immer übersichtlicher wurde.

„Wie auf der Landkarte im Buch über das Land Wu", erkannte Caidian.

Die *Amusgan* flog schneller, viel schneller, als es Sinusi jemals für möglich gehalten hätte. Unter ihnen verschmolzen Land und Wasser zu einem verschwommenen Band, das im ersten Licht der aufgehenden Sonne schimmerte. Vor ihnen lag der Große Teich, und der Flug führte sie unaufhaltsam in Richtung Heimat.

Ihre Rückkehr nach Aman war nur noch eine Frage von Minuten. Doch in Sinusis Brust regte sich ein beunruhigendes Gefühl. Wie würden die Dorfbewohner sie empfangen? Was würden sie von den Menschen halten?

Sie hoffte, und damit war sie nicht die Einzige an Bord, dass Bürgermeister Panek alles gut vorbereitet hatte.

Kapitel 27

Ein freudiges Wiedersehen

*32. Tag des Frühlings
im Jahre 154 nach der Gründung von Aman*

Das Hämmern an der Haustür der Meroths nahm kein Ende. Laut und dröhnend hallte es durch das hölzerne Gebäude, als wollte sich jemand gewaltsam Zutritt verschaffen.

„Ich komme ja schon!", rief Lutana ungehalten.

Noch in ihren Schlafrock gehüllt und mit zerzausten Haaren, zwischen denen sich in den letzten Jahren ein paar graue Strähnen eingefunden hatten, eilte sie die leicht knarrende Treppe hinunter. Im Halbdunkel des Flurs bemühte sie sich, einige der quietschenden Dielen zu überspringen. Doch ihre nackten Füße trafen in der Eile unweigerlich die falschen Planken.

„Mami!", drang die ängstliche Stimme des kleinen Caysons, dessen Zimmer sich unter dem Dach befand, an ihr Ohr.

„*Na prima*", dachte die Heilerin gereizt und presste die Lippen zusammen. „*Jetzt ist der Junge auch noch wach.*"

Sie hörte, wie sich die Tür zu Caressas Zimmer öffnete und Schritte über den oberen Flur huschten. Wenige Sekunden später trat die besorgte Mutter in Caysons Kammer.

Lutana schüttelte den Kopf, schob den Riegel der Haustür nach rechts und riss diese energisch auf.

„Was?", fragte sie unwirsch, während die kühle Nachtluft sie empfing. Lutana verschränkte ihre Arme vor der Brust.

Vor ihr auf dem steinernen Vorplatz stand Andor Panek. Der junge Mann hatte noch die Faust erhoben, bereit für ein weiteres Klopfen. Seine Wangen waren rot und er atmete schwer. Anzeichen dafür, dass er schnell herbeigeeilt war.

„Entschuldigung, Lutana", begann er keuchend. „Es ist wichtig! Caidian und die Mädchen kehren heim."

Die Heilerin blinzelte, als hätte sie sich verhört. Ihre Gedanken waren noch träge vom Schlaf.

„Was?", wiederholte die schlanke Frau mechanisch und rieb sich die müden Augen. „Wie spät ist es überhaupt?"

„Kurz nach fünf", antwortete Andor mit einem hastigen Blick zum Himmel, wo sich gerade der erste blasse Streifen Morgenrot zeigte. „Haben Sie mich verstanden? Ihr Sohn ist auf dem Weg nach Hause."

Langsam begannen Andors Worte zu sacken. Lutana starrte ihn einen Moment lang reglos an. Plötzlich spürte sie, wie warme Tränen ihr die Wangen hinabrollten. Sie taumelte einen Schritt zurück und griff nach dem Türrahmen, um sich zu stützen.

„Mein Großvater bittet Sie", fuhr Andor zögernd fort, „mit ihm zur Küste zu fahren. Er benötigt Ihre Dienste als Heilerin. Ihr Mann soll auch mitkommen. Mit dem Pferdewagen."

Lutana wischte sich die Tränen aus dem Gesicht und richtete sich wieder auf. Überglücklich trat sie vor und schlang die Arme um den jungen Mann.

„Danke, Andor", sagte sie zitternd wegen der Frische des anbrechenden Tages und der Freude.

Andor, der nicht wusste, wohin mit seinen Händen, stand steif da, bis sie ihn wieder losließ.

„Sag deinem Großvater, wir kommen sofort", versprach sie, ließ ihn auf dem Vorplatz stehen, ging zurück ins Haus und schloss die Tür hinter sich.

„Hylan!", rief sie nach ihrem Mann. Ihre Stimme hallte durch das Haus. Ohne auf eine Antwort zu warten, stürmte sie die Treppe hoch. „Hylan!"

Als sie an der Dachkammer vorbeikam und bemerkte, dass die Tür nur angelehnt war, blieb sie stehen. Sie sah hinein und erspähte Caressa. Die junge Frau, die wieder ihren Mädchennamen Alvarez angenommen hatte, saß auf dem schmalen Bett ihres Sohnes und streichelte beruhigend seinen braunen Wuschelkopf. Cayson kuschelte sich an seine Mutter, seine Augen waren jedoch auf seine Großmutter gerichtet.

„Omi?", fragte der Dreieinhalbjährige mit einer Mischung aus Angst und Neugier. „Wer hat denn so doll gegen die Tür gehauen?"

Lutana trat näher und setzte sich neben Caressa aufs Bett. Sie legte eine Hand auf Caysons Schulter.

„Dein Vater kehrt heim", sagte sie liebevoll.

Ihre Worte zeigten Wirkung.

Cayson blinzelte interessiert, während Caressa den Kopf ruckartig hob.

„Mein Vater?", wiederholte der Junge überrascht. „Den, den ich noch nie gesehen habe und von dem mir Mami und du schon so viel erzählt habt?"

Lutana nickte stumm.

„Caidian?", flüsterte Caressa fassungslos. „Ist das wahr?"

„Laut dem Bürgermeister, ja", antwortete Lutana überzeugt. „Wahrscheinlich hat er es im *Buch der Vernunft* gelesen. Ich fahre mit Hylan zur Küste, um Caidian in Empfang zu nehmen."

Caressa griff unsicher nach Lutanas Hand.

„Sollen wir mitkommen?"

Lutana überlegte einen Moment. Die Verlockung, ihren Sohn mit der ganze Familie zu begrüßen, war groß. Vielleicht würde Caidian beim Anblick seines Sohnes und dessen Mutter auf die Idee kommen, Caressa zu seiner Bündnispartnerin zu nehmen. Obwohl die ganze Angelegenheit ziemlich kompliziert war, hoffte Lutana immer noch auf ein glückliches Ende für alle Beteiligten.

Die Heilerin erinnerte sich an die Warnung des Bürgermeisters, die er ihr schon vor längerer Zeit vermittelt hatte, und die Verantwortung, die damit auf ihr lastete.

„Lieber nicht", entschied sie schließlich. „Ich muss Caidian und die Mädchen erst untersuchen. Nicht, dass die vier eine ansteckende Krankheit einschleppen. Wer weiß, wo sich die Kinder in den letzten vier Jahren herumgetrieben haben."

Sie stand auf, die Entschlossenheit in ihrer Haltung war nicht zu übersehen.

„Ich muss mich beeilen", meinte sie und eilte laut rufend davon. „Hylan!"

Der Gedanke, ihren Sohn nach all den Jahren wiederzusehen, versetzte sie in Euphorie, die ihr Herz schneller schlagen ließ.

Ungeduldig drängten sich die Dorfbewohner am vordersten Ende des mit dicken, wettergegerbten Bohlen ausgebauten Anlegestegs. Er verlief parallel zu dem massiven Unterstand der *Flosse*, dessen alter Holzkorpus, durch gute Pflege, weiterhin dem Zahn der Zeit trotzte. Hinter den Amanen erstreckte sich das steinige Ufer, an dem die Wellen des Großen Teiches sanft brandeten, während der Wind salzige Luft von der Wasseroberfläche herantrug.

Bürgermeister Asyn Panek hatte dafür gesorgt, dass nur wenige Leute zugegen waren. Neben ihm und den vier weiteren Mitgliedern des fünfköpfigen Dorfrats lediglich noch die Familie Meroth und die Eltern der Bandreso-Zwillinge. Fakt war, nicht jeder im Dorf hatte den vier Jugendlichen ihr rebellisches Verhalten und die Flucht mit der *Flosse* verziehen. Zu tief saß der Groll darüber, dass sie ihre Verpflichtungen gegenüber Aman aufgegeben hatten, um abenteuerlichen Hirngespinsten nachzujagen. Doch heute war nicht der Tag für irgendwelche Vorwürfe, ob sie nun berechtigt waren oder nicht.

Die Morgensonne hatte sich noch nicht über die Klippen erhoben, sodass der Steg in kühlem Schatten lag. Der Wind stach in die alten Knochen des Bürgermeisters, der sich mit schmerzverzerrtem Gesicht auf einem umgedrehten Ölfass niedergelassen hatte. Seine trüben Augen waren nicht mehr in der Lage, die Welt in der Ferne klar zu erkennen, also hatte er die Aufgabe, nach dem Schiff Ausschau zu halten, vertrauensvoll den Jüngeren überlassen.

Plötzlich durchbrach ein lauter Aufschrei die gedämpfte Stille.

„Dort!", rief Paneks Schwiegertochter Véronique mit einer Mischung aus Unglauben und Freude, ihren Arm in die Ferne ausgestreckt.

„Sie hat recht!", bestätigte Hylan, die Augen zusammengekniffen, um den Punkt am Horizont genauer zu erkennen.

Jubel brach unter den Wartenden aus. Ein murmelndes Stimmengewirr überschlug sich, das langsam verstummte, je näher das Schiff kam.

„Die *Flosse* liegt tief im Wasser", stellte Hylan fest. Sein Blick wanderte kritisch über die leicht ovale Form des Schiffsrumpfs. „Sie scheint schwer beladen zu sein!"

„Vielleicht bringen sie unbekannte Gewürze mit sich!", warf Wollit Moertel, der Schriftführer des Dorfrats, begeistert ein. Sein Ruf als Feinschmecker war bekannt.

„Oder Tiere, mit deren Wolle wir bessere Kleidung herstellen können", überlegte Lykke, Roberto Bandresos Bündnispartnerin, laut.

„Hauptsache, sie sind alle gesund und munter!", flüsterte Lutana, deren Worte bei allen Zuspruch fanden.

„Sie holen das Großsegel ein!", verkündete Hylan Meroth angespannt. „Ich glaube, ..."

„Sie bringen fremde Leute mit!", rief Véronique erstaunt.

Panek stützte sich auf seinen Gehstock und mühte sich langsam hoch. Seine alten Knie protestierten gegen die Bewegung, doch sein Wille setzte sich durch.

„Er hat es wirklich geschafft ...", murmelte der Bürgermeister zufrieden.

„Was meinst du damit?", horchte Véronique auf.

„Die Kinder haben fernab von Aman andere Menschen gefunden", antwortete Panek leise, als könne er seine Worte selbst kaum glauben.

„Was?", rief Lutana mit ungläubiger Entrüstung. „Fernab von Aman? Heißt das, du hast gewusst, was sie vorhatten?"

„Ich kannte einen Teil des Plans, den Caidian sich ausgedacht hat", erklärte Panek stolz, bemüht, seine Erschöpfung zu verbergen. „Dein Sohn hat immer daran geglaubt, dass es andere Menschen dort draußen geben muss. Er hat die Mutter des Ursprungs gefunden, und sie hat den Kindern die Reise zu den Sternen ermöglicht."

„Darüber werden wir uns noch unterhalten müssen!", fauchte Aleika Bhatt, die neben Véronique die zweite Dorfrätin war. „Du hast uns alle ganz schön an der Nase herumgeführt, alter Mann! Das könnte dich dein Amt kosten", drohte sie ihm.

„Das sehe ich genauso!", pflichtete Wollit Moertel ihr wie üblich bei. In seinen Gesichtszügen erkannte Panek jedoch eine Spur von Bewunderung. Natürlich nicht für ihn, sondern für Caidian Meroth.

Ken Whiteman, ein eher stilles Mitglied des Dorfrats, lehnte sich zurück und schüttelte nur lächelnd den Kopf. Er wusste von Paneks Interesse an dem jungen Meroth und hatte die ganze Zeit über so etwas geahnt.

Die *Flosse* näherte sich weiter, und die Amanen auf dem Steg hielten den Atem an, als die Gesichter an Bord langsam zu erkennen waren. Hylan entdeckte seinen Sohn als Erster. Caidian stand am Bug und grüßte freudig. Neben ihm tauchten die Bandreso-Zwillinge auf, sie strahlten vor Freude, während sie eifrig mit beiden Armen winkten.

Caidian verschwand, als die *Flosse* begann sich in Position zu drehen und sich dem Anlegesteg vorsichtig näherte. Die Zwillinge warfen den Leuten am Pier dicke Taue zu. Hylan und Roberto fingen sie auf. Mit wenigen Handgriffen legten sie die Taue um die Poller des Stegs.

Nach wenigen Minuten war das Schiff sicher vertäut, und die Passagiere begannen auszusteigen. Staunend blickten die Dorfbewohner auf die Neuankömmlinge, die an ihnen vorbei zur Küste gingen. Sie trugen Kleidung, die ihnen vertraut war, sahen aus wie der freundliche Nachbar von nebenan und ihre Augen spiegelten dieselbe Neugier wie die der Dorfbewohner wider.

Ein neuer Morgen brach an, nicht nur über dem Großen Teich, sondern auch für das Dorf Aman.

Tränen strömten in einer Flut der Erleichterung und Freude. Die Zwillinge waren die Ersten, die von Bord gesprungen waren. Mit leuchtenden Augen und offenen Armen rannten sie ihrer Mutter entgegen. Lykke umklammerte ihre Töchter so fest, als wolle sie ihre Mädchen nie wieder loslassen. Ihre Hände zitterten, während sie über ihre Köpfe strich, als müsse sie sich vergewissern, dass sie wirklich da waren. Hinter ihr stand der Vater der Zwillinge, ein stolzes und glückliches Lächeln auf den Lippen. Wie meistens trug er einen feinen Zwirn, der nicht so richtig zur Umgebung passte. Auch seine Augen glänzten feucht.

„Willkommen zu Hause", flüsterte er mit rauer Stimme, Worte, die Lykke in diesem Moment nicht über die Lippen brachte. Sie weinte nur lautlos, unfähig, den Anblick ihrer geliebten Kinder ohne eine erneute Welle der Ergriffenheit zu ertragen.

Es dauerte Minuten, bis sie schließlich losließ, und selbst dann zögerte sie noch. Nele und Nila fielen ihrem Vater in die Arme, während Lykke ihre Tränen mit einem besticktem Taschentuch abwischte. Sie lächelte und begann ihre Töchter mit Fragen zu überschütten.

Bei den Meroths ging es etwas weniger stürmisch zu, doch nicht minder emotional. Caidians Mutter stand einige Schritte abseits, ihre Augen von Freudentränen gerötet. Als sie ihren Sohn endlich in die Arme schloss, fühlte sie, wie ein schwerer Stein von ihrem Herzen fiel.

„Du bist gesund!", flüsterte sie ihm zu. „Das ist alles, was zählt. Ich bin froh, dass du endlich wieder zu Hause bist."

Hylan trat hinzu und packte seinen Sohn an der Schulter, bevor er ihm die Hand reichte. Der Händedruck war fest, die kurze Umarmung eher brüderlich. Männer unter sich, die wortlos alles sagten, was gesagt werden musste.

Plötzlich bemerkte Lutana eine andere ihr bekannte Gestalt in der Menge.

Sinusi!

Ohne zu zögern, eilte sie auf das junge Mädchen zu. Erleichtert nahm sie Sinusi in die Arme, drückte sie wie eine lange verloren geglaubte Tochter. Sinusi erstarrte einen Moment vor Überraschung, bevor sie die Umarmung erwiderte. Ihre Augen füllten sich ebenfalls mit Tränen, als Lutana sie auf die Wangen küsste. Eine mütterliche Geste, die Sinusi ungewohnt, aber tröstlich erschien. Dankbar nahm sie die Zuneigung an.

Von den Gründen für ihre Flucht aus dem Dorf sprach niemand. Vielleicht waren sie in der Freude des Wiedersehens vergessen worden, oder sie interessierten die Anwesenden einfach nicht mehr. Die Vergangenheit verblasste angesichts der Gegenwart, in der es um das Leben und das Glück ging. Hosin Rowitsch, der einst mit den Kindern loszog, wurde mit keinem Wort erwähnt. Es war, als hätte er nie existiert.

Unterdessen nahm Caidian ruhig und mit einem Anflug von Stolz die Gelegenheit wahr, dem Dorfrat die neuen Menschen vorzustellen. Ebenso Chiyoko und Hakim und ihre jeweilige Bedeutung für ihn und Sinusi.

Die Dorfrätin Aleika Bhatt und Lutana Meroth tauschten einen vielsagenden Blick aus, in dem ein unausgesprochenes Einverständnis lag. In ihren Gedanken formten sich bereits Pläne für eine Bündnisfeier, durch die sie die Liebe dieser jungen Paare festigen konnten.

★

Die Idee, die Menschen vorerst in Sinusis altem Haus unterzubringen, stammte von Sinusi selbst. Die Dorfräte stimmten dem Vorschlag sofort zu, denn sie erkannten darin eine Möglichkeit, die Fremden vorübergehend von Aman fernzuhalten. Das Haus des ehemaligen Fischers Sandor Khana lag abseits genug, um selbst

Chiyoko und Caidian

zufällige Begegnungen zu vermeiden. Ein idealer Ort, um neugierige Blicke und unruhige Gedanken auf Abstand zu halten.

Während Hylan mit Roberto und Ken Whiteman mit dem Pferdewagen zurück ins Dorf fuhren, um Nahrungsmittel zu besorgen, blieben Lutana, Dr. Poschenko und die beiden Rätinnen bei den Neuankömmlingen, um ihren Gesundheitszustand zu besprechen.

Die anfänglich leichten Spannungen zwischen den Frauen waren verständlich. Vor allem machte sich Lutana ihre Gedanken über die beiden bewusstlosen Männer. Caidian hatte ihr versucht die Sachlage zu erklären, dabei aber darauf verzichtet, seiner Mutter zu sagen, dass einer der Männer Hosin Rowitsch war. Dies war ein Thema für einen späteren Zeitpunkt, der jedoch früher kommen sollte, als ihm lieb war.

„Ich beneide Sie um Ihr Fachwissen, Dr. Poschenko", musste die Heilerin nach einigen Diskussionen neidlos anerkennen und versuchte, ihr eher abweisendes anfängliches Verhalten schnell mit einem freundlichen Lächeln und weiteren netten Worten aus der Welt zu schaffen. „Es schmerzt mich zu erfahren", fuhr sie fort, „dass die Mutter des Ursprungs uns bei vielen Krankheiten hätte helfen können, dies aber nicht tat."

Dr. Poschenko lockerte ihre strenge Einstellung und schob die ersten Differenzen ebenfalls beiseite.

„Bitte nennen Sie mich Olga", bot sie Lutana kameradschaftlich an. „So viel ich erfahren habe, darf sich Kin Wu nicht ins Dorfgeschehen einmischen."

„Warum nicht?", wollte Véronique wissen. „Sie hätte eine Menge Leid und Schmerz verhindern können."

Sinusi, die bisher still im Hintergrund gewartet hatte, trat selbstbewusst, ja fast schon herausfordernd vor.

„Weil diejenigen, die unsere Vorfahren in Aman absetzten, das nicht wollten", sagte sie ruhig, doch in ihren Augen war ein überlegenes Wissen zu erkennen. „Das war Teil der Bedingungen, um unsere Art am Leben zu erhalten."

„Wovon sprichst du?", fragte Aleika Bhatt skeptisch.

Für sie war Sinusi immer noch das kleine naive Kind von früher, nicht die junge Frau, die in den letzten Dekaden mehr erlebt hatte als so mancher Amane in seinem ganzen Leben.

Sinusi atmete tief ein, als würde sie sich darauf vorbereiten, ein unbequemes Geheimnis zu lüften.

„Es gibt vieles, was die Gründerväter wussten, das sie jedoch nach und nach vergaßen", berichtete sie stets darauf bedacht, nicht zu viel zu verraten. Schließlich wollte sie die alte Dorfrätin nicht überfordern. „Auch das war beabsichtigt. Wir Amanen sollten uns frei entwickeln, frei vom verdorbenen Erbgut und den Sünden unserer Ahnen. Davon müsstet ihr als Dorfräte doch etwas wissen."

Véronique und Aleika tauschten einen unsicheren Blick. Ihr Schweigen war für die dunkelhäutige Frau Antwort genug.

„Dachte ich mir", sagte Sinusi mit einem Anflug von Verachtung. „Ihr seid gar nicht würdig, Einblick ins *Buch der Vernunft* zu nehmen."

Aleika kniff die Augen zusammen.

„Was erlaubst du dir, du freche Göre?", schoss die Achtundsechzigjährige zurück. „Du hättest lieber deinen Bündnis-Verpflichtungen nachkommen sollen, anstatt mit Caidian und den Zwillingen einfach so davonzusegeln!"

„Hör auf, Aleika", unterbrach Véronique sie scharf. „Sinusi hat Recht. Wir werden vieles, was wir bisher für Aman als gut bewertet haben, überdenken müssen."

Ihr Blick wanderte beinahe bittend zu Dr. Poschenko.

„Und diese Menschen werden uns dabei helfen."

Olga nickte zustimmend.

„Vor allem Usagi Kadochi", schlug die Ärztin vor. „Sie ist die Klügste von uns allen. Ihr halbes Leben lang hat sie gegen die Fehler gekämpft, die auf unserer … Erde begangen wurden. Im Vergleich dazu wirken eure Probleme wie die einer Gruppe pubertierender Teenager."

Sinusi runzelte die Stirn.

„Was ist ein Teenager?"

Die Ärztin lächelte milde.

„Ein Heranwachsender", erklärte sie und winkte eine Frau herbei.

„Darf ich vorstellen: Usagi Kadochi. Ehemalige Kartellrätin und Senatorin der Republik Terra."

„Vergessen Sie das alles schnell wieder", sagte Usagi mit einer leichten Verbeugung. „Für mich zählt nur die Zukunft der Menschen."

„Oder der Amanen", warf Sinusi schnell ein.

Usagi schmunzelte.

„Du sagst es, Liebes!"

Véronique trat an Usagi heran und reichte ihr die Hand.

„Ich glaube, wir haben schon viel zu viel vergessen. Aber das mit der Zukunft klingt gut."

„Dennoch müssen Sie vorsichtig sein", erwiderte Usagi ernsthaft. „Unsere Ankunft kann das gesellschaftliche System der Amanen erschüttern. Doch mit jemandem wie Caidian Meroth an Ihrer Seite könnten Sie es schaffen, den Spagat zwischen den unterschiedlichen Kulturen zu meistern."

Aleika schnaufte verächtlich.

„Caidian? Er ist ein Rebell und ..."

„... genau der Mann, den wir brauchen", unterbrach Véronique sie sofort.

In Aleikas Gesicht zuckte es, während Sinusi triumphierend die Arme vor der Brust verschränkte.

Jetzt verstand Véronique Panek, geborene Halonnen, langsam all die Bemühungen ihres Schwiegervaters. Seine Pläne, den Dorfrat zu verjüngen und in eine neue Richtung zu lenken, ergaben plötzlich Sinn. Natürlich würde Caidian noch nicht im nächsten Rat sitzen, aber im darauffolgenden ganz bestimmt. Bürgermeister Panek hatte die Weichen dafür bereits gestellt.

Ein Mann näherte sich ihnen hastig.

„Olga!", rief er besorgt. „Virgil ist aufgewacht. Er tobt wie ein Wilder."

„Ich komme sofort", sagte Dr. Poschenko und eilte ihm nach.

Aleika rief ihr nach.

„Sprach er von diesem Kriminellen?"

Usagi schüttelte den Kopf.

„Virgil Hauser ist kein Krimineller. Er ist desorientiert und hat Angst vor der ungewissen Zukunft. Vor dem unentdeckten Land."

„Das ist vielleicht doch etwas übertrieben", erklang eine Stimme hinter ihr.

Caidian trat zusammen mit Chiyoko auf sie zu.

„Dies hier ist nicht das Leben nach dem Tod."

Usagi sah ihn mit neu erwecktem Interesse an.

„Du kennst Shakespeare?", wunderte sich die alte Edokkerin, die natürlich wusste, dass dessen Werke sowie zahlreiche andere kulturelle Errungenschaften der Menschheit gleich zu Beginn der neuen Weltordnung auf Anlass des Kartells vernichtet worden waren. Ihr Mann hatte ihr bei ihrer Heirat eines der geretteten verbotenen Bücher geschenkt.

Caidian zuckte gelassen mit den Schultern.

„Es gibt einen Sammelband von ihm in unserer Schulbibliothek."

„Das muss ich mir unbedingt einmal ausleihen.

Sinusi konnte ein spöttisches Grinsen nicht unterdrücken.

„Damit wären Sie die zweite Person, die das tun würde."

Virgil Hauser lag in Sinusis altem Bett, einem Überbleibsel aus einer besseren Zeit. Die Matratze war alt, weich und roch nach Staub. Sinusi hatte hier geschlafen, bis Maso ihren Vater brutal aus dem Leben gerissen hatte. Danach war sie bei den Meroths untergekommen, dort, wo jetzt Caressa ihr Zimmer hatte.

Dr. Poschenko betrat den Raum und sah, wie drei ausgewachsene Männer versuchten, den tobenden Hauser zu besänftigen. Olgas Miene versteinerte sich.

„Warum hat man mich an dieses … Kinderbett gefesselt?", brüllte Hauser wütend. Mit irrem Blick wandte er sich der Ärztin zu. „Antworte mir, du alte Hexe!"

Olga versuchte unbeeindruckt zu bleiben

„Zu deiner eigenen Sicherheit, Virgil."

„Wo ist diese verdammte Kin Wu?", tobte er weiter. Sein Kiefer knirschte, die Muskeln seines Oberkörpers drängten gegen die Seile, die ihn niederhielten. „Ich werde dieses kleine Flittchen schon gefügig machen. Sie hat mich bloß überrascht. Das ist alles!"

„Wir sind längst nicht mehr in ihrem Gewölbe", berichtete Olga ruhig. „Wir haben das Dorf der Amanen erreicht. Oder besser gesagt, ein vorgelagertes Haus."

Hausers Blick wurde für einen Moment leer, als ob die Worte durch eine bisher versteckte Tür in seinen Kopf eindrangen. Doch die Ruhe hielt nicht lange an. Mit einem plötzlichen Aufschrei spannte sich sein Körper.

„Ihr habt mich getäuscht!"

Seine Muskeln verkrampften sich und mit einem einzigen Ruck zerriss er die Seile.

Die drei Männer versuchten ihn zu packen. Mit brutaler Effizienz wehrte er sie ab. Seine Bewegungen waren eine Mischung aus Chaos und Präzision. Ob Freund oder Feind, es spielte keine Rolle für ihn. Eine Art Blutrausch hatte ihn ergriffen, und er würde nicht eher aufhören, bis ihm niemand mehr im Wege stand.

Olga zog sich hastig zurück und suchte in ihrem Medo-Koffer nach einem Beruhigungsmittel. Ihre Finger zitterten, als sie das Fläschchen fand und die Hochdruckspritze füllte. Doch bevor sie die Chance hatte, diese Hauser zu verabreichen, stand er bereits vor ihr. Mit einer einzigen Handbewegung schlug er ihr die Spritze aus der Hand. Sie klapperte über den Boden und rollte davon. Er packte die alte Frau mit roher Gewalt am Hals und warf sie durch die offene Tür hinaus auf den Flur.

Olga taumelte, ihre Schulter prallte gegen das Geländer des Treppenabsatzes. Der Schwung und der anschließende Aufprall waren hart genug, um sie aus dem Gleichgewicht zu bringen. Sie stürzte, ihr Kopf schlug gegen einen Geländerpfosten. Ein scharfer Schmerz überflutete ihr Denken, und ihre Sicht wurde für einen Moment verschwommen.

Im Zimmer tobte Hauser weiter.

Mit brutalen Schlägen setzte er die drei Männer außer Gefecht. Keuchend und von Schweiß durchnässt stand er schließlich im Türrahmen, sein Zorn immer noch gegen die Ärztin gerichtet.

Langsam näherte er sich Olga, die immer noch benommen am Boden lag. Er packte sie, hob sie mit erschreckender Leichtigkeit hoch und drückte sie gegen das Geländer. Sein Blick war eiskalt, und es wurde Olga plötzlich klar, dass er sie in die Tiefe stoßen würde.

Doch bevor er zur Tat schreiten konnte, erschien ein dunkler Schatten hinter ihm. Es war, als ob die Finsternis selbst Gestalt angenommen hätte. Dafür drangen sanfte, beruhigende Laute an Olgas Ohr.

„Mein Freund … was tust du da?"

Hausers Griff lockerte sich. Er drehte sich zur Quelle der Stimme um und blinzelte, als ob er aus einem Traum erwachte.

Der Schatten trat ins Licht.

Olga erkannte die Güte in seinem Gesicht. Aber da war noch mehr. Etwas Unbeschreibliches. Ein nur schwer wahrnehmbares blaues Leuchten, das von den sonderbaren Zeichen auf seiner rechten Wange ausging.

„Gut, mein Freund", sagte die Gestalt freundlich. „Komm mit mir. Du hast mir bestimmt viel zu erzählen."

Ohne ein weiteres Wort ließ Hauser von Olga ab. Er folgte dem Mann, als ob ein Unsichtbarer ihn an die Hand genommen hätte. Zusammen verschwanden sie aus dem Blickfeld der Ärztin.

Olga atmete erleichtert auf. Der Druck in ihrer Brust ließ nach, und sie schloss ihre Augen. Die Welt um sie herum verblasste. Dunkelheit legte sich über ihre Gedanken, während sie in eine willkommene Bewusstlosigkeit glitt.

★

„Olga!"

Das Tätscheln ihrer linken Wange schmerzte nicht, es nervte bloß. Ein penetrantes Gefühl der Dringlichkeit weckte sie. Ihre Lider fühlten sich schwer wie Blei und ließen sich nur mühsam öffnen.

Der Flur um sie herum blieb weiterhin verschwommen, ein warmes Hellbraun, durchzogen von einigen dunkleren Flecken. Zwei Amanen knieten neben ihr. Lutana Meroths sanfte, aber entschlossene Hände glitten über ihre Arme und ihren Hals, während Caidian ihren Kopf vorsichtig hielt.

„Was ist passiert?", fragte Lutana betroffen.

Ihre Berührungen waren ruhig und methodisch. Sie suchte nach Verletzungen, drückte leicht auf Olgas Rippen, taste ihren Bauch ab und untersuchte ihren Kopf. Keine Brüche, keine offenen Wunden, nur ein paar ordentliche blaue Flecken am Hals.

Olga stöhnte gequält auf und griff instinktiv nach Caidians Hand.

„Hauser!", keuchte sie heiser und schluckte krampfhaft. Ihr Kehlkopf schmerzte beim Reden. „Er … er hat sich befreit. Er hat mich angegriffen, wollte mich töten."

Caidians Gesicht verdüsterte sich.

„Wie konnte das passieren?"

Obwohl ihr Brustkorb spannte, als wäre er in einen Schraubstock gezwängt, rang sich Olga einen tiefen Atemzug ab.

„Ich … ich habe ihn unterschätzt."

Ihre Worte waren ein bitteres Flüstern.

„Er ist völlig durchgedreht. Du musst ihn aufhalten, Caidian!"

„Wo ist er?", fragte Meroth.

„Der Fremde hat ihn mitgenommen", murmelte Olga, während ihr Kopf nach vorne sank. Ihre Kraft schwand, doch sie musste sprechen, musste Caidian alles sagen.

„Welcher Fremde?"

„Dein Freund, Caidian!", hustete sie, und ein bitterer, metallischer Geschmack füllte ihren Mund. „Der Mann mit den sonderbaren Zeichen im Gesicht."

„Hosin!"

Caidian erstarrte.

„Hosin?", wunderte sich Lutana. „Panek hat uns doch gesagt, Rowitsch wäre tot! Außerdem habe ich ihn nicht unter den Passagieren der *Flosse* erkannt."

„Ich erkläre es dir später, Mutter!", meinte Caidian nur und fragte sich, was Hosin mit Virgil Hauser zu tun hatte. Warum half er ihm?

„Ich muss ihn und Hauser finden!", sagte er zu seiner Mutter. „Kommst du alleine klar?"

„Geh, mein Sohn!", forderte Lutana ihn auf, die sich immer noch fragte, wie sie den alten Rowitsch hatte übersehen können. „Aber sei vorsichtig!"

Caidian stürmte aus dem Haus. Drinnen hatte er vergeblich nach den beiden Männern gesucht. Er blieb abrupt stehen und drehte sich um die eigene Achse, seine Augen suchten hektisch die Umgebung ab.

„Verdammt, wo könnten sie sein?", flüsterte er aufgewühlt vor sich hin.

Seine Schritte trugen ihn hinüber zum Schuppen, der wie ein altes, in Vergessenheit geratenes Relikt im Licht der Sonne verharrte. Hier hatte Sandor einst den Stockfisch gelagert. Der Geruch von Salz und Fisch hing immer noch in der Luft, so als wäre die Zeit stehen geblieben. Doch eine Spur von Hosin oder Virgil fand Caidian nicht.

„Was hast du vor, Hosin?", fragte er sich.

Seine Gedanken tasteten vorsichtig nach dem Bild des Mannes, den er einst als seinen Freund gekannt hatte. Das Bild war brüchig geworden, zersplittert durch sein unerklärliches Verschwinden und sein verändertes Aussehen. Konnte er ihn überhaupt noch Freund nennen? Er war sich nicht sicher. Caidian befürchtete, dass Hosin sich nicht nur äußerlich verändert hatte.

Was war aus ihm geworden? Was hatten die Blauen Kutten mit ihm angestellt?

Es hatte keinen Sinn, sich mit diesen Fragen zu quälen. Antworten würden nur von Hosin selbst kommen, und den musste er zuerst finden.

Entschlossen umrundete Caidian den Schuppen und kletterte auf einen kleinen Felsen, einen Ort voller Erinnerungen. Als Kind hatte er hier mit Sinusi, Caressa und den Zwillingen gespielt. Und mit Maso. Der Gedanke an Maso schnürte ihm die Kehle zu. Sein Freund, dessen Verbrechen und tragisches Ende verfolgten ihn wie ein Schreckgespenst. Würde er eines Tages auch so an Hosin denken müssen? Er hoffte inständig, dass es nicht so weit kommen würde.

Von der Spitze des Felsens aus schweifte sein Blick über die Landschaft. Da entdeckte er sie endlich, zwei Gestalten, die in Richtung des Flusses Call unterwegs waren. Ein silberblaues Band, das weit hinten am Haus floss und sich schließlich in einem tosenden Wasserfall in den Großen Teich stürzte. Zuerst wollte Caidian nach Hosin rufen, entschied sich aber dagegen. Er kletterte wieder vom Felsen runter und folgte den beiden Männern. Nach nur wenigen Minuten hatte er sie eingeholt.

„Hosin!", versuchte Meroth ganz normal zu sprechen, um seine Anspannung zu verbergen. „Verstehst du mich?"

Rowitsch und Hauser drehten sich zu ihm um.

Hauser machte einen friedlichen Eindruck. Nichts deutete darauf hin, dass er vor wenigen Minuten völlig ausgerastet war und beinahe einen Menschen getötet hätte.

Hosin … Hosin konnte Caidian nicht einschätzen. Er wirkte … fremdartig und dennoch so vertraut.

„Natürlich, Caidian", antwortete Rowitsch mit einem leichten Lächeln. Seine Stimme war weich, fast beschwichtigend. „Warum sollte ich dich nicht verstehen?"

Hosin Rowitsch

Caidian musterte ihn. Seine Augen suchten erneut nach vertrauten Hinweisen im Gesicht seines Freundes. Nichts! Als ob ein völlig Fremder vor ihm stehen würde.

„Du hast dich verändert", sagte Meroth schließlich, wobei er mehr Besorgnis verriet, als ihm lieb war.

„Das habe ich!", erwiderte Hosin ruhig.

„Geht es dir gut?"

„Natürlich. Und dir?"

Die Harmlosigkeit des Dialogs war trügerisch. Etwas an Hosins Verhalten setzte Caidian in Alarmbereitschaft. Aber warum?

„Wie geht es deinem Begleiter?", fragte er und deutete auf Hauser.

„Virgil ist ein guter Kerl", antwortete Hosin. Es klang überzeugt und ehrlich.

Seine Stimme wurde von einer seltsamen Herzlichkeit begleitet. Sie erweckte Vertrauen in Caidian. Virgil Hauser hingegen machte ein unschuldiges Gesicht, als könne er keiner Fliege etwas zuleide tun.

„Er hatte ein paar Probleme, doch die gehören der Vergangenheit an", erklärte Hosin. „Virgil weiß jetzt, worauf es ankommt, und freut sich auf sein Leben in Aman."

Caidian schauderte.

Etwas in Hosins Worten klang so falsch, wie eine schiefe Note in einer sonst makellosen Melodie.

„Was hast du mit ihm gemacht?", fragte er vorsichtig.

Hosin antwortete, als wäre die Frage nebensächlich.

„Ihm eine Geschichte erzählt über einen Mann, der alles hatte und dem alles genommen wurde."

Das erinnerte Caidian an eine Parabel aus einer lehrreichen Kindererzählung.

„Kannst du mir diese Geschichte auch erzählen?", fragte Caidian, sich seiner wachsenden Unruhe bewusst.

„Warum nicht?", meinte Hosin großmütig. „Vielleicht hilft sie ja auch dir! Kommt, setzen wir uns hin. Lasst uns einen Kreis bilden. Ich möchte noch betonen, dass es sich um ein wahres Erlebnis handelt, das einem Freund von mir widerfahren ist. Einst in einer fernen Zeit!"

Caidian horchte auf!

Hatte Hosin gerade etwas über sein mysteriöses Verbleiben preisgegeben? Er nahm auf der Wiese Platz und hörte gespannt zu, in der Hoffnung, weitere Details darüber zu erfahren.

Hosin begann zu sprechen. Nun klang seine Stimme wie die eines alten Schullehrers, der seine staunenden jungen Zuhörer in eine andere Welt führte, in ein Märchenland mit Schrecken und Wundern.

„Es war einmal ein Mann namens Selean-Cir. Er hatte alles, was man sich wünschen konnte: Reichtum, Ansehen und eine Familie, die ihn liebte. Sein Leben schien perfekt, doch eines Tages brach ein verheerendes Feuer aus, das sein prächtiges Anwesen zerstörte. Im Chaos verlor der Mann nicht nur seinen Besitz, sondern auch seine Angehörigen.

Allein und völlig mittellos wanderte Selean-Cir tagelang durch die Welt, geplagt von Trauer und Selbstvorwürfen. Eines Tages erreichte er ein kleines Dorf, das nahe dem Fluss des Lebens lag. Dort fand er Zuflucht und entdeckte, was wahres Glück bedeutet. In der Wärme und der Herzlichkeit, mit der er dort empfangen wurde, lernte er sich selbst zu vergeben und mit der Zeit erkannte Selean-Cir, dass er alles verloren hatte, nur um das Wichtigste im Leben zu finden. Einen guten Freund! Und wenn mich mein Wissen von Raum und Zeit nicht täuscht, sind sie selbst heute noch befreundet: Selean-Cir und Ben-Thos.

Ach ja, und ein längst verschollen geglaubter Onkel von ihm tauchte auch wieder auf."

Die Geschichte hielt Caidian auf eine merkwürdige Art gefangen. War sie wirklich nur eine banale Erzählung, oder verbarg sich dahinter eine geheimnisvolle Botschaft, die es zu ergründen galt? Er wusste es nicht!

Meroth wagte es nicht, die Stille, die nur von einem wohltuenden Vogelgezwitscher begleitet wurde, zu unterbrechen, und wartete, bis Hosin ihn ansprach.

„Hat dir die Geschichte gefallen?"

„Sie kommt mir bekannt vor", sagte er nach gründlicher Überlegung. „Sie erscheint mir universal und zeitlos."

„Wahrlich, Caidian!", stimmte ihm Hosin freudig zu. „Du bist ganz schön weise für dein Alter."

„War dieser Ben-Thos auch ein Freund von dir?", wollte Meroth wissen.

„Natürlich!", antwortete Hosin und stand auf. Hauser folgte seinem Beispiel. „Zusammen haben wir so einige Abenteuer erlebt. Doch lasst uns nun zum Haus zurückkehren. Sicher wartet man dort schon ungeduldig auf uns."

Caidian erhob sich ebenfalls. Es kam ihm vor, als hätte sich seine Weltanschauung, nach ihrem Ausflug in die zweite Welt, ein weiteres Mal verändert. Diesmal war es jedoch persönlicher. Es brauchte sicherlich noch etwas Zeit, bis er sich an den neuen Hosin gewöhnt hatte. Und es würde wahrscheinlich noch viel mehr Zeit benötigen, bis er ihm all seine Geheimnisse entrissen hatte.

Aber wollte er das überhaupt? Oder besser gefragt: Durfte er das überhaupt?

Caidian dachte an die Blauen Kutten und ihr Geschenk, das er angeblich von ihnen erhalten hatte. Gab es da vielleicht einen Zusammenhang?

„Ich möchte mich bei dir entschuldigen!", hielt Hauser ihr die ausgestreckte Hand hin.

Dr. Poschenko zögerte.

„Es tut mir wirklich sehr leid. Ich kann verstehen, dass du mir nicht verzeihen kannst. Ich habe dir Schmerzen zugefügt, hätte dich fast getötet, doch das war nicht ich."

Virgil Hauser gab einen erbärmlich Anblick ab. Dieser große, kräftige dunkelhäutige Mann mit den breiten Schultern und den muskelbepackten Armen stand vor ihr wie ein kleines Häufchen Elend.

Olga fühlte sich plötzlich schuldig, bedauerte Hauser und verfluchte sich, seinen instabilen Zustand nicht schon früher erkannt zu haben. Sie wollte seine Hand ergreifen, als sie sich wieder an die Schmerzen erinnerte.

Nicht die körperlichen, die hatten sie und Lutana inzwischen geheilt. Es waren die seelischen Schmerzen, die ihr zu schaffen machten.

Sie hatte den Tod in der Gestalt von Hauser vor ihren Augen gesehen. Konnte sie wirklich glauben, dass er geheilt worden war? Durch einen Mann, den keiner genau kannte und durch eine Geschichte, die für sie keinen Sinn ergab. Jedenfalls nicht im Zusammenhang mit Hausers wundersamer Genesung.

Vielleicht lag Lutana richtig.

Sie hatte zwar die Erklärung ihres Sohnes nur halbwegs verstanden, jedoch die Vermutung ausgesprochen, dass Hosin Rowitsch durch seinen Kontakt zu den Blauen Kutten ähnliche Fähigkeiten besitzen könnte wie die Bandreso-Zwillinge.

Während ihrer medizinischen Laufbahn hatte Olga von solch begabten Menschen gehört, vor allem im Zusammenhang mit den Zeugungshäusern der Kolonien. Doch hatte sie dies bisher nur für Gerüchte gehalten. War sie hier auf einer völlig veränderten Erde auf die Hinterlassenschaften dieser menschenverachtenden Einrichtungen gestoßen?

Usagi konnte es sich vorstellen. Nachdem, was sie kurz vor dem Hammanon auf der Erde erlebt hatte, erschien dies der Edokkerin durchaus möglich. Aus den Experimenten innerhalb der Zeugungshäuser waren weitaus schlimmere und sonderbare Kreaturen hervorgegangen als das Zwillingspärchen oder Hosin. Nicht umsonst hatte es in diesen Jahrhunderten sogenannte Biomüll-Jäger gegeben. Menschen, die den entronnenen Experimenten hinterherjagten und dabei ein abartiges Vergnügen bei deren Tötung empfanden.

Inzwischen waren Hylan, Roberto und Ken mit einer vollen Wagenladung Lebensmittel aus Aman zurückgekehrt. Die drei hatten sich beeilt, denn sie wussten, wie dringend die Vorräte gebraucht wurden. Der Wagen war schwer beladen mit Kisten voller Brot, getrocknetem Fleisch und frischem Obst. Nun waren sie eifrig damit beschäftigt, die Nahrungsmittel unter den Menschen zu verteilen.

Im Flur vor der Küche, in den die Waren nach und nach gebracht wurden, hatte sich eine Schlange gebildet. Ein leises Murmeln erfüllte den Raum, während die ersten Kisten geöffnet wurden. Der Duft von frischem Brot, das an eine warme Backstube erinnerte, vermischte sich mit dem herben Aroma von getrocknetem Fleisch und der süßlichen Note reifen Obsts. Geordnet nahmen die Menschen die Verpflegung entgegen, manche mit einem stummen Nicken, andere mit leisen Worten des Dankes.

Bürgermeister Panek saß abseits in einem Schaukelstuhl und beobachtete ernst das Treiben. Sein Gesicht war von Sorge gezeichnet, die Falten an seiner Stirn tiefer als sonst. Die Heimlichkeit ihre Aktivitäten gefielen im nicht. Er mochte es nicht, die Dorfbewohner im Unklaren zu lassen. Hinzu kam noch die Sache mit Hosin. Wie sollte er all das den Amanen erklären?

Ken kam mit einer leeren Kiste auf ihn zu. Panek hielt ihn mit einer Geste auf.

„Hat jemand im Dorf Fragen gestellt?", fragte er leise.

Whiteman zögerte kurz, bevor er antwortete.

„Nicht direkt …"

Hylan, der inzwischen ebenfalls zu ihnen gestoßen war, fügte hinzu:

„Sven Viklund hat gefragt, ob wir bereits für das Frühlingsfest einkaufen würden. Der Gute war wie immer ein wenig zu neugierig. Er meinte besorgt, einige der Früchte würden nicht so lange halten."

Paneks Gesicht verfinsterte sich.

„Was hast du ihm geantwortet?", fragte er misstrauisch.

Der Bürgermeister kannte den Besitzer des einzigen Warenhauses in Aman ziemlich gut. Viklund war für seine geschwätzige Art berühmt oder berüchtigt, je nach Perspektive. Er hatte ein Talent dafür, jede Neuigkeit binnen Stunden im gesamten Dorf zu verbreiten. Und Panek wusste, dass ein unbedachtes Wort ausreichen konnte, um wilde Spekulationen anzufachen.

„Ich habe ihm gesagt, wir würden die Vorräte im Rathaus aufstocken. Mehr nicht!", antwortete Whiteman und zuckte mit den Schultern.

Panek runzelte die Stirn.

„Und das hat er dir abgenommen?"

Whiteman kratzte sich verlegen am Kopf.

„Nicht wirklich. Er wollte wissen, warum wir so viel auf einmal eingekauft haben."

„Und?"

Paneks Tonfall wurde drängender.

„Ich habe ihm gesagt, er soll sich darüber keine Gedanken machen", hob Whiteman entschuldigend die Hände. „Was hätte ich sonst sagen sollen?"

Panek schnaubte leise.

„Wir sollten uns darauf vorbereiten, demnächst Besuch aus dem Dorf zu erhalten."

Roberto, der gerade eine weitere Kiste in die Küche gebracht hatte, mischte sich ein.

„Ich glaube auch, dass Viklund etwas ahnt. Er hat uns beobachtet, als wir losfuhren. Und zwar nicht in Richtung Rathaus, sondern zur Küste."

Panek fuhr sich mit der Hand über das Gesicht.

„Wir müssen vorsichtig sein!"

Nach einem kurzen Hustenanfall wandte er sich keuchend an Roberto.

„Bezieh einen Wachposten hinter der Wegschleife. Ich möchte frühzeitig erfahren, wenn jemand aus dem Dorf kommt."

„Hältst du das wirklich für nötig?", fragte Hylan, dem dieses Vorgehen nicht gefiel. „Wir können die Leute nicht tagelang hier verstecken."

„Natürlich nicht!", entgegnete Panek mit Nachdruck. „Aber wir müssen verhindern, dass es zu Tumulten kommt. Jemand könnte unsere neuen Freunde entdecken und falsche Schlüsse daraus ziehen."

Hylan nickte langsam und meinte: „Ich könnte mir vorstellen, dass einige Leute im Dorf befürchten, dass unsere Vorräte nicht für den kommenden Winter ausreichen werden. Immerhin haben wir knapp fünfzig Zuwanderer mehr zu ernähren. Aber wenn die Menschen bei der Saat und Ernte mithelfen, können wir diese Angst schnell zerstreuen."

„Außerdem nehmen sie niemandem eine Unterkunft weg", bemerkte Roberto. „Es gibt genug leer stehende Häuser im Dorf."

„Vielleicht sollten wir heute noch eine Versammlung einberufen", schlug Whiteman vor. „Die Dorfbewohner sollten die Wahrheit erfahren."

Caidian, der bislang am Rand gestanden hatte, trat mit entschlossener Miene vor.

„Das halte ich auch für das Beste", sagte er. „Ich werde den Leuten von meiner Reise berichten. Von der Gefangenschaft dieser Menschen, ihrem Leid und wie sie uns helfen können. Das Leben in Aman kann durch sie nur besser werden."

Whiteman warf ihm einen skeptischen Blick zu wandte sich an Panek.

„Hältst du es für ratsam, Caidian vorzuschicken? Das ist riskant. Die Dorfbewohner könnten ihn falsch verstehen. Hinzu kommt, dass einige von ihnen immer noch verärgert sind über seine Flucht mit den Mädchen."

Panek hielt einen Moment inne. Sein Blick wanderte über die Gesichter der Anwesenden. Die Entscheidung wog schwer, aber er hielt sie für den richtigen Weg.

„Wir werden es mit Caidian versuchen", entschied er schließlich. „Gehen wir in die Offensive."

Kapitel 28

Verwirrungen

32. Tag des Frühlings
im Jahre 154 nach der Gründung von Aman

„Willkommen in unserem Heim!"

Hylan öffnete die schwere Eingangstür des alten Meroth-Hauses, wobei das letzte Licht des Tages einen warmen, goldenen Schimmer auf die hölzerne Schwelle legte. Die Einladung des stattlichen Mannes mit den dichten, leicht ergrauten Haaren war aufrichtig gemeint, obwohl ein Hauch von Anspannung in seinem freundlichen Lächeln lag.

Die beiden Kadochi-Frauen traten in den Flur. Ihr Erscheinungsbild wirkte, trotz der typisch amanischen Bekleidung, die sie von der Mutter des Ursprungs erhalten hatten, immer noch ein wenig fremdartig, aber auch faszinierend auf Hylan, und er konnte gut verstehen, wieso sein Sohn dem Charme der jungen Chiyoko verfallen war.

„Danke für Ihre Gastfreundschaft", erwiderte Usagi mit einer leichten Verbeugung. Ihre klugen Augen musterten die Umgebung aufmerksam. Neben ihr hielt ihre Tochter Chiyoko inne, die Hände auf dem Rücken gefaltet und den Blick neugierig auf die geschnitzten Holzbalken über ihnen gerichtet.

Kaum hatten sie den Flur betreten, stürmte ein kleiner Junge mit dunkelbraunem Haar und leuchtend grauen Augen um die

Ecke. Seine nackten Füße patschten auf den Dielen. Abrupt hielt er inne, als er die alte Frau und das Mädchen erblickte. Seine Augen weiteten sich vor Schreck.

„Mami!", schrie er aus voller Kehle. „Es sind Fremde in unserem Haus!"

„Keine Angst, Cayson", trat Lutana Meroth hinter Usagi hervor. Ihr Gesicht strahlte großmütterliche Wärme aus, während sie ihren Enkel auf den Arm nahm und seine gerötete Wange beruhigend streichelte. Caressa, die Mutter des Kleinen, kam aus dem Wohnzimmer und musterte die Besucher neugierig.

„Das sind Usagi und ihre Tochter Chiyoko. Sie werden für ein paar Tage unsere Gäste sein. Es sind nette Leute!"

Cayson blinzelte skeptisch.

„Aber wo sollen sie denn schlafen? Es sind doch schon alle Betten belegt!", erkannte er für sein junges Alter mit einer erstaunlichen Pfiffigkeit.

„Das kriegen wir schon hin", antwortete Hylan gelassen.

Er winkte Caressa herbei und stellte ihr die beiden Edokkerinnen vor. Caysons Mutter, ihre Haltung geprägt von Stolz und Herausforderung, grüßte höflich, nahm die ausgestreckte Hand der Besucher aber nicht an.

„Ich habe schon viel von dir gehört!", sagte Chiyoko zu Caressa.

Selbstbewusst richtete sich Caressa auf.

„Ach ja?", meinte die 22-jährige Frau.

Es klang trotzig. Natürlich hatte sie Chiyoko gleich erkannt. Es war die Frau an Caidians Seite aus der Vision, zu der sie die Bandreso-Zwillinge gezwungen hatte. „Dann hat dir Caidian ja sicher auch verraten, dass Cayson unser gemeinsamer Sohn ist."

Chiyoko hielt ihrem Blick mühelos stand. Sie nickte.

„Das hat er. Und auch, wie es dazu gekommen ist."

Ein frostiger Hauch von Ablehnung durchzog den Flur. Caressa öffnete ihren Mund, um eine passende Erwiderung loszuwerden, doch Lutana legte ihr sanft die Hand auf den Arm.

„Caidian wird in einer knappen Stunde im Rathaus eine Erklärung abgeben", sagte sie ruhig, aber mit Nachdruck. „Möchtest du uns mit deinem Sohn begleiten?"

Caressas Gesichtsausdruck wurde weicher, doch ein Schatten der Eifersucht blieb an ihren Zügen haften. Sie nickte zögernd.

„Natürlich. Es wird Zeit, dass er seinen Sohn kennenlernt."

Während sie sprach, funkelte etwas in ihren Augen – ein Ausdruck, der zwischen Stolz und Verletzlichkeit schwankte. Chiyoko beobachtete sie mit stoischer Ruhe, doch Usagi konnte die Unsicherheit ihrer Tochter spüren.

„Na das kann ja heiter werden", dachte Lutana, während sie überlegte, wie sie die unausweichliche Konfrontation, die sich zwischen Caressa und Caidians Freundin anbahnte, entschärfen könnte.

„Gehen unsere … Gäste auch mit?", wollte Caressa wissen.

„Nein, sie werden hier auf unsere Rückkehr warten", erklärte Lutana. „Das ist sicherer."

„Wird Caidian wieder nach Hause kommen?"

„Ja, Caressa!", lächelte Lutana ihr zu. „Das wird er."

„Gut!", meinte sie und blickte an sich herab. „Dann gehe ich mich mal umziehen. So kann ich natürlich nicht den Vater meines Sohnes begrüßen."

Caressa drehte sich um und verschwand die Treppe hinauf. Als ihre Schritte verklangen, wandte sich Usagi an Lutana.

„Sie liebt Ihren Sohn sehr."

Lutana schnaubte leise und schüttelte den Kopf.

„Ich glaube nicht, dass es sich bei ihren Gefühlen für Caidian um Liebe handelt", erklärte sie nüchtern. „Caressa hat ein sehr kompliziertes Bündnis hinter sich und viel durchgemacht. Seit der Geburt ihres Sohnes klammert sie sich an die Vorstellung, mit Caidian eine Familie zu bilden. Aber das ist nicht fair und nicht gut – weder für ihn noch für sie."

„Caidian weiß nicht einmal, dass er einen Sohn hat", sagte Chiyoko. „Er weiß nur, dass Caressa bei ihrer Abfahrt mit der *Flosse* von ihm schwanger war. Und zu dem Akt, der dazu führte, wurde er gezwungen."

„Das stimmt", bestätigte Lutana mit einem tiefen Seufzen. „Und daher werde ich auch nicht von ihm verlangen, dass er ein Bündnis mit Caressa eingeht. Er soll sich bloß um seinen Sohn kümmern. Um dessen Mutter werden Hylan und ich uns kümmern. Schließlich sind wir Caysons Großeltern. Vielleicht findet Caressa ja einen netten jungen Mann in eurer Gruppe, mit dem sie ein gemeinsames Leben führen kann."

„Junge Männer gibt es so gut wie keine unter uns!", berichtete Usagi. „Die meisten sind eher schon um die Vierzig."

Hylan Meroth trat nach vorne und hob beschwichtigend die Hände.

„Genug davon", beendete er das leidige Thema. „Lasst mich euch das Haus zeigen, damit ihr euch zurechtfindet. Vielleicht könnt ihr ja während unserer Abwesenheit etwas zum Essen vorbereiten. Wenn wir zurückkommen, werden wir bestimmt alle hungrig sein."

Er führte Mutter und Tochter tiefer ins Haus, während Lutana noch einen letzten Blick auf die Treppe warf, über die Caressa nach oben verschwunden war. Ein Sturm der Emotionen und Leidenschaft braute sich unter dem Dach der Familie Meroth zusammen, und Lutana wusste, dass diese Nacht entscheidend für einen zukünftiges friedliches Zusammenleben sein würde.

Eine brodelnde Hitze kroch in Caressa hoch. Ihre Hände ballten sich zu Fäusten, als sie ihr Zimmer erreichte. Sie spürte den brennenden Drang, die Tür hinter sich mit voller Wucht zuzuknallen. Ob es darum ging, ihrem Zorn Ausdruck zu verleihen oder einfach diesen unerträglichen Druck in ihrem Innern loszuwerden – sie wusste es selbst nicht genau. Wie konnte dieses … Kind ihr nur derart anmaßend entgegentreten? Dieses naive, selbstgefällige Flittchen wagte es, den Vater ihres Kindes für sich zu beanspruchen!

Caidian gehörte zu ihr. Zu ihr und Cayson. Zusammen würden sie ein gemeinsames, glückliches Leben führen. So wie es sein sollte. So wie es für sie bestimmt war. In Sicherheit und behütet.

Dieses schlitzäugige Biest hatte hier keinen Platz. Nicht in ihrer heilen Welt. Soll sie doch hinüber zu den Hunagis gehen. Kaito würde sich bestimmt über sie freuen.

Mit zitternden Fingern schloss sie die Tür, drückte sie aber fester zu, als es nötig gewesen wäre. Ihr Atem ging schwer, als sie sich vor den großen Spiegel stellte, den Hylan für sie an die Schranktür montiert hatte. Ihre dunklen Augen funkelten. Sie musterte sich, als könnte sie durch den Anblick ihres eigenen Spiegelbildes Antworten finden.

Wie mochte Caidian jetzt wohl aussehen?

Diese Frage verdrängte ihre Wut und sie schöpfte neue Hoffnung. Sie ahnte nicht, dass für den jungen Meroth höchstens ein paar Dekaden vergangen waren, während sie fast vier ganze Jahre gealtert war.

Mit einer fast mechanischen Ruhe löste sie die Schnüre ihres Kleides und ließ es achtlos zu Boden gleiten. Der Spiegel zeigte ihren nackten Körper, der so viel durchgemacht hatte. Ihre Figur war immer noch schlank, ein Echo ihrer einstigen Jugend, und die Strapazen der Geburt hatten keine groben Spuren hinterlassen. Doch ihre Brüste – einst fest und rund – hatten ein wenig an Fülle verloren und hingen nun leicht. Ein erschreckender Gedanke schoss ihr durch den Kopf. Würde Caidian das bemerken? Wohl kaum. Schließlich hatte er sie nie nackt gesehen, und vor allem nicht in dieser Verletzlichkeit.

Ein Anflug von Trotz stieg in ihr auf. Sie würde ihre besten Waffen einsetzen, um ihn für sich zu gewinnen. Sie griff nach ihrem Festtagskleid, jenem mit dem tiefen Ausschnitt, das ihre Kurven sehr gut betonte. In diesem Kleid hatte sie immer bewundernde Blicke geerntet. Schnell und entschlossen zog sie es an, ließ den Stoff ihre Haut umschmeicheln und wandte sich erneut dem Spiegel zu.

Ihre Hände griffen nach der kleinen Schminkdose, die Lutana ihr letztes Jahr geschenkt hatte. Mit ruhigen, geübten Bewegungen trug sie Farbe auf hauchte ihren Wangen Leben ein, ließ ihre Lippen verführerisch schimmern. Ihr Spiegelbild zeigte eine Frau voller Entschlossenheit, die nicht gewillt war, tatenlos zuzusehen. Caidian würde erkennen, was er an ihr hatte. Er würde sie wählen.

Mit einem letzten prüfenden Blick richtete sie ihr Haar und nickte. Die Wut in ihr war nicht verschwunden, doch sie hatte sich verwandelt – in etwas Stärkeres, Gefährlicheres. Sie würde um Caidian kämpfen. Nicht mit Worten, sondern mit der ganzen Macht einer Frau.

Die Sonne war längst hinter dem Horizont versunken, und die Nacht hatte sich wie ein schwerer Mantel über das Dorf gelegt, als Bürgermeister Asyn Panek mit einer müden Geste die Ratsversammlung eröffnete. Der große Saal im Rathaus war zum Bersten voll und erfüllt von den Körpergerüchen der zahlreicher Amanen und ihren Erwartungen. Ein lautes Gemurmel zog sich durch den Raum, wie das dumpfe Grollen eines sich nähernden Gewitters.

Die Ursache für dieses ungewöhnliche Aufgebot war niemand Geringerer als Sven Viklund, der mit seinen kühnen Behauptungen die Neugier der Amanen geweckt hatte. Der Warenhausbesitzer hatte den Tag damit verbracht, jedem seiner Kunden von dem geheimnisvollen Besuch des Ratsmitglieds Ken Whiteman und dessen auffällig großem Hamstereinkauf zu erzählen. Svens Tratsch verbreitete sich schnell, säte Unruhe, Skepsis und nicht zuletzt Misstrauen unter den Dorfbewohnern.

Selbst die sonst an politischen Entscheidungen eher uninteressierten Familien hatten keine Mühe gescheut, an diesem Abend zu erscheinen. Einige brachten sogar ihre kleinen Kinder mit, um die Versammlung nicht zu verpassen. So stand auch Caressa mit ihrem Jungen in der ersten Reihe, eingezwängt zwischen Lutana und Hylan Meroth, deren sorgenvolle Gesichter ihr langsam ein wenig Angst machten.

„Ich bitte um Ruhe!", verlangte der Bürgermeister von den aufgeregten Anwesenden, doch ihm fehlte die unerschütterliche Autorität vergangener Jahre und so musste seine Schwiegertochter für die nötige Aufmerksamkeit sorgen.

Am langen Tisch auf dem Podium saßen die fünf Ratsmitglieder, ihre Gesichter von den flackernden Lichtern der zwischen ihnen stehenden Öllampen beleuchtet. Die Räte Moertel und Bhatt warfen sich nervöse Blicke zu, während Whiteman erstaunlich gelassen wirkte. Véronique Panek saß mit angespannten Schultern auf ihrem Stuhl, jener Mischung aus Trotz und Entschlossenheit, die sie seit ihrem Eintritt in den Rat auszeichnete.

Der alte Panek jedoch schien von einer anderen Welt zu träumen. Sein gebeugter Rücken und das fahle, faltige Gesicht verrieten die Last seiner Jahre. Seine Gedanken schienen woanders zu weilen, vielleicht bei jenem Tag, an dem er endlich die Bürde der Macht ablegen könnte. Gleichzeitig fühlte der 92-Jährige sich dem Ende seines Daseins ziemlich nahe. Lange würde er den täglichen Kampf gegen den Tod nicht mehr für sich entscheiden können.

„Es gibt Wichtiges zu berichten!", begann Panek und hielt kurz inne, um seinen Worten die nötige Bedeutung zu verleihen. „Die *Flosse* ist heimgekehrt."

Einen Moment lang herrschte Totenstille, dann brach ein lauter Tumult los. Schreie und Rufe hallten durch den Saal, ein Chaos aus Wut, Erleichterung und unbändiger Neugier. Einige Menschen fluchten, andere riefen nach den Jugendlichen, die mit der *Flosse* unterwegs gewesen waren, und verlangten von ihnen nach einer Rechtfertigung für ihre Tat.

Niemand erwähnte oder erinnerte sich an Hosin Rowitsch. Der einstige Eremit, der Jahrzehnte lang einsam im Laubwald gelebt hatte und dessen Name selbst heute noch benutzt wurde, um kleine Kinder in Angst zu versetzen, war in den letzten vier Jahren in Vergessenheit geraten.

Für Panek ein willkommener Umstand, denn so konnte er sich die Erklärung sparen, warum Hosin nun erheblich jünger aussah als vor dem Aufbruch der *Flosse*.

„Den Bandreso-Zwillingen, Sinusi Khana und Caidian Meroth geht es gut", fuhr Panek fort und hob die Hände, um die Menge zu beschwichtigen. „Sie haben das Land Wu erreicht und die Mutter des Ursprungs gefunden. Doch das war erst der Anfang ihres Abenteuers. Im Gewölbe der Mutter stießen sie auf die technologische Hinterlassenschaft unserer Vorfahren. Mit ihrer Hilfe sind sie zu den Sternen gereist."

Ein Aufschrei unterbrach ihn.

„Unsinn!", rief ein Zuhörer aus den hinteren Reihen voller Unglauben. „Niemand kann zu den Sternen reisen. Du bist ein alter, schwachsinniger Lügner, Panek!"

„Sie haben uns im Stich gelassen!", erfüllten die fanatischen Worte einer Frau den Raum. „Schande über Caidian Meroth und seine Begleiterinnen!"

„Man sollte ihnen endlich Bündnispartner zuweisen!", fauchte eine andere Frau, und ein Teil der Menge stimmte diesem Vorschlag mit Applaus zu.

„Ruhe, verdammt!", sprang Véronique Panek von ihrem Stuhl hoch. „Hört euch erst an, was der Bürgermeister zu sagen hat! Diese Jugendlichen haben mehr für das Dorf getan, als ihr es je begreifen könnt."

Ihre Worte trafen auf taube Ohren.

„Du bist doch nur eine Marionette deines Schwiegervaters!", rief Sven Viklund mit spöttischem Lachen.

Véronique erkannte ihn sofort an seiner grellen Stimme. Der untersetzte Händler, dessen Ehrgeiz ihn ständig dazu trieb, das Dorf mit seinen Gerüchten zu manipulieren, hatte ihr nie verziehen, dass sie an seiner Stelle in den Rat aufgenommen worden war.

Bürgermeister Panek hätte ihn einst beinahe dazu auserkoren, doch seine schmierige und manipulative Art hatten ihn schließlich disqualifiziert. Paneks Schwiegertochter mochte stur sein, allerdings wusste er, dass in ihrem Herzen eine unbeugsame Loyalität brannte, die zwar nicht unbedingt ihm galt, dafür aber Aman.

Die Dorfbewohner ließen sich nicht von Véroniques Worten beruhigen. Ihre Rufe nach den Abtrünnigen, für die sie die vier Jugendlichen hielten, wurden lauter. Hinter dem Tisch mit den Dorfräten öffnete sich eine Tür und eine hochgewachsene Gestalt näherte sich gemächlich der Kante des Podiums. Augenblicklich verstummten die Anwesenden.

„Wer ist das?", fragte Caressas Sohn.

„Dein Vater, Cayson!", lautete die leise, aber stolze Antwort. „Das ist dein Vater!"

✷

„Und so kehrten wir heute Morgen nach Aman zurück!", beendete Caidian Meroth seine Rede, der die Menge schweigend über eine Stunde lang zugehört hatte.

Nun war der Moment, der alles entscheiden würde, gekommen. Er atmete tief ein und seine Brust hob sich schwer.

„Meine ganze Hoffnung liegt nun bei euch! Seid ihr couragiert genug, um die Fremden, die entfernte Verwandte von uns sind, in unserem Dorf ein neues Zuhause zu geben? Sie sind jedenfalls dazu bereit, mit sehr viel Einsatz und Entschlossenheit für Aman und das Wohl seiner Bürger zu arbeiten. Also, ich frage euch noch einmal: Seid ihr dazu bereit, diesen Menschen eine neue Heimat anzubieten?"

Seine Frage hallte durch den Raum, doch statt der Zustimmung, die er sich erhofft hatte, wurde das Schweigen von einem unzufriedenen Murmeln durchbrochen. Ein Unbehagen legte sich wie ein schwerer Vorhang über ihn.

„Nein!", durchbrach Sven Viklunds Tenor die Stille. „Nein! Das sind wir nicht!"

Es war ein einzelner Ruf, doch er fiel wie ein Funke in ein Feld trockenen Strohs. Das Murmeln schwoll an, wurde lauter, grollender, bis es zu einem Crescendo der Ablehnung anwuchs.

Caidian erstarrte.

Hatte er sich so sehr in den Amanen getäuscht? War all das, was er auf sich genommen hatte – die Mühen, die Gefahren, die Opfer –, umsonst gewesen? War die Auslese der Blauen Kutten nur ein weiterer Fehlversuch der Priester, die ehemalige Menschheit zu retten?

Er konnte es nicht glauben.

Er spürte, wie eine Welt in ihm zerbrach. Eine Träne der Verzweiflung bahnte sich ihren Weg über seine rechte Wange.

Plötzlich wurde die schwere Tür zum Saal aufgestoßen. Die Schritte von Hosin Rowitsch und seiner Gefolgschaft – den Bandreso-Zwillingen und Sinusi – schreckte die Menge auf. Die Dorfbewohner wichen zurück, als die kleine Gruppe entschlossen Richtung Podium drängte.

Dort angekommen legte Hosin, der Mann mit der auffälligen Tätowierung im Gesicht, Caidian eine Hand auf die Schulter. Ein aufmunterndes Lächeln lag auf seinen Lippen und seine Augen strahlten Zuversicht aus.

„Das hast du gut gemacht", lobte er Meroth leise. „Sie brauchen nur noch einen letzten Schubs, um zu verstehen, was du für sie getan hast."

Caidian ließ Rowitsch, überwältigt und zugleich verwirrt von dessen Ausstrahlung, vorbeitreten. Hosin breitete seine Arme aus wie ein Prophet, der seine Botschaft verkünden wollte.

„Amanen!", begann er, und seine Stimme donnerte wie ein Gewittersturm, Respekt heischend und doch wohltuend. „Caidian hat euch eine Geschichte erzählt. Doch er hat einen entscheidenden Teil ausgelassen – den Teil, der mich betrifft."

Schweigende, mit Neugier, aber auch mit Unbehagen behaftete Gesichter starrten ihn abwartend an. Hosins Blick wanderte durch den Saal, durchdringend und unerbittlich.

„Ihr fragt euch sicher, wer ist dieser Kerl? Den Älteren unter euch wird mein Aussehen bekannt vorkommen. Damals trug ich noch keine Mandatszeichen im Gesicht."

„Was sind Mandatszeichen?", wurde Hosin durch einen Zwischenruf unterbrochen. Das hätte Caidian auch gerne gewusst. Er hatte noch keine Zeit gefunden, seinen Freund nach den Malen in seinem Gesicht zu befragen.

„Dazu kommen wir später!", lautete seine knappe Antwort. „Ich lebte vor Jahren eine Weile lang unter euch, bevor ihr mich zu Unrecht in die Verbannung schicktet", fuhr Rowitsch fort. „Ihr müsst wissen, nicht nur Caidian kam in den aufklärenden Genuss eines aufregenden Abenteuers. Mir erging es ebenso! Bei mir waren es nicht nur vier Jahre, sondern hundertvierzig! Hundertvierzig Jahre – so lange war ich fort. Ich bin jetzt zweihundertfünf

Jahre alt. Sehe aber aus wie dreißig. Wie ist das möglich? Ehrlich gesagt, ich weiß es nicht! Aber ich möchte euch nicht länger auf die Folter spannen.

Mein Name ist Rowitsch, Hosin Rowitsch."

Er hielt kurz inne, um die Wirkung seiner Worte zu beobachten. In der Menge zuckte ein junges Mädchen zusammen – Vennia. Ihre Augen weiteten sich, als er sie direkt ansah.

„Es tut mir leid, Kleines", sagte er mit einer plötzlichen Sanftheit, die keiner von ihm erwartet hätte, „dass ich die Beerdigung deiner Mutter verpasst habe. Aber wie mir berichtet wurde, war meine Schwägerin in ihren letzten Jahren verfressen von Neid und Zorn und kaum noch zu ertragen."

Hosin sprach die Wahrheit. Sie klang mitfühlend und vertraut. Doch bevor Vennia darauf eingehen konnte, wandte er sich bereits Sven Viklund zu, dessen Gesicht vor Verärgerung glühte.

„Ach, und Sven! Dein Vater würde sich für dein unakzeptables Benehmen schämen! Seine strenge Erziehung scheint bei dir wohl versagt zu haben."

Der untersetzte Händler der Viklund Warenstube, sonst nicht auf den Mund gefallen, stand da wie versteinert. Die Stille, die sich über die Menge legte, war bedrückend. Hosin nutzte den Moment. Mit leidenschaftlicher Stimme fuhr er fort:

„Ihr sollt euch alle schämen! Caidian hat sein Leben riskiert, um frisches Blut und neue Hoffnung nach Aman zu bringen. Und wie dankt ihr es ihm? Mit Ablehnung, Misstrauen und Verachtung! Seid ihr wirklich die Nachkommen der ehemaligen Auserwählten, dazu bestimmt, ein Volk neu entstehen zu lassen? Dann verhaltet euch auch so!"

Ein erneutes Raunen durchlief die Menge, diesmal begleitet von der Schwere der Selbstzweifel. Caidian fragte sich, ob Hosin die Amanen nicht zu sehr verwirrt hatte. Der warf ihnen jedoch nur einen letzten, unerbittlichen Blick zu.

„Geht nach Hause!", forderte Rowitsch die Dorfbewohner auf. „Morgen Abend treffen wir uns erneut hier. Und bis dahin überlegt gut, ob ihr egoistisch oder gerecht und weise handeln wollt. Es ist nicht Caidian, der Schuld auf sich geladen hat, ihr seid es.

Ihr könntet einen schwerwiegenden Fehler begehen, der zu einer Katastrophe führen wird! Und nun weg mit euch!"

Einer nach dem anderen verließen sie den Saal, ihre Gesichter teilweise gezeichnet von Scham oder tiefer Nachdenklichkeit. Caidian trat erneut neben Rowitsch. Dieser drehte sich lächelnd zu ihm um.

„Vertrau mir!", sagte er leise zum jungen Meroth. „Morgen wird die Sache anderes ausgehen."

Caidian wünschte sich seine Zuversicht.

Caidian!"

Die Stimme seiner Mutter drang durch die Stille wie ein wohltuender, warmer Sonnenstrahl, der nach einer langen Nacht auf eine morgendliche Wiese fiel. Er hatte ihn tatsächlich vermisst, diesen unverwechselbaren Ruf, der so viel mehr als nur sein Name war. Er bedeutete Heimat, Geborgenheit, glich einer herzlichen Umarmung.

„Lass uns nach Hause gehen!", sagte Lutana mit einem sanften, aber bestimmten Lächeln zu ihrem Sohn.

Ihre Augen suchten sehnsuchtsvoll die seinen, sodass Caidian den Hauch von Dringlichkeit, der in ihrer Stimme mitschwang, fast nicht bemerkte.

„Chiyoko und Usagi warten sicher schon gespannt auf Neuigkeiten."

Caidian nickte kurz, doch ein Gedanke ließ ihn innehalten.

„Was ist mit den Leuten in Sandors Haus?", fragte er besorgt, während sein Blick zwischen den Anwesenden hin und her wanderte.

„Hosin und ich kümmern uns um alles!", versprach Sinusi ihm. „Die Zwillinge kehren ebenfalls zu ihren Eltern zurück. Du kannst also getrost nach Hause gehen."

„Wir sehen uns alle morgen früh wieder", sagte Nele, die sich bereits darauf freute, zusammen mit ihren Eltern im gemütlichen Wohnzimmer zu sitzen.

„Wie abgesprochen!", fügte Nila mit einem Hauch von Zuversicht hinzu, die Caidian neuen Mut gab.

„In Ordnung!", sagte er dankbar und erleichtert zugleich. Der Gedanke, im Haus seiner Eltern Ruhe zu finden, war wie Balsam für seine erschöpfte Seele. „Dann wünsche ich euch allen eine gute Nacht."

Er wandte sich gerade zum Gehen um, als eine weiche, schmeichelnde Stimme hinter ihm erklang.

„Hallo Caidian!"

Er drehte sich um und sein Atem stockte. Vor ihm stand Caressa, die ehemalige Bündnispartnerin seines verstorbenen Freundes Maso. Ihr Lächeln, so verführerisch wie einst, schien die Zeit zurückzudrehen.

„Caressa!", brachte er schließlich hervor, und sein Herz fühlte sich an, als würde es jeden Moment aussetzen. Alte, verwirrende und verstörende Erinnerungen brachen wie mächtige Wellen über ihn herein. Tiefe Wunden wurden aufgerissen.

„Du hast dich gar nicht verändert!", bemerkte sie bewundernd, aber gleichzeitig auch irgendwie anklagend und neidisch. „Siehst immer noch aus wie vor vier Jahren."

In ihren Armen hielt sie einen kleinen Jungen, der schüchtern den Kopf auf ihre nackte Schulter legte. Sein Haar war dunkel, so wie das von Caidian, und seine graue Augen funkelten wie dessen Spiegelbild.

„Das ist dein Sohn, Caidian."

Caressas Worte rissen Wände unterdrückter Emotionen ein.

„Er heißt Cayson."

Caidian fühlte, wie seine Welt für einen Moment ins Wanken geriet. Meroth sah den Jungen an, als würde er vor einem Geist stehen. Natürlich hatte er gewusst, dass er bei seiner Rückkehr auf Caressa und das Kind stoßen würde. Doch die Realität war überwältigender, als er es sich vorgestellt hatte.

„Bist du mein Papa?", fragte der kleine Junge mit einer kindlichen Unschuld, die Caidian mitten ins Herz traf. Die Ähnlichkeit zwischen ihnen war unübersehbar.

Er rang nach Luft, suchte nach Worten, stotterte nur:

„Ja … Ja, das bin ich!"

Ein Ausdruck der Erleichterung huschte über Caressas Gesicht, als hätte Caidians Antwort all ihre Sorgen weggeblasen.

„Gehen wir lieber erst einmal nach Hause", sagte Lutana mit der sanften Autorität einer Mutter, die den Moment erkannte, in dem sie ihren Sohn aus einer unangenehmen Lage retten musste. „Dort können wir alles in Ruhe besprechen."

„Möchtest du Cayson tragen?", fragte Caressa und hielt ihm das Kind entgegen.

Zögerlich nahm Caidian den müden Knaben in seine Arme. Der Junge wirkte erstaunlich leicht, doch die Last der Verantwortung, die sich gleichzeitig auf Meroth niederlegte, wog schwerer als alles, was er je getragen hatte.

Caidian folgte seinen Eltern aus dem Rathaus. Draußen hängte sich Caressa in seinen freien Arm ein, was er in seiner emotionalen Verwirrtheit nicht einmal bemerkte. Schweigend und das Bild einer glücklichen Familie abgebend, gingen sie den Südweg hinab, begleitet von einem leichten Wind, der ihnen entgegenschlug. Am Ende des Weges lag das Haus der Meroths, das Caidian plötzlich fremder vorkam als je zuvor.

„Kannst du Cayson bitte in sein Bett bringen?", fragte Caressa lammfromm, während sie dem kleinen Jungen liebevoll über die Haare strich. Der Junge war auf dem Heimweg in den Armen seines Vaters eingeschlafen. „Er schläft in deinem alten Zimmer."

Caidian zögerte, sein Blick haftete einen Moment zu lange an Caressa, bevor er brav nickte. Worte brachte er keine hervor. Stattdessen ging er zur Treppe und stieg hinauf in den ersten Stock.

Vom Türrahmen der Küche aus beobachtete Chiyoko das Geschehen. In ihren dunklen Augen spiegelten sich unausgesprochene Fragen. Ihre Gefühle waren ein Wirrwarr aus Misstrauen, Sorge und einer Spur Eifersucht. Als Caidian schließlich aus ihrer Sicht verschwand, atmete sie kaum merklich aus.

„Seid ihr in der Küche zurechtgekommen?", fragte Lutana das Mädchen. Sie zog ihren Schal aus und schob sich an ihr vorbei, während ihr Mann die knarrende Kellertreppe hinunterstieg, um ein Flasche Wein zu holen.

„Das Essen ist fertig!", erwiderte Chiyoko pflichtbewusst und trat zur Seite, um Lutana Platz zu machen.

Mit einem geübten Blick kontrollierte die Heilerin den gedeckten Tisch und lächelte zufrieden.

„Den Teller für den Jungen kannst du gleich wieder wegräumen, Chiyoko", bemerkte sie beiläufig. „Dann haben wir etwas mehr Platz am Tisch."

„Ich habe uns einen grünen Salat mit Tomaten und Gurke gemacht!", stellte Usagi eine große Tonschüssel samt dazugehörendem Holzbesteck auf den Tisch, auf dem bereits ein halber gekochter Schinken, zwei Sorten Wurst, ein großes Stück Käse und ein ganzer Laib Brot lagen.

„Sehr schön!", lobte Lutana. „Setzen wir uns doch alle hin. Die Männer werden sicher bald kommen."

Caidian saß an der Bettkante und beobachtete seinen Sohn, dessen Atem kaum wahrnehmbar war. Die kleine Gestalt lag friedlich zwischen den weichen Decken, das Gesicht entspannt und völlig sorgenfrei, als gehörte die Welt ihm allein.

Zahlreiche Gedanken schossen Meroth durch den Kopf.

Er war nun Vater.

Der kleine Satz klang so machtvoll, so endgültig und raubte ihm die Luft. Nicht nur eine neue, ihm völlig unbekannte Verantwortung erwartete ihn – nein, es war viel mehr. Eine schiere Anzahl an Erwartungen und Pflichten.

Was würde Caressa von ihm verlangen? Hatte sie überhaupt das Recht dazu? Und wie würde Chiyoko auf die vorliegende Situation reagieren? Es war eine Sache, davon zu wissen, aber eine ganz andere, wenn es ihr gemeinsames Leben verändern würde. War ihre junge Liebe schon verloren, bevor sie richtig begonnen hatte?

Caidians Blick wanderte zum Fenster.

Die Dunkelheit da draußen wirkte wie ein Spiegel seiner inneren Unsicherheit. Er dachte an die Menschen in Sinusis altem Haus. Die Sorge um seinen Sohn und wie er sich gegenüber Caressa verhalten sollte, erschienen ihm schon genug. Doch nun drohte auch noch ein unberechenbarer Konflikt zwischen den Amanen und den Zuwanderern.

Könnte er diesen verhindern? Wie weit konnte er sich dabei auf Hosin oder den Dorfrat verlassen? Besaß Bürgermeister Panek überhaupt noch die Kraft dazu, ihm zu helfen?

Die Nacht bot keine Antworten, nur weitere Fragen.

Mit schwerem Herzen stand er auf, blickte noch einmal zu seinem Sohn hinab und verließ dessen Zimmer.

Inzwischen war Hylan mit einer Flasche Rotwein aus dem Keller zurückgekehrt. Mit geübtem Griff entkorkte er sie und goss jedem am Tisch einen Schluck in ihre Tonbecher.

Auch Caidian betrat die Küche und nahm auf dem einzigen noch freien Stuhl Platz. Direkt neben Caressa. Ihre präsente Nähe machte ihn nervös. Er hatte das Gefühl, dass jede ihrer Bewegungen eine Herausforderung für ihn darstellte.

„Danke, dass du dich so rührend um Cayson kümmerst!", sagte sie mit einer überraschenden Sanftheit. Doch ihren Worten haftete eine Unehrlichkeit an, die nur Caidian zu bemerken schien.

Sie legte ihre rechte Hand auf seinen Oberschenkel, eine intime Geste, die ihn frösteln ließ.

„Würdest du das bitte lassen?", fuhr er Caressa übermäßig schroff an, womit er die Aufmerksamkeit seiner Tischnachbarn, insbesondere die von Chiyoko und seiner Mutter weckte.

„Ich verstehe nicht …", antwortete Caressa mit gespielter Unschuld und traurigen Augen, in denen Caidian einem Hauch von Provokation erkannte.

„Nimm deine Hand von meinem Bein", verlangte Caidian diesmal ruhig, aber unmissverständlich.

Die Spannung zwischen ihnen war fast greifbar.

„Kinder, bitte!", unterbrach Lutana das Gezeter mit mütterlicher Strenge, bevor der Disput weiter eskalieren konnte. „Wir sind hier, um Caidians Rückkehr zu feiern, nicht um zu streiten."

„Warum sitzen die beiden denn mit uns am Tisch?", schoss Caressa zurück und deutete mit ausgestrecktem Finger verärgert auf die beiden Kadochi-Frauen, die ihr gegenüber saßen. „Ich dachte, dies wäre eine Familienangelegenheit, und nicht ein …"

„Caressa!", fiel Hylan ihr mit ungewohnter Härte ins Wort. „Es reicht."

Sie verstummte, wenn auch nur widerwillig.

„Trinken wir auf Caidians Rückkehr und auf die Zuwanderer", erhob Hylan seinen Becher und wartete, bis alle ihm folgten. „Auf die Gemeinschaft!"

Die Becher klirrten, doch die Stimmung am Tisch blieb gespalten. Die Zukunft der Anwesenden war in jeder Hinsicht ein unbeschriebenes Blatt und niemand wusste, ob die Tinte, mit der sie geschrieben wurde, mit Hoffnung oder Verrat gemischt sein würde.

33. Tag des Frühlings
im Jahre 154 nach der Gründung von Aman

Die Frage, wer, wo und mit wem die Nacht verbringen sollte, klärte sich überraschend unkompliziert. Caidian meldete sich freiwillig dazu, in der kühlen, nach Stroh und Vieh riechenden Scheune zu schlafen, während Chiyoko und ihre Mutter sich im gemütlichen Wohnzimmer der Meroths einrichteten, wo das sanfte Knistern des alten Holzofens ihre nächtliche Ruhe begleitete.

Aus dem Frühstück am nächsten Morgen wurde ebenfalls kein gemeinsames Beisammensein. Noch bevor die ersten Sonnenstrahlen die Dämmerung verscheuchten, hatten Caidian, Chiyoko und ihre Mutter das Dorf verlassen. Sie wanderten schweigend zurück zum Haus des ehemaligen Fischers.

„Wo ist Sinusi?", erkundigte sich Caidian höflich, als sie dort eintrafen. Seine Stimme durchbrach die Morgenstille und richtete sich an Dr. Olga Poschenko, die lässig an der offenen Haustür lehnte.

„Sinusi Khana ist mit der *Flosse*, Hosin und drei weiteren Männern – darunter Hakim und sein Vater – auf dem Großen Teich", antwortete die alte Frau mit dem blassen Gesicht und den klugen, wachen Augen.

Caidian runzelte die Stirn.

„Sie sind mit dem Boot rausgefahren? Warum?"

Olga zog die Schultern hoch und blickte zum dunstigen Horizont.

„Gestern Nachmittag führte dieser Dorfrat, Whiteman hieß er, ein kurzes Gespräch mit ihr. Er erzählte ihr von der *Kieme*, einem Fischerboot, das vor zwei Jahren auf dem Großen Teich gesunken ist. Zwei Männer sind damals dabei ertrunken, und seitdem gibt es im Dorf kaum noch frischen Fisch. Whiteman meinte, dass das zarte Fleisch von Shakis, Turras oder Sandrochen schmerzlich vermisst würde. Daher beschloss Sinusi nach ihrer Rückkehr gestern Abend, heute bei Sonnenaufgang mit ein paar Freiwilligen zum Fischen hinauszufahren."

„Eine ausgezeichnete Idee!", sagte Caidian und nickte anerkennend. „Ein guter Fang könnte helfen, das Vertrauen der Dorfbewohner zu gewinnen. Aber wie geht es Ihren Leuten? Hat das gestrige Ergebnis sie nicht zu sehr enttäuscht?"

Dr. Poschenko seufzte leise und strich sich durch ihr kurzes weißes Haar.

„Eigentlich ist ja noch nichts entschieden", meinte sie. „Es gab ja keine Abstimmung. Dennoch breitet sich eine gewisse Unsicherheit aus. Die Menschen fragen sich, wie man die Amanen von ihrem Wert für die Gemeinschaft überzeugen könnte."

Caidian starrte nachdenklich auf den staubigen Boden, bevor er antwortete.

„Nun ja", gab er gedämpft von sich. „Die Saatzeit hat begonnen. Vielleicht wären einige von euch dazu bereit, beim Pflanzen und Säen zu helfen. Es ist Knochenarbeit, und natürlich macht man sich dabei auch schmutzig."

Olga hob überrascht eine Augenbraue und trat einen Schritt näher, fast drohend an Meroth heran.

„Glaubst du, wir Menschen wären uns zu schade, um uns die Hände schmutzig zu machen?", fragte sie leicht verärgert und enttäuscht darüber, dass ihr Gegenüber so etwas auch nur denken konnte.

„Natürlich nicht …", begann Caidian, doch Olga unterbrach ihn sofort.

„Gut, ich werde dir zeigen, wie falsch du liegst."

Mit kräftiger Stimme, die Caidian ihr gar nicht zugetraut hätte, rief sie ihre Leute zusammen. Sie erklärte ihnen in kurzen, energischen Worten, dass Hilfe bei, wie sie es lapidar umschrieb, der Gartenarbeit benötigt würde – eine Aufgabe, die sie wohlwollend, als ‚kleines Projekt zur Verbesserung der parlamentarischen Beziehungen' bezeichnete.

Zu Caidians Erstaunen erklärten sich fast zwei Dutzend Menschen bereit dazu, den Amen bei ihrer Arbeit auf den Feldern zu helfen. Ihre Gesichter spiegelten eine unterschwellige Aufbruchsstimmung wider, die Meroth, aber sicherlich auch die Dorfbewohner sehr begrüßen würden.

„Na schön!", sagte er mit einem leichten Lächeln auf den Lippen. „Folgt mir ins Dorf. Die Paneks und die Woods werden sich über ein paar zusätzliche Hände freuen, ebenso mein Vater. Vielen Dank, Olga."

„Immer zu Diensten", erwiderte die Ärztin mit einem schelmischen Grinsen und klopfte dem jungen Mann kameradschaftlich auf die Schulter.

Chiyoko und ihre Mutter, die das Gespräch schweigend verfolgt hatten, traten ebenfalls vor.

„Wir werden für die Verpflegung sorgen", sagte Usagi und legte den Arm um ihre Tochter. „Bestimmt finden wir auch noch weitere Freiwillige, die uns bei der Zubereitung einiger leichter Speisen helfen. Gegen Mittag kommen wir ins Dorf und verteilen die Essenspakete. So belasten wir keine der Farmerfamilien unnötig."

Caidian nickte.

„Sehr gut. Ich kündige euch an. Und vielen Dank für euren Einsatz."

Zum ersten Mal seit gestern Abend keimte in ihm ein Funken Hoffnung auf, die leise, vorsichtige Gewissheit, dass die Menschen und Amanen vielleicht doch eine Chance hatten, ihre Zukunft gemeinsam zu gestalten.

Der Abend senkte sich schneller über das Dorf, als Caidian erwartet hatte. Die ersten Schatten krochen bereits über die weiten Felder, und die Lichter, die in den Häusern der Dorfbewohner aufleuchteten, glommen wie wachsame Augen in der Dämmerung.

Der junge Mann hatte den ganzen Tag damit verbracht, die Zuwanderer auf den Farmen und Feldern anzuleiten. Die meisten der Bauern waren anfangs skeptisch gewesen, doch Caidian hatte ihnen mit Geduld und Entschlossenheit gezeigt, wie ihnen die Neuankömmlinge das Leben in Aman erleichtern konnten.

Die Amanen, die sich bereit erklärt hatten, die Hilfe der Fremden anzunehmen, zeigten am Ende des Tages eine tiefe Zufriedenheit. Einige trauten sich sogar zu hoffen, dass die Neuen ihnen auch in den kommenden Tagen helfen würden.

Der wahre Höhepunkt des Tages war jedoch das Mittagessen. Sinusi und ihre Fischer hatten dampfend heiße Gerichte aus frischem Fisch gebracht, und der Duft nach Fenchel und Salbei hatte die Anspannung vieler Dorfbewohner gelöst. Sogar die skeptischsten Gesichter hatten sich aufgehellt, als die ersten Bissen auf ihren Zungen zergingen.

Als Hosin angekündigt hatte, dass er mit den Hausers die Einlagerung von Stockfisch wieder aufnehmen wolle, brach auf den Farmen und Feldern Jubel aus. Der Gedanke an gut gefüllte und abwechslungsreiche Vorratskammern für den kommenden Winter beruhigte die Gemüter, die in letzter Zeit die Versorgung mit Fisch sehr vermisst hatten.

Doch der wacklige Frieden hielt nicht lange.

Am Abend versammelten sich die Dorfbewohner erneut im Rathaus, einem großen, aus hellem Holz errichteten Bau, der das Herz des Dorfes bildete. Kaum hatte sich der Saal gefüllt, bat Sven Viklund ums Wort. Mit seiner kräftigen Statur und dem runden Gesicht war er eine imposante Erscheinung, zu der sein grelles Organ nicht so ganz passte.

„Ich habe heute viel Gutes über die Menschen gehört", begann er und warf dabei einen Blick auf die Versammelten. „Es scheint, als wären sie auf den Farmen und Feldern eine große Hilfe gewesen. Und auch beim Fischen haben einige von ihnen Leistungen erbracht, von denen wir nur profitieren konnten."

Ein mäßiger Applaus unterbrach ihn. Er galt jedoch nicht Sven, sondern den nicht anwesenden Fremden. Viklund hob die Hände, um die Menge wieder zu besänftigen.

„Dafür sollten wir dankbar sein", fuhr er mit Bedacht fort. „Aber dennoch müssen wir uns fragen, ob wir diesen Menschen wirklich ein neues Zuhause in unserem Dorf geben wollen. Können wir ihnen überhaupt vertrauen?"

„Warum denn nicht?", fragte John Wood leicht verwirrt. „Dank dieser Leute konnte ich heute meine gesamte Schafsherde scheren. Sonst brauche ich fast eine Dekade dafür. Ihr hättet mal das Gesicht meiner Frau sehen sollen, als ich ihr die Berge von Wolle gezeigt habe, die sie jetzt verarbeiten muss."

Ein Lachen rollte durch die Menge und für einen Moment schien die Spannung zu weichen. Doch Viklund war nicht so leicht beizukommen.

„Und was machst du morgen?", fragte er den Farmer.

Wood runzelte die Stirn.

„Wie meinst du das?"

„Wenn du heute die Arbeit einer Dekade geschafft hast, kannst du die nächsten Tage faul auf der Haut liegen, oder?"

Viklunds Worte ließen einen Anflug von Spott erkennen.

Wood hob stolz die Brust.

„Auf einer Farm gibt es immer etwas zu tun. Außerdem bin ich kein Faulpelz!"

„Mag sein", entgegnete Viklund, „aber hat vielleicht jemand von euch darüber nachgedacht, dass diese Fremden euch eure Arbeit wegnehmen könnten? Was, wenn einer von ihnen beginnt, selbst Schafe zu züchten? Dann gibt es weniger für deine Frau zu spinnen, John. Weniger Wolle, weniger Handel, weniger auf dem Tisch. Versteht ihr, was ich meine? Diese Menschen sind ein Störfaktor, der das lange erarbeitete Gleichgewicht im Dorf ins Wanken bringt."

Ein leises Gemurmel ging durch die Reihen, und Viklund erlaubte sich ein selbstzufriedenes Lächeln. Doch bevor er weiterreden konnte, trat Caidian vor.

„Das ist doch Unsinn!", rief er laut. „Niemand hier wird Chaos stiften. Im Gegenteil! Die Menschen bringen Wissen und Erfahrungen mit, die uns allen zugutekommen werden."

Viklund musterte ihn abschätzig.

„So spricht nur ein unreifes Kind."

„Caidian ist alles andere als unreif!", mischte sich Lutana ein. „Er sieht klarer, als du es jemals könntest, Sven. Außerdem ist er viel klüger als du."

„Das müsste noch bewiesen werden!", entgegnete ihr Viklund trotzig.

„Schluss damit!", rief Bürgermeister Panek sie zur Vernunft auf und schlug mit der flachen Hand auf den Tisch. Sein Gesicht war gerötet vor Ärger. „Dieses dumme Gerede reicht jetzt, Sven. Du hattest deinen kleinen, theatralischen Auftritt. Lass es nun gut sein! Stimmen wir ab."

„Ich bin noch nicht fertig!", wollte Viklund protestieren.

Panek schnitt ihm das Wort ab.

„Doch, das bist du!", sagte der Bürgermeister mit unnachgiebigem Blick. „Wer dafür ist, dass die Menschen in Aman bleiben dürfen, hebt die Hand."

Zögerlich streckten sich die ersten Arme nach oben. Nach und nach folgten weitere. Caidian bemerkte, dass Caressa ihre Hand unten ließ. Ebenso die Hunagis, die Eltern von Maso.

Dorfrat Wollit Moertel, der als Schriftführer fungierte, zählte gewissenhaft die ausgestreckten Hände und verkündete schließlich laut und deutlich:

„Dreihundertundzwei Stimmen dafür. Das entspricht einer eindeutigen Mehrheit!"

Bürgermeister Panek nickte zufrieden.

„Damit heiße ich die Menschen in unserem Dorf herzlich willkommen! Alles Weitere, wie zum Beispiel ihre Unterkunft in den noch leer stehenden Häusern, wird der Dorfrat in den kommenden Tagen klären."

Ein leiser Applaus füllte den Raum, doch es war kein ungetrübter Sieg.

Während die meisten die Versammlung verließen, verweilte Viklund noch einen Moment, seine Augen schmal vor Groll.

Caidian spürte seinen Blick auf sich, doch er wich ihm nicht aus. Es war ein stilles Duell, das in dieser Nacht kein Ende finden würde. Doch das war ihm egal. Er hatte sein Ziel erreicht.

„Jetzt klärt sich wenigstens ein weiteres Rätsel auf", trat sein Vater an ihn heran.

„Ein Rätsel?", wunderte sich Caidian.

Hylan lächelte verschwörerisch.

„Ein so neugieriger Junge wie du hat sich doch bestimmt schon die Frage gestellt, warum es noch so viele leer stehende Häuser in unserem Dorf gibt."

„Natürlich!"

„Und?"

„Du meinst, das hätte jemand so geplant?"

„Du bist doch der Mann mit den guten Kontakten, zur Mutter des Ursprungs und wer weiß noch wem?"

„Du hast Recht, Vater!", fiel es Caidian wie Schuppen von den Augen.

Warum war er nicht von selbst darauf gekommen? Auch in diesem Fall stieß er erneut auf Spuren der Einmischung von den Blauen Kutten. Er fragte sich, welche Überraschung das Dorf noch für ihn bereithielt.

Irgendwann, wenn Ruhe eingekehrt war, müsste er sich einmal um die geheimnisvolle Kanalisation unter Aman kümmern, von der er in einem Buch gelesen hatte.

Kapitel 29

Hass

*33. Tag des Frühlings
im Jahre 154 nach der Gründung von Aman*

„Das ging voll daneben!", fluchte Yuuto Hunagi und stampfte nach der Abstimmung im Rathaus wütend in den Warenladen der Viklunds hinein. Sein Gesicht hatte sich gerötet und eine Ader an seiner linken Schläfe pochte bedrohlich. „Wie konnten sie nur? Was denken sich diese verblendeten Narren?"

„Das war nach Caidians Erfolg mit den Farmhelfern abzusehen", entgegnete Viklund ruhig.

Er schloss die leichte Holztür des Ladens hinter seinen Gästen, drehte den Schlüssel im Schloss zweimal um, schob zusätzlich noch einen Riegel vor und zog die Sichtblenden aus grobem Stoff vor die Fenster. Der Laden, ein geräumiger Raum voller Regale mit Haushaltswaren, vollen Tonkrügen mit diversen Speiseölen, Mehl, Zucker, Kleidern, Werkzeugen und vielem mehr, wurde durch das Anzünden dreier Öllampen in ein verschwörerisches Halbdunkel gehüllt. Die Flammen warfen kurz unruhig tanzende Schatten an die Wände, bevor sie sich beruhigten und ein wärmendes Licht abgaben.

„Kaum wieder heimgekehrt, mischt sich dieser verfluchte Bengel wieder in alles ein!", schnaubte Shenmi, Yuutos Bündnispartnerin. Sie war eine hagere Frau mit strengen Gesichtszügen. „Hat er nicht schon genug angerichtet? Erst schwängert er die Frau meines Sohns, als hätte unser geliebter Maso nicht schon genügend Probleme mit diesem undankbaren Weib. Natürlich konnte Maso diese Schande nicht ertragen. In seinem verständlichen seelischen Kummer verlor er jeden Halt und beging eine schreckliche Tat. Doch war dies seine Schuld? Sicherlich nicht! Und was beliebt unserem inkompetenten Bürgermeister? Schmeißt Maso einfach aus dem Dorf! Als ob er jemals eine Chance gehabt hätte, draußen zu überleben."

Ihre Stimme verstummte, doch sie fing sich schnell wieder.

„Und dann, als wäre das alles nicht schon genug, verschwindet dieser verfluchte Caidian mit drei bündnisfähigen jungen Frauen aus dem Dorf. Und wer hat ihm dabei geholfen? Natürlich, wieder unser Herr Bürgermeister, dem darauf nichts Besseres einfiel, unsere schwangere Schwiegertochter den Meroths zu überlassen. Eine Regel, behauptete er, eine dumme, veraltete Regel gestattete ihm diesen Schritt! Seitdem fehlt Caressa mir im Haushalt und ich muss mich allein um alles kümmern."

Shenmi schüttelte den Kopf. Es hatte ihr sichtlich gut getan, ihren angestauten Frust loszuwerden, doch ihr Hass auf den alten Panek und die Meroths blieb tief in ihr verwurzelt.

„Jetzt, vier Jahre später, taucht er wieder auf", fuhr sie fort. „Mit diesen Fremden! Menschen, wie er behauptet, Menschen wie unsere Vorfahren. Und dann wagt er es auch noch, mit einem Mädchen anzubandeln, das aufgrund ihrer Abstammung und ihres Alters perfekt zu unserem Kaito gepasst hätte! Was sollen wir noch alles von diesem Schmarotzer hinnehmen?"

„Vergiss Hosin Rowitsch nicht!", fügte Yuuto Hunagi ihren Ausschweifungen noch hinzu.

„Ist dieser Kerl wirklich Rowitsch?", hinterfragte Viklund diese doch sehr mysteriöse Angelegenheit.

„Einige der Älteren behaupten jedenfalls, ihn zu erkennen", knurrte Yuuto.

„Wie auch immer!", winkte Viklund ab. „Beruhigt euch!", verlangte er, griff unter die Ladentheke, brachte drei kleine, kunstvoll verzierte Gläser hervor und stellte sie auf dem Ladentisch ab.

Er drehte sich um, entnahm dem Regal hinter ihm eine verkorkte Flasche mit einem bernsteinfarbenen Inhalt und füllte damit die Gläser. „Lasst uns erst einmal etwas trinken."

Yuuto griff sofort zu, hob das Glas und sagte spöttisch:

„Ja, stoßen wir auf unseren Misserfolg an!"

Ohne auf die anderen zu warten, leerte er es in einem Zug und stellte es geräuschvoll zurück auf die Theke.

„Noch einen", forderte er, während Shenmi nur vorsichtig an dem Apfelschnaps nippte.

Viklund nickte, leerte sein Glas ebenfalls und schenkte nach.

„Noch ist nichts verloren", meinte Sven langsam, als müsse er erst jedes Wort seiner trügerischen Gedanken prüfen, bevor er es aussprach. „Es gibt … andere Möglichkeiten. Ich bräuchte nur ein wenig Hilfe von euch."

Yuuto hob seinen Kopf.

„Was für Möglichkeiten?", fragte er misstrauisch.

Viklund stellte sein Glas ab, faltete die Hände vor sich und lehnte sich leicht vor.

„Das alte Haus der Khanas", erklärte er diskret. „Es ist vollgestopft mit Kram, trockenem Holz überall. Ein Funke, vielleicht ein kleines Versehen, und es könnte noch heute Nacht in Flammen aufgehen. Samt seinen Insassen."

Yuuto und Shenmi sahen sich schweigend an. Das leise Knistern der Öllampen erschien plötzlich unheimlich laut.

„Ist das dein Ernst?", fragte Shenmi schließlich.

„Natürlich", erwiderte Viklund gelassen. „Schließlich zwingt die Dummheit unserer Nachbarn uns zu diesem Schritt. Keine Angst, niemand wird Verdacht schöpfen. Fremde ziehen solche Unfälle irgendwie magisch an."

Yuuto lehnte sich zurück und strich sich langsam über seinen kaum vorhandenen Kinnbart. Wie versteinert hielt er sein halb leeres Glas in der anderen Hand.

„Das wäre ziemlich radikal", murmelte er nachdenklich. „Und gefährlich."

„Nur, wenn es Zeugen gibt", sagte Viklund und griff nach der Flasche, um die Gläser erneut zu füllen.

„Aber damit würden wir zu Mördern!", flüsterte Shenmi und dachte dabei an das Schicksal ihres ältesten Sohnes.

„Manchmal muss man Opfer bringen, wenn die Ordnung erhalten bleiben soll", zuckte Viklund mit den Schultern.

Yuuto schnappte sich sein Glas und leerte es erneut mit einem Ruck.

„Ich bin dabei", sagte er von der Richtigkeit ihres Vorhabens überzeugt. „Jemand muss schließlich für die Disziplin im Dorf sorgen."

Shenmi schwieg lange, schließlich nickte sie langsam.

„Na gut", sagte sie flüsternd. „Sorgen wir für Ordnung."

Viklund lächelte kalt. Nach all den Anstrengungen, die sein Ahne auf sich genommen hatte, um an diesen Ort zu gelangen, wäre er sicher stolz auf ihn. Sven würde den Tod seiner Tante Zarga rächen, die Meroths demütigen, ihnen alles wegnehmen, was ihnen lieb und teuer war, und schließlich dafür sorgen, dass diese verbrecherische Familie ein für alle Mal ausgelöscht würde. Anfangen würde er mit Caidian und seinem Sohn. Endlich würde ein Larrebee es den Meroths heimzahlen. Dass er dafür über Leichen gehen musste, störte ihn nicht. Zumal diese Menschen, dieser eingesammelte Abfall von den Sternen, nicht ins Dorf der Amanen gehörten.

„Lasst uns keine Zeit verlieren!", sagte er unternehmungslustig und forderte die Hunagis auf, ihm ins angrenzende Lager des Ladens zu folgen.

Die Nacht lag wie ein dunkler Schleier über dem Nordweg. Die wenigen Sterne am Himmel funkelten wie Diamanten. Mittlerweile wussten Nele und Nila, dass es dort draußen im Universum noch viel mehr Sterne gab, als sie von Aman aus sehen konnten. Die Hammanon-Wolke ließ ihr Licht nicht durch. Aber eines Tages, wenn die Wolke verschwunden wäre, würden Millionen von Lichtern das Firmament schmücken und die Nacht weniger finster gestalten.

Nach der erfolgreichen Abstimmung im Rathaus schlenderte die vierköpfige Bandreso-Familie zuversichtlich zu ihrem Haus am nördlichen Begrenzungsweg. Der nächtliche Frühlingswind aus dem Landesinnern trug den Duft von Blumen und frischer Erde mit sich.

Lykke betrachtete erneut das unveränderte Aussehen der Zwillinge.

„Ich muss mich immer noch daran gewöhnen, dass ihr nicht gealtert seid", sagte sie nachdenklich. „Das mit dem unterschiedlichen Zeitablauf will mir nicht in den Kopf gehen."

Roberto winkte ab und strich sein seitliches Haar mit den Fingern über die Ohren.

„Das ist nicht wichtig! Das Einzige, was zählt, ist, dass unsere Töchter gesund heimgekehrt sind."

„Wir freuen uns auch, wieder zuhause zu sein", erwiderten Nele und Nila und schauten sich an, bevor ein vertrautes Lächeln über ihre Gesichter huschte. „Es war eine aufregende Zeit."

„Eine Zeit, in der Caidian und Sinusi sogar eine Gelegenheit fanden, sich zu verlieben", bemerkte Lykke mit einem wissenden Blick und spielte mit dem Medaillon, das an einer goldenen Kette hing. Beides waren Geschenke von Roberto zur Geburt der Zwillinge.

„Ein Grund, warum wir mit Caidian loszogen …", begann Nele, und Nila übernahm den Satz, „… waren diese dummen Bündnispläne des Dorfrates für uns."

„Wir brauchen keine Bündnispartner", sagten die Zwillinge wie aus einem Mund. „Wir beide gehören zusammen. Alles andere würde uns unglücklich machen. Vielleicht sogar unsere spezielle Verbindung zerstören."

Der bärtige Roberto nickte langsam.

„Das verstehen wir. Und wir werden euch nie wieder zu etwas zwingen. Auch zu keinem Bündnis", sagte er mit einem warnenden Blick zu Lykke. „Aber was ist mit eurer Gabe? Funktioniert sie noch?"

Die Zwillinge wechselten einen kurzen Blick, ihre Augen leuchteten geheimnisvoll.

„Mehr als je zuvor", sagten sie. „Wir haben auf unserer Reise andere Wesen getroffen, die ähnliche Fähigkeiten besitzen. Es war ziemlich ... überwältigend. Aber manchmal auch beängstigend."

Lykke schien erneut sehr verwirrt.

„Dass die Mutter des Ursprungs immer noch lebt, begreife ich ebenfalls nicht. Wie ist das möglich?"

„Vielleicht kann sie dir das eines Tages selbst erklären", verriet ihr Nele.

„Sie wird nämlich zurück nach Aman kommen, sobald sie ihre Nachfolgerin ausgebildet hat", sagte Nila.

Die Zwillinge kicherten über den erstaunten Gesichtsausdruck ihrer Mutter. Lykke entfernte verlegen eine blonde Strähne ihres Haars, die vor ihre eisblauen Augen gefallen war. Schnell kontrollierte sie den ansonsten perfekten Sitz ihres Zopfes.

„Mir gefällt nicht, wie viel von unserem Wissen angeblich verloren gegangen ist", sagte Roberto verbittert. „Es fühlt sich an, als wären wir betrogen worden."

Nele und Nila hielten inne. Ihre Stimmen senkten sich zu einem flüsternden Ton.

„Das war eine der Bedingungen für das Überleben unseres Volkes. Die Blauen ..."

Die Mädchen verstummten plötzlich und packten sich an den Händen. Ihre Gesichter erbleichten, und eine seltsame Starre überkam sie.

„Was ist los mit euch?" fragte Roberto alarmiert.

Von Panik gezeichnet, begannen die Zwillinge gleichzeitig zu sprechen.

„Wir sehen ein Feuer! Ein gewaltiges Feuer! Ein Haus brennt! Menschen schreien. Sie erleiden Qualen. Sie sterben! Wir müssen helfen!"

Lykke packte ihre dicht beieinander stehenden Töchter bei den Schultern. Wie ihr Mann erkannte sie sofort, das die Mädchen von einer ihrer Visionen heimgesucht wurden.

„Welches Haus brennt? Wann wird das passieren?", fragte sie aufgeregt und versuchte ihnen gleichzeitig irgendwie zu helfen.

Die Zwillinge schrien:

„Heute Nacht! Es ist das Haus von Sinusi und Hosin. Sie sind mittendrin und können nicht heraus. Wir sehen Chiyoko, die über ihrer toten Mutter auf dem Boden kniet. Ein brennender Balken stürzt auf sie herab. Es ist schrecklich!"

Robertos Gesicht verfinsterte sich.

„Wer ist dafür verantwortlich?", wollte er wissen. Er glaubte nämlich nicht an einen Unfall.

Die Zwillinge zitterten unkontrolliert, und ihre Augen flackerten, während sie in der Welt ihrer Vision nach entsprechenden Details suchten.

„Drei vermummte Gestalten. Sie verteilen Fischöl aus kleinen Holzfässern um das Haus herum. Die Fässer stehen auf einem Handkarren. Außen auf dem Karren ist ein Zeichen in das Holz eingebrannt. Ein … V in einem Kreis."

Lykke schnappte nach Luft.

„Das Zeichen von Viklunds Laden! Wir müssen die Menschen warnen."

Roberto blieb ruhig.

„Dazu brauchen wir Hilfe!", beschloss er. „Verstärkung. Unsere Nachbarn werden sicher helfen."

Lykke atmete heftig ein und aus.

„Was ist mit dem Bürgermeister? Die Zwillinge könnten ihn informieren."

Roberto wandte sich an seine Töchter.

„Seid ihr dazu in der Lage?", fragte er besorgt.

Die Zwillinge nickten mit ernsten Gesichtern.

„Dann lauft!", forderte Roberto sie auf. „Berichtet ihm oder seiner Schwiegertochter, was ihr gesehen habt. Schnell!"

Nele und Nila zögerten kurz. Sie blickten ihre Eltern sorgenvoll an und stürmten los.

„Seid vorsichtig!", rief Lykke ihnen hinterher.

Roberto sah seiner Frau in die Augen.

„Wir werden diese Leute retten", behauptete er und dachte an Sandor, deren Tod die Zwillinge ebenfalls vorhersahen und den er nicht hatte verhindern können. „Diesmal muss es uns einfach gelingen."

Lykke drückte das Medaillon um ihren Hals fest an ihre Brust. Der Frühlingswind war kälter geworden, und irgendwo in der Ferne erklang der unheilvolle Schrei einer Eule.

In der Dunkelheit war es schwer, über den eher rudimentären Weg, der zur Küste führte, schnell und sicher voranzukommen. Die nächtliche Stille wurde vom schweren Atem der drei Männer unterbrochen. Yoon-Sung Park, der kleinste von ihnen, wischte sich mit der Hand über die Stirn, während er zwischen Franz Dotter und Roberto herlief.

„Habt ihr auch dieses eigenartige Déjà-vu?", hechelte er und rang nach Luft. Sein Blick huschte nervös über die Schatten vereinzelter Bäume, an denen sie vorbeiliefen, so als erwartete er, dass sich jederzeit etwas aus der Dunkelheit auf sie stürzen könnte.

„Maso!", antwortete Dotter knapp.

Die Männer waren alle drei über fünfzig, ihre Gesichter von den Jahren gezeichnet. Sie waren zwar keine Greise, doch ihre Kondition ließ zu wünschen übrig. Der nächtliche Lauf zum ehemaligen Haus des Fischers zehrte an ihnen.

„Hoffentlich kommen wir dieses Mal nicht zu spät", stöhnte Roberto und warf einen Blick zurück, als würde sie die angesprochene Gefahr verfolgen. Gleichzeitig beneidete er seine beiden Begleiter um ihre legere Kleidung. Zum Glück hatte er wenigstens die Weste und die Jacke seines maßgeschneiderten Anzuges bei ihrem Aufbruch seiner Frau überlassen.

„Was geht bloß in Viklunds Kopf vor?", fragte Park um den Frieden des Dorfes besorgt. „Und warum sind es immer wir, die sich mit solchen Fehlgeleiteten herumschlagen müssen?"

„Letzteres liegt wohl daran, weil wir Nachbarn sind", entgegnete Roberto mit einem schwachen Grinsen.

„Es liegt wohl eher an deinen Töchtern!", knurrte Dotter. „Solche Eskapaden gab es in den Jahren ihrer Abwesenheit nicht. Und glaubt mir, ich habe das nicht vermisst."

„Sie versuchen nur zu helfen!", verteidigte Roberto die Zwillinge mit einer Mischung aus Stolz und Besorgnis. „Oder sollen wir einfach zusehen, wie Viklund und seine Kumpane das Haus in Brand stecken?"

„Auf keinen Fall!", bekräftigte Dotter mit Nachdruck.

Er überlegte kurz.

„Aber wir sollten dem Dorfrat vorschlagen, ein paar Leute für solche Fälle auszubilden. Nicht jeder kennt … wie heißt es noch gleich? Shando?"

„Shandu!", korrigierte ihn Park erhobenen Hauptes.

Die Kampfkunst, die Yoon-Sung sich mühsam aus Büchern der Schulbibliothek selbst beigebracht hatte, war für ihn mehr als nur ein Werkzeug der Verteidigung. Sie war in ihrer Gesamtheit eine Lebensphilosophie mit heilsamen Ratschlägen.

„Wie auch immer!", murmelte Dotter.

„Dort!", rief Roberto und blieb abrupt stehen. In etwa einem Kilometer Entfernung vor ihnen erhob sich das Ziel ihrer nächtlichen Hast. „Seht ihr Viklund?"

„Nein!", keuchte Franz Dotter, seine Hände auf die Knie gestützt.

„Alles sieht ruhig aus", stellte Park fest und musterte das Haus und die Umgebung. „Ein paar Öllampen flackern noch im Erdgeschoss. Sonst gibt es keine Besonderheiten."

„Gut!", sagte Roberto erleichtert. „Lasst uns die Menschen warnen, bevor Viklund auftaucht."

✶

Das dumpfe Klopfen an der Tür hallte durch die Gänge des Hauses und riss die wenigen, die bereits schliefen, aus ihren Träumen. Hosin, umhüllt von einer Aura unerschütterlicher Ruhe, öffnete zusammen mit Sinusi die Tür.

„Etwas spät für einen Besuch, findet ihr nicht?", begrüßte Hosin die verschwitzt und erschöpft wirkenden Männer.

„Ihr seid in Gefahr!", platzte es aus Roberto heraus, ohne Atem für Förmlichkeiten zu verschwenden. „Viklund und zwei weitere Ganoven planen das Haus niederzubrennen."

„Was?", fragte Sinusi und trat neben Rowitsch. „Ist der Mann völlig verrückt geworden? Warum tut er so etwas?"

„Fremdenhass!", erkannte Hosin Rowitsch gelassen, als würde er eine längst bekannte Wahrheit aussprechen. „Das ist eine Art Krankheit, von der die Menschen – in diesem Fall die Amanen – anscheinend nicht geheilt werden können. Es ist armselig! Kulturelle Differenzen zwischen Wesen von unterschiedlichen Planeten kann ich gerade noch nachvollziehen. Aber untereinander? Das spricht von Unreife und Dummheit der Menschheit."

„Wovon redet er?", wandte sich Franz Dotter an das dunkelhäutige Mädchen.

„Das ist jetzt unwichtig", antwortete Hosin, bevor Sinusi es tun konnte. „Worte sind in einem solchen Fall sinnlos. Wir müssen handeln. Virgil! Hakim! Olga!", rief er in den Flur hinein. „Kommt bitte her. Es gibt noch etwas zu tun."

Im Innern des Hauses erwachte eine stumme Entschlossenheit. Weitere Lampen flackerten auf, und die Bewohner, obwohl von Furcht geplagt, bewegten sich wie eine gut geölte Maschinerie, die dank Hosin Rowitsch darauf vorbereitet war, dem Hass, der ihnen entgegentrat, gewaltlos die Stirn zu bieten. Überlegene körperliche Stärke würde nur er anwenden. Wieder einmal!

Der beladene Handkarren knirschte und rumpelte im schwachen Sternenlicht über den unebenen Küstenweg. Jeder Stein, jedes kleine Loch ein Hindernis, das die beiden Männer mit verbissener

Anstrengung hinter sich ließen. Nach mehr als einer Stunde mühseliger Plackerei kam das Haus des Fischers in Sicht. Sie hielten an und Sven wischte sich mit dem Handrücken den Schweiß von der Stirn, während Yuuto, wortkarg wie immer, neben ihm stand. Die küstennahen Büsche links des Weges wiegten sich sanft im Wind, und das dumpfe Dröhnen der Wellen, die etwas weiter weg gegen die Felsküste schlugen, verliehen der Szenerie eine schaurige Kulisse.

Shenmi, die ihnen vorausgeeilt war, kehrte mit geröteten Wangen zurück.

„Das Gebäude liegt ganz im Dunkeln!", berichtete sie flüsternd. „Alle schlafen!"

„Warum auch nicht?", erwiderte Viklund, der vor Selbstsicherheit nur so strotzte. Ein diabolisches Lächeln umspielte seine Lippen. „Wir sind ja alle Freunde. Lass uns den Karren am Vorratsschuppen gegenüber dem Haus abstellen, Yuuto."

Er griff in seine Schultertasche und zog dunkle Wollmützen hervor, deren großzügige Augenschlitze auf sorgfältige Vorbereitung schließen ließen. „Falls uns jemand sieht, wird er uns nicht erkennen."

Sie zogen sich die Mützen über die Gesichter und nahmen je eines der hölzernen Ölfässer vom Karren. Vorsichtig gingen sie los. Weit kamen sie nicht.

„Guten Abend, Sven!"

Die drei Möchtegern-Brandstifter drehten sich erschrocken um. Shenmi ließ vor Entsetzen ihr Fass fallen, das mit einem dumpfen Knall aufschlug.

Hinter ihnen war Hosin Rowitsch wie aus dem Nichts aufgetaucht. Sein Gesicht lag halb im Schatten des Schuppens, doch das schwache bläuliche Leuchten seiner Mandatszeichen ließen ein freundliches Grinsen erkennen.

„Vorsicht!", mahnte Hosin mit ironischer Strenge. „Die Dinger sind gefährlich! Ein Funke, und die Kammer mit dem Trockenfisch steht in Flammen. Eine Frau sollte sich nicht mit solch gefährlichen Sachen abgeben."

Rowitsch hatte Shenmis Geschlecht aufgrund ihres langen Rockes erkannt.

Wütend riss sich Viklund die Wollmaske vom Gesicht.

„Rowitsch! Möchtest wohl den Helden spielen?"

Hosin zuckte mit den Schultern.

„Ich bin bestimmt kein Held, aber ich mag es nicht, wenn man meine Freunde in Gefahr bringt."

Sven knurrte und griff nach dem Messer an seinem Gürtel. Doch bevor er es ziehen konnte, warnte ihn Hosin mit stoischer Gleichgültigkeit:

„Ich würde das lassen. Es wäre schade, wenn heute Nacht noch jemand verletzt würde. Das wollt ihr sicher nicht."

„Du hältst dich wohl für sehr clever, Rowitsch!", giftete Sven ihn an und trat ein paar Schritte auf ihn zu, seine Hand immer noch am Knauf des Jagdmessers. „Vielleicht sollte mal jemand dir eine Lektion erteilen, Verräter."

„Wen oder was soll ich verraten haben?", fragte Hosin neugierig, ohne zurückzuweichen.

„Dein eigenes Volk! Solltest du wirklich der sein, der du behauptest zu sein", antwortete Viklund grollend.

„Ja ich weiß, das ist alles schwer zu glauben", gab Hosin zu. „Irgendwann muss ich euch mal die ganze Geschichte erzählen. Vielleicht im kommenden Winter, wenn die Tag kurz und die Nächte lang und kalt sind."

Sven hatte genug. Mit einem wilden Schrei zog er sein Messer und sprang vor. Doch Hosin war schneller. Mit einer geschmeidigen Bewegung trat er zur Seite, und Sven stolperte durch seinen eigenen Schwung und landete im Dreck.

„Hilf mir, verdammt!", fauchte er Yuuto an.

Yuuto stürmte los, doch auch er fand sich Sekunden später auf dem Boden liegend wieder. Hosin hatte ihm mit einer geschickten Drehung die Kapuze vom Kopf gerissen, bevor er ihn zu Fall brachte. Das fahle Licht des vor wenigen Minuten aufgegangenen Mondes fiel auf sein Gesicht.

„Hunagi", murmelte Hosin und seufzte schwer. „Das hätte ich mir denken können. Und das würde dich zu seiner Bündnispartnerin machen, nicht wahr?", sprach er die Frau an.

Shenmi zog sich ebenfalls die Maske herunter. Ihre Augen loderten voller Hass.

„Das wirst du bereuen, Rowitsch!", zischte sie, während sich die beiden Männer wieder aufrafften und erneut versuchten, ihren Gegner anzugreifen. Das Ergebnis war das gleiche, nur dass Sven und Yuuto diesmal mit ihren Köpfen gegen die Wand des Vorratslagers knallten und benommen umkippten.

„Das reicht!"

Zu allem entschlossen und mit ernsten Gesichtern trat Roberto Bandreso zusammen mit Yoon-Sung und Franz hinter dem Lager hervor.

„Kümmert euch um die beiden", wies Roberto seine Begleiter an.

Diese zögerten keine Sekunde. Sie zogen Schnüre aus ihren Hosentaschen und fesselten die Hände von Viklund und Hunagi auf deren Rücken. Roberto selbst nahm sich Shenmi vor, die vor Wut zitterte.

„Da kommt wer", entdeckte Yoon-Sung Park zwei schwache Lichtpunkte auf dem Weg, der zum Haus führte.

„Das sind bestimmt meine Töchter mit Véronique Panek", vermutete Roberto mit einem leichten Schmunzeln. „Ich bin gespannt, was die Rätin zu Viklunds dummer Aktion zu sagen hat."

„Schließlich habe ich Viklund und die Hunagis im Keller der Schule einsperren lassen", beendete Véronique ihren Bericht mit einem leisen Seufzen.

Sie saß auf einem abgenutzten Holzstuhl neben dem Bett ihres Schwiegervaters. Mit einer vorsichtigen Bewegung nahm sie das Tablett mit dem fast unangetasteten Frühstück von seinen schwachen Beinen. Der Geruch von abgestandenem Tee stieg ihr in die

Nase, während sie das Servierbrett auf den Nachttisch abstellte. Beinahe hätte sie dabei die dort stehende Öllampe umgestoßen.

Asyn Paneks faltenreiches Gesicht war wie aus Stein gemeißelt. Seine blassen Augen starrten an Véronique vorbei, als wäre er vollkommen geistesabwesend.

„Hast du überhaupt verstanden, was ich dir erzählt habe?"

Ihr Ton klang schärfer als beabsichtigt, doch die Sorge um seine Gesundheit und eine kurze Nacht, in der sie kaum geschlafen hatte, machten sie reizbar.

Der Bürgermeister nickte schwerfällig. Selbst diese einfache Geste schien ihn all seine verbliebene Kraft zu kosten. Lange würde er sein Amt nicht mehr ausüben können. Das Dorf müsste sehr bald ohne ihn auskommen.

„Sven Viklund wollte also, wie auch schon seine Tante Zarga, mit dem fortfahren, mit dem einer seiner Ahnen begonnen hatte", murmelte er heiser.

Véronique runzelte die Stirn.

„Mit was wollte er fortfahren?", wiederholte sie verwirrt. „Wie meinst du das?"

Paneks Augen schlossen sich kurz, als müsste er tief aus einer verborgenen Quelle seiner Erinnerungen schöpfen. Dann öffnete er sie wieder. In ihnen lag ein unergründlicher Ausdruck, der zwischen Furcht und Verachtung schwankte.

„Zarga Rowitsch!", zischte er schließlich.

Beim Aussprechen des Namen schob sich für einen Moment eine dunkle Wolke vor die morgendliche Sonne und tauchte das Schlafzimmer des alten Mannes in ein unheildrohendes Licht.

Véroniques Magen verkrampfte sich

„Zarga?", fragte sie. „Was hat sie mit Viklunds geplanter Tat zu tun?"

Panek hustete trocken. Sein schmaler Brustkorb hob und senkte sich mühsam.

„Beide", begann er mit brüchiger Stimme, „sind Nachfahren eines Mannes, der sich vor langer Zeit ein ehrgeiziges Ziel gesetzt hat: die Auslöschung der Meroths."

„Wovon sprichst du, verdammt?", fragte Véronique nun sichtlich alarmiert.

Anstatt ihr zu antworten, griff Panek mit zitternden Händen unter die Schublade seines Nachttisches. Von der Platte darunter hob er ein Bündel vergilbter Papierblätter auf, deren Ecken ausgefranst und deren Oberfläche mit lesbaren, aber sonderbaren Schriftzeichen versehen waren, ähnlich jenen aus den Büchern der Schulbibliothek. An den Rändern bemerkte Véronique unterschiedliche, von Hand geschriebene Notizen.

„Was ist das?", nahm sie vorsichtig die Papiere entgegen, als könnten sie unter der geringsten Berührung auseinanderfallen.

„Aufzeichnungen!", keuchte Panek und fiel in einen Hustenanfall, der ihn so sehr schüttelte, dass Véronique befürchtete, er würde daran ersticken. „Aufzeichnungen von sehr verwirrten Leuten", fügte er hinzu, als er sich wieder gefangen hatte.

„Amanen?", hakte Véronique nach.

Panek nickte schwach.

„Ja! Sie sind alle Nachfahren eines Mannes namens Larrebee. Zarga Rowitsch hat mir diesen Namen auf dem Sterbebett verraten. Sie war eine von ihnen. Sie war eine Larrebee, genauso wie ihr Neffe Sven Viklund."

Véronique blätterte flüchtig durch die Papiere und las kurz einige der Anmerkungen. Bereits dabei drängten sich ihr dutzende von Fragen auf. Ratlos schüttelte sie den Kopf.

„Woher hast du diese … Berichte?", fragte sie unsicher. „Bestimmt nicht von Zarga."

„Von ihrer Tochter Vennia", keuchte Panek. „Ihr Bündnispartner Damodar hat ihr dazu geraten, sie mir zu geben. Vennia hat sich sofort von ihnen distanziert. Sie war entsetzt über all den Haas, den ihre Vorfahren dort verbreiteten."

Panek atmete schwer und deutete mit einer Hand auf die Schublade des Nachttisches.

„Dort … dort findest du meine Notizen zu diesen Papieren. Nimm sie, lies sie und die Aufzeichnungen der Larrebees. Danach wirst du alles verstehen. Du darfst sie aber niemandem zeigen. Nur Caidian, aber erst, wenn er dem Rat angehört."

„Aber warum?"

Véronique wollte weiter protestieren, doch Panek schloss seine Augen und hob eine Hand, um sie zum Schweigen zu bringen.

„Ich habe nicht die Kraft, um mit dir darüber zu diskutieren", murmelte der Bürgermeister.

„Ist wohl besser, du bleibst heute Morgen im Bett", schlug Véronique vor. „Ich werde mich um alles kümmern."

„Ich danke dir, Véro!", flüsterte Panek. „Du bist eine gute Tochter."

Seinen Worten haftete eine bedrohliche Endgültigkeit an. Paneks Kopf sank erschöpft auf das Kissen und er fiel in einen unruhigen Schlaf.

Véronique verharrte für einen Moment regungslos auf ihrem Stuhl. Die Blätter in ihren Händen schienen plötzlich schwerer zu sein, als sie sein sollten. Sie erhob sich vorsichtig, trat aus dem Schlafzimmer hinaus und zog die Tür leise hinter sich zu. Sie stieg die Treppen hinunter, ging in die Küche und setzte sich an den runden Tisch. Das Papierbündel lag auffordernd vor ihr.

Sie zögerte kurz.

Mit einem tiefen Atemzug begann sie schließlich zu lesen.

23. *August 42 DNW.*

Ich habe es tatsächlich geschafft. Mit einem Frachter der Taylor Cooperation, in dessen Maschinenraum ich mich versteckt hatte, war es mir gelungen, an einen Ort vorzudringen, von dem nicht einmal meine Vorgesetzten auf der Erde etwas ahnten.

Dennoch hatte die neue Direktorin des Jalars recht behalten. Jemand wagte ein gefährliches Spiel mit dem Kartell, und ich als ihr Agent sollte herausfinden, wer und warum.

Natürlich hatte ich gleich die Meroths im Verdacht. Diese Familie war eine Plage, deren Intrigen die Republik Terra seit Jahrzehnten heimsuchten.

Aber es war komplizierter, wie so oft.

Colleen Taylor, die Leiterin der Taylor Cooperation, hatte sich über ihre Ehe mit dem alten Harry Meroth an die Spitze von Meroth Industries hochgeschlafen. Doch ihre wahren Pläne waren undurchsichtig wie sie selbst.

Was trieb diese Frau an? Warum ließ sie dieses gewaltige, albtraumhafte Gebilde am Rande des Asteroidengürtels aushöhlen? Und inwieweit richteten sich ihre heimlichen Machenschaften gegen das Kartell?

Meine Gedanken schweiften unweigerlich zurück zu dem Krieg mit den Flissern. Ich konnte den Gestank von verbranntem Fleisch immer noch riechen, die furchteinflößenden Schreie meiner Kameraden der Republic Space Force immer noch hören.

Ich selbst hätte an jenem Tag, als wir die Heimatwelt der Flisser verseuchten und ihre Raumflotte ausradierten, sterben sollen. Stattdessen hatte man mich gerettet.

Ein zweifelhaftes Geschenk.

Mein Körper und mein Gesicht waren entstellt, meine Identität ausradiert worden. Jetzt bin ich Jerry Vaughn. Doch in meinem Herzen werde ich stets ein Larrebee bleiben, ein Überlebender mit einer eindeutigen Mission. Ein Rächer!

27. September 42 DNW.

Einen Monat. Einen ganzen Monat bin ich nun schon in dieser verdammten Arche, so haben sie den Asteroiden genannt, und bisher hat niemand bemerkt, dass ich nicht hierhergehöre. Es ist mir gelungen, dank einiger raffinierter Tricks, die mir der Jalar beigebracht hat, mich als einfacher Wartungstechniker unter die Arbeiter zu mischen. Doch das Geheimnis der Arche ist mir weiterhin verschlossen.

Stattdessen bin ich auf etwas noch weitaus Beunruhigenderes gestoßen. Colleen Taylor arbeitet nicht allein an diesem Projekt. Die Geschäftsführerin von Kadochi Enterprises und sogar die berüchtigten Gürtelpiraten unter der Führung von Josh Mackay sind an diesem Verrat gegen das Kartell beteiligt. Eine Allianz von Verblendeten.

Die Sicherheitsmaßnahmen der Arche sind überwältigend. Es ist mir bisher nicht gelungen, eine Funknachricht an die Zentrale auf der Erde zu senden. Ich bin abgeschnitten, allein an einem Ort voller Geheimnisse. Doch ich bin mir sicher: Bald wird sich alles ändern. Bald wird die Arche mir ihren Zweck offenbaren.

3. Oktober 42 DNW.

Außerirdische!

Diese Erkenntnis traf mich wie ein Schlag. Die Verräter arbeiten mit rattenähnlichen Kreaturen zusammen, deren ganzes Gehabe von einer unerträglichen Arroganz zeugt.

War dies der Beginn einer Invasion? Eines weiteren Angriffs von Außerirdischen auf die Erde? Wusste Veegun davon? Warum hat er uns diesmal nicht gewarnt?

Der Gedanke lässt mein Blut gefrieren. Durch den Krieg mit den Flissern war die Raumflotte sehr geschwächt und würde den Menschen auf der Erde kaum Schutz bieten können. Ich muss unbedingt meine Vorgesetzten darüber in Kenntnis setzen. Aber wie? Die Arche war eine Festung, und ich war ein Gefangener ohne Ketten.

15. Dezember 42 DNW

Die Tage verschwimmen zu Wochen, die Wochen zu Monaten. Noch immer saß ich hier, auf dieser verfluchten Arche fest. Ein Fremder unter Verrätern. Neue Projekte wurden im Inneren des Asteroiden gestartet, eines absurder und unverständlicher als das andere. Maschinen, deren Zweck mir ein Rätsel blieben, wurden von den Außerirdischen geliefert. Labore entstanden, in denen Experimente durchgeführt wurden, die mir den Magen umdrehten. Ich weiß, dass ich herausfinden muss, was hier vor sich geht, doch mit jedem Tag schwindet meine Hoffnung auf Erfolg.

2. Februar 43 DNW

Ich bin verloren. Als ich heute Morgen erwachte, war alles verändert. Die Arche war bewegt worden, weg aus dem Sol-System, hinein in die Einsamkeit des weitentfernten Batuba-Nebels.

Warum ausgerechnet an diesen Ort? All meine Theorien über eine außerirdische Invasion zerfielen zu Staub. Und es gibt keinen Weg für mich zurück zur Erde.

17. April 48 DNW

Fünf Jahre.

Fünf verdammte Jahre seit meiner letzten Eintragung. Die Zeit hat mich fast gebrochen. Doch jetzt bahnt sich etwas Neues an. Übermorgen werden alle Menschen die Arche verlassen, nicht in Richtung Erde, sondern zu einer fremden Wasserwelt.

Was sollte ich dort?

Gestern wagte ich mich in einen der verbotenen Räume, jene, die nur den Außerirdischen vorbehalten waren. Was ich dort fand, erschütterte mich zutiefst. Ein Saal, gefüllt mit exakt hundert Stasiskammern. Zwei davon waren belegt.

Einer der Schlafenden war ein Mann namens Carl Wozniak. Sein Gesicht ... es ähnelte meinem. Ein Gedanke keimte in mir auf. Ich könnte seinen Platz einnehmen. Ich müsste ihn töten, ja, aber was bedeutete das schon? Alles war besser, als noch länger blind durch dieses Gesteinslabyrinth zu tappen. Ich musste nur die Überwachungssysteme überlisten.

Ich entdeckte einen weiteren Namen auf einer der Stasiskammern, der meine Absicht nur verstärkte. Gordon Meroth. Der Mann, mein Freund, den ich getötet hatte und der nicht mehr leben dürfte. Und doch schien hier an diesem verfluchten Ort eine Stasiskammer auf ihn zu warten. Mein Verstand tobte vor Fragen. Was hatte dies alles zu bedeuten? Ich würde es herausfinden. Auch wenn ich mich dafür selbst in Stasis versetzen musste.

Véronique Panek-Halonnen legte die vergilbten Blätter mit gemischten Gefühlen zurück auf den Küchentisch. Ihre rauen Hände verweilten einen Moment auf dem Papier, als könnte sie so einen Sinn aus den Worten der gelesenen Zeilen ziehen. Doch der Text blieb ihr ein Rätsel. Die stämmige Frau, deren markantes Gesicht einen verbissenen Ausdruck angenommen hatte, lehnte sich schwerfällig in ihrem Stuhl zurück. Véronique massierte sich die Schläfe.

Nur ein paar Begriffe hatten sich in ihrem Verstand verfangen: Gordon Meroth, Carl Wozniak ... Namen, die mit den Gründervätern von Aman in Verbindung standen. Doch der Rest? Ein dichter Dschungel aus Andeutungen und verschlungenen Erzählungen. Vielleicht, dachte sie resigniert, würde sich die ganze Geschichte erst vor ihr entfalten, wenn sie die Aufzeichnungen vollständig gelesen hätte.

Zwei Stunden später war der Hauch von Verständnis, den sie anfangs gespürt hatte, längst verflogen. Véronique saß kerzengerade auf ihrem Stuhl, ihre Hände in ihrem Schoß gefaltet. Ihre graublauen Augen waren auf einen bestimmten Punkt auf der Tischkante gerichtet, als befände sich dort die Lösung für ihre Probleme. Sie presste ihre Lippen fest aufeinander, während ihr Blick immer wieder zu den zerknitterten Seiten wanderte.

Die Worte, die Carl Wozniak und seine Nachfahren auf Papier hinterlassen hatten, enthielten zwar Details über die Gründung und Entwicklung von Aman. Details, die sogar Teile aus dem *Buch der Vernunft* in einem völlig anderen Licht erscheinen ließen. Aber das meiste davon war ... ein tödlicher Sumpf aus unerträglichem Hass.

Hass auf die Meroths.

Ständig und überall ging es gegen die Meroths. Die Texte troffen vor Bitterkeit, so giftig und schwer, dass die Seiten selbst darunter ächzten.

Aber warum?

Es schien weniger um die Gerüchte zu gehen, die sich seit jeher um die Meroth-Familie rankten. Düstere Geschichten aus einer Zeit lange vor der Gründung von Aman, die niemals bewiesen worden waren. Nein, dies war etwas anderes, etwas ... Persönliches. Eine Fehde, die wie ein verfaulter Keim im Herzen der Wozniaks beziehungsweise der Larrebees saß, während die Meroths, soweit Véronique es nachvollziehen konnte, völlig ahnungslos waren.

Die Einträge, so sorgfältig niedergeschrieben und aufbewahrt, waren nicht nur von Hass verseucht, sie wirkten auf einen unbeteiligten Leser zerstörerisch. Und sie halfen ihr nicht weiter. Nicht im Geringsten.

Véronique schüttelte den Kopf und strich sich das blonde Haar aus dem Gesicht. Sie fühlte eine heiße Welle der Verzweiflung in sich aufsteigen.

Viklund und die Hunagis mussten angeklagt und für ihre verbrecherischen Pläne zur Rechenschaft gezogen werden. Die dazu von ihr einberufene Ratsversammlung war heute Abend, und sie war nicht klüger als zu Beginn dieser qualvollen Lektüre.

Aber was dann?

Was sollte das Dorf mit ihnen machen?

Ihr Blick glitt zum Fenster, durch das einige Strahlen der vormittäglichen Sonne fielen.

Véronique schloss die Augen.

Man konnte die Gefangenen nicht einfach für den Rest ihres Lebens einsperren. Das wäre grausam. Und eine Verbannung? Unmöglich. Beide hatten Kinder, die sie brauchten.

Ihr Unvermögen, sich eine gerechte Strafe für die drei Betroffenen auszudenken, ließ ihren Atem schwer gehen.

Das Dorf müsste sich unausweichlich verändern. Und zwar drastisch. Doch in welcher Form und was sollte der erste Schritt sein?

Vielleicht musste sie die Antworten auf ihre Fragen außerhalb suchen. Bei den zugewanderten Menschen.

Es war ein riskanter Gedanke, ein gefährlicher sogar. Die alte Ordnung des Dorfes könnte es als Verrat ansehen. Aber jemand musste diesen schweren Stein ins Rollen bringen.

Vielleicht … Usagi Kadochi. Ja, die alte Frau, die Anführerin der Menschen, erschien ihr als die passende Wahl. Es hieß, sie besäße politische Erfahrungen aus der Zeit vor der Gründung von Aman.

Mit einer Entschlossenheit, die fast schon trotzig wirkte, stand Véronique auf. Die Worte der Wozniaks hatten sie nichts als Leere fühlen lassen, sie würde jedoch nicht in diesem Abgrund versinken. Der Rest des Tages versprach anstrengend zu werden, doch sie war willig, sich dieser Aufgabe zu stellen.

*

„Es ist wirklich sehr schön hier!", sagte Usagi Kadochi leise, während ihr Blick über die sanft am Ufer plätschernden Wellen des Flusses Call glitt.

Sie zog ihre Schultern etwas nach oben, als wolle sie die Wärme der Frühlingssonne noch intensiver auf ihrer Haut spüren. Das helle Licht ließ das Wasser glitzern, und die ersten zarten Blüten an den Ästen der Weiden entlang des Weges wiegten sich sanft im Wind. Vögel zwitscherten in den Baumkronen, während weiter flussabwärts ein großer Reiher lautlos über das Wasser glitt.

Usagi trottete gemächlich neben der Dorfrätin her. Die beiden Frauen hatten sich in einem angenehmen Gleichklang eingependelt, als wäre ihr gemeinsames Schweigen, das seit dem Ende von Véronique Paneks Ersuchen herrschte, ein gegenseitiges Verständnis.

„Wir waren viel zu lange eingesperrt", brach Usagi erneut die Ruhe. Ihre Stimme klang sanft wie immer, aber irgendwo in ihren Worten lag eine leise Bitterkeit. „Die Jahre in der Arche waren ziemlich deprimierend. Vor allem für uns Ältere, die ein ganz anderes Leben kannten."

Véronique blieb für einen Moment stehen und schaute hinunter zum Wasser.

„Es fällt mir immer noch schwer, das alles zu begreifen, was den Menschen widerfahren ist", sagte sie schließlich, wissend, dass kein Amane, außer vielleicht Caidian Meroth, sich ein Bild ihrer schrecklichen Vergangenheit machen könnte.

„Verstehen Sie jetzt, warum ich dagegen bin, diese Leute einzusperren?"

Usagis Tonfall wurde ernster, aber sie hielt ihren Blick auf ihr Umfeld gerichtet, und verfolgte, wie eine Entenfamilie durch das seichte Uferwasser dahinzog.

„Egal, wie schlimm ihre geplante Tat war, sie einzusperren wird nichts bringen. Sie müssen unbedingt eine andere Möglichkeit finden, Ihre Mitbürger zu bestrafen. Außerdem", fügte sie nach einem kurzen Moment des Schweigens hinzu, „besitzt das Dorf ja nicht einmal ein Gefängnis."

„Ein Gefängnis?"

Véronique schaute sie mit einer Mischung aus Neugier und Unbehagen fragend an.

„Ein Ort, an dem man Verbrecher einsperren kann", erklärte Usagi nüchtern und schob die Hände in die Taschen ihres Mantels, den sie von Lykke Bandreso erhalten hatte. „Innerhalb der Republik Terra gab es zahlreiche solcher Gebäude, aber sie waren nicht immer nur für Straftäter bestimmt. Auch Menschen, die sich gegen die Regierung wandten, wurden dort zu Unrecht festgehalten."

Véronique zog die Stirn in Falten und schüttelte den Kopf.

„Hm! So etwas darf es in Aman niemals geben."

Usagi drehte ihren Kopf leicht und musterte die Jüngere aus dem Augenwinkel.

„Ein Gefängnis? Oder dass die falschen Leute dort eingesperrt werden?"

„Beides!", versicherte ihr Véronique entschlossen. „Aber wie soll der Rat dieses Problem lösen? Wir können Viklund und die Hunagis doch nicht einfach ungeschoren davonkommen lassen."

„Natürlich nicht!", stimmte Usagi ihr ruhig zu. „Ihr müsst ein Zeichen setzen."

„Was schwebt Ihnen da vor?"

Véronique konnte nicht verhindern, dass Verzweiflung in ihren Worten mitschwang. Sie ahnte, dass die ältere Frau längst eine Lösung für ihr Problem kannte.

Doch Usagi zögerte.

„Es fällt mir schwer, Sie darin zu beraten", sagte sie schließlich. „Nicht, dass es mir an Ideen fehlen würde, aber ich möchte mich ungern in die Politik des Dorfes einmischen."

„Aber Sie und Ihre Freunde sind bereits darin verwickelt, wenn auch unfreiwillig", entgegnete Véronique und blieb stehen, um Usagi anzusehen. Die Anspannung in ihrem Gesicht war nicht zu übersehen.

Usagi seufzte.

„Dennoch steht es uns nicht zu, ein Urteil zu fällen", blieb sie bei ihrer Meinung. „Selbst wenn es sich dabei nur um einen Rat handeln würde."

Erneut schwiegen die beiden Frauen für eine Weile, während sie langsam weitergingen.

„Nun gut", sagte Véronique schließlich leise. „Wären Sie denn mit folgender ... Rechtsprechung einverstanden? Ich würde dem Rat gerne vorschlagen, die Täter zu einem Dienst für die Gesellschaft zu verpflichten, der sie gleichzeitig mit ihren Opfern konfrontiert. Außerdem würden sie ihr Recht auf Mitbestimmung verlieren und wären somit im ganzen Dorf gebrandmarkt."

Usagi blieb stehen und betrachtete eine Weide, deren herabhängende Zweige die Wasseroberfläche streichelten.

„Das könnte klappen", sagte sie nachdenklich. „Es könnte aber auch den Hass der Angeklagten auf die Menschen verstärken. Vieles wird davon abhängen, wie deren Freunde auf ein solches Urteil reagieren werden."

Véronique ließ den Kopf hängen und atmete tief ein.

„Hätte ich mich doch bloß nie von meinem Schwiegervater zu diesem verdammten Ratsposten überreden lassen", sagte sie eingeschüchtert und fuhr sich mit einer Hand über die Stirn, als wollte sie aufkommenden Schweiß wegwischen.

Usagi legte ihr sanft eine Hand auf den Unterarm.

„Manchmal wählen wir die schwierigen Wege, weil es die richtigen sind", sagte sie mit einem Hauch von Mitgefühl. „Und manchmal wissen wir erst hinterher, ob sie es wirklich waren."

Véronique blickte sie nachdenklich an. Usagi war wirklich eine weise Frau.

„Kehren wir um!", meinte sie lächelnd. „Und danke. Sie haben mir sehr geholfen."

„Damit wäre dies entschieden!", sagte Asyn Panek mit einem Anflug von Erleichterung, während seine Hände die Tischkante fest umklammerten.

Seine Stimme ging fast in dem ehrwürdigen Saal des Rathauses verloren. Paneks Blick schweifte hinüber zu der Wand mit den

Gemälden der verstorben Dorfräte. Es erschien ihm, als würden diese die umstrittene Szenerie beobachten, als wären sie stumme Zeugen zahlloser ähnlicher Entscheidungen gewesen.

„Bald wirst du ebenfalls dort hängen", dachte er verächtlich. *„Ein weiterer Panek, der das Dorf nicht vorangebracht hat."*

„Wollit, würdest du den Beschluss bitte noch einmal wiederholen", verlangte er laut vom Schriftführer.

Wollit Moertel, der stets den Eindruck erweckte, er würde lieber überall anders sein als in der Mitte solcher Entscheidungen, erhob sich schwerfällig von seinem Platz. Er strich seinen zerknitterten Rock, den er bereits als Schulmeister getragen hatte, glatt und räusperte sich mehrmals, bevor er anfing zu sprechen. Seine zittrigen Finger umklammerten dabei seine handschriftlichen Aufzeichnungen.

„Gerne, Herr Bürgermeister."

Mit einem ernsten Nicken begann er, die Worte zu lesen, die das Schicksal von drei Menschen für die nächsten Jahre prägen würden.

„Der Rat von Aman hält Folgendes fest: Yuuto Hunagi und seine Bündnispartnerin Shenmi werden dazu verpflichtet, in den kommenden fünf Jahren jeweils einen Tag pro Dekade für die zugezogenen Menschen zu arbeiten. Yuuto als Schreiner, Shenmi als Haushaltshilfe, dort, wo sie benötigt wird. Für ihre Arbeit werden sie keine Vergütung erhalten.

Sven Viklund wird dazu verpflichtet, den zugezogenen Menschen während zehn Jahren pro Dekade ein Viertel seines in dieser Zeit eingenommenen Gewinns in Form von Waren aus seinem Geschäft zur Verfügung zu stellen.

Beides wird von einem Mitglied des Rates überwacht werden. Das Urteil wird der Öffentlichkeit im Rathaus zur Einsicht bereitgestellt."

Wollit senkte den Blick, als er den letzten Satz ausgesprochen hatte. Die Stille, die sich im Raum ausbreitete, war bedrückend. Die Zuschauer, eine Mischung aus Dorfbewohnern, die den Anschuldigungen kaum Glauben schenken konnten, und neugierigen Schaulustigen, hielten den Atem an.

Bürgermeister Panek schlug mit der Faust auf den Tisch, was alle Anwesenden zusammenzucken ließ. Ein letzter Kraftakt seiner langjährigen Amtszeit.

„Damit wäre diese abscheuliche Sache beigelegt. Die Verurteilten sind frei und können gehen."

Yuuto und Shenmi Hunagi erhoben sich von ihren Sitzen. Einerseits waren sie froh, so glimpflich davongekommen zu sein, andererseits nagte das Urteil vor allen sichtbar an Shenmi. Für sie kam es einer unerträglichen Demütigung gleich. Wortlos und mit gesenkten Köpfen verließen beide den Saal, gefolgt von den anklagenden Blicken der Zuschauer.

Sven Viklund blieb sitzen. Er ließ sich Zeit. So lange, bis sich der Saal geleert hatte.

Der Schatten eines spöttischen Lächelns umspielte seine Lippen, während er die Ratsmitglieder musterte. Schließlich stand er auf, richtete seine Weste, die mit feinen Stickereien verziert war, und stieg gemächlich auf das niedrige Podest in der Mitte des Saals.

Er näherte sich dem Tisch, an dem die Ratsmitglieder saßen, und blieb direkt vor Bürgermeister Panek stehen. Seine kalten Augen fixierten den Mann, der ihm gerade sein Urteil aufgezwungen hatte.

„Schade", flüsterte Viklund wütend. „Du wirst es nicht mehr erleben, alter Mann, aber ich werde sie eines Tages alle bestrafen, für das, was ihr Urahn meiner Familie angetan hat."

Panek, sichtlich um Fassung kämpfend, erwiderte seinen Blick nur mühselig.

„Was haben dir die Meroths angetan, dass du sie so sehr hasst?", fragte er und bemühte sich um einen sachlichen Tonfall.

Ein kaltes Lächeln erschien auf Viklunds Gesicht.

„Du hast es also nicht herausgefunden."

Seine Stimme war voller Hohn.

„Das wirst du auch nicht. Das wird keiner von euch."

Mit einer beinahe triumphierenden Geste tippte er sich an die Schläfe.

„Ich allein besitze den Schlüssel, um die Aufzeichnungen von Zarga und den anderen Larrebees zu entschlüsseln. Aber weißt du was? Ich werde dir zumindest den Namen des Mannes verraten, der für alles verantwortlich ist. Harry Meroth."

Paneks Augen weiteten sich einen Moment, doch bevor er etwas sagen konnte, fuhr Viklund fort.

„Sicherlich fragst du dich jetzt, was dieser Mistkerl getan haben könnte, um eine solche Fehde auszulösen. Auch das wirst du nie erfahren, alter Mann."

Viklund ließ ein schallendes Lachen erklingen, als er sich umdrehte, in aller Ruhe aus dem Rathaus marschierte und die Tür hinter ihm zufiel.

Schweigend blieben die Räte zurück. Paneks heiseres Räuspern unterbrach die Stille.

„Ich stelle meinen Posten zur Verfügung", offenbarte er seinen Kollegen und sank kraftlos in seinem Stuhl zusammen.

„Ich ebenso", schloss sich ihm Ken Whiteman an.

„Und wer soll eure Plätze einnehmen?"

Aleika Bhatt, die damit älteste der Ratsmitglieder, sprang entsetzt auf. Ihre dunkelbraunen Augen glitzerten vor aufkeimender Panik.

Véronique lehnte sich entspannt zurück und verschränkte die Arme vor ihrer Brust.

„Das wird wohl an uns dreien hängen bleiben", sagte sie trocken und warf Wollit Moertel, der unsicher mit seinen Papieren hantierte, einen vielsagenden Blick zu.

Panek, dessen Gesicht plötzlich schrecklich gealtert wirkte, hob die Hand.

„Sorgt bloß dafür, dass die beiden zukünftigen Räte jünger sind."

Aleika, die sich sichtlich nicht beruhigen konnte, schnaubte wütend.

„Du verlangst doch nicht etwa, dass wir Caidian Meroth in den Rat aufnehmen?"

Ein schwaches Lächeln huschte über Paneks Gesicht.

„Bestimmt nicht. Etwas älter sollten die nächsten Räte schon sein. Aber warum nicht auch ein Mensch? Das Dorf könnte frischen Wind gut vertragen."

Kapitel 30

Ein neuer Dorfrat

*38. Tag des Frühlings
im Jahre 154 nach der Gründung von Aman*

Véronique saß in Gedanken versunken auf der Bank im Vorgarten des Hauses ihres Schwiegervaters. Sie hatte gerade ihren Bündnispartner in der Brauerei der Paneks besucht und gönnte sich vor der Zubereitung des Abendessens eine kleine Verschnaufpause.

Der Abschied Asyns von seinem Amt als Bürgermeister kam für Véronique nicht überraschend. Sie hatte seinen körperlichen Niedergang in den letzten Jahren aus der Nähe verfolgen können. Tag für Tag war sie Zeugin gewesen, wie sich sein einst aufrechter Gang in ein schleppendes Dahinschlurfen verwandelte, wie die kraftvollen Hände, die früher schwere Fässer gehoben und Werkzeuge geschwungen hatten, nun kraftlos auf seinen müden Beinen lagen. Die Haut seines Gesichts war dünn geworden, fast pergamentartig, durchzogen von einem Netz aus feinen, bläulichen Adern. Sein Blick, einst scharf und durchdringend, wirkte nun oft getrübt, als schaue er durch einen Nebel, den nur er allein sehen konnte.

Véronique hatte sich in den letzten zwei Jahren Tag und Nacht fast schon aufopfernd um ihn gekümmert. Sie wusste von den Schmerzen, unter denen er litt. Die Ärztin der Menschen, diese Dr. Poschenko, hatte mit ihrem merkwürdigen Gerät – einer summenden, blinkenden Apparatur – Asyn untersucht, musste am Ende jedoch einräumen, dass ihr die richtigen Medikamente fehlten, um ihm helfen zu können.

So blieben nur die Kräutertees, die altbewährte Heilkunst des Dorfes übrig. Véronique hatte beobachtet, wie ihr Schwiegervater sich nach einem dampfenden, mit Honig versetzten Aufguss zumindest für einige Stunden entspannter in seinen Stuhl zurücksinken ließ. Doch sie wusste genau, die Kräuter konnten seine Schmerzen kurzzeitig lindern, aber nicht das unaufhaltsame Organversagen aufgrund seines hohen Alters aufhalten.

Mit Ken Whitemans Rücktritt hingegen hatte sie nicht gerechnet. Noch vor wenigen Tagen hatte sie sein lautes Temperament bewundert, mit dem er sich stets überall Gehör verschaffte. Sie hatte sich daher nur Gedanken darüber gemacht, eine Person im Dorfrat ersetzen zu müssen, nicht zwei.

Nun stand sie vor einer weiteren Herausforderung.

Um die Gemeinschaft zusammenzuhalten und die Ordnung zu bewahren, musste der Dorfrat intakt bleiben. Zumal, da mit dem Einzug der Menschen in die leer stehenden Häuser des Dorfes bestimmt weitere Problem auftauchen würden, an die noch niemand dachte.

Véroniques erste Wahl war auf John Wood, den Schäfer, gefallen, der mit seinem gutmütigen Wesen und seiner unerschütterlichen Ruhe eine Bereicherung für den Rat sein würde. Sie war sich sicher, dass Aleika und Wollit nichts gegen seine Aufnahme hatten.

Wood galt als zuverlässig, rechtschaffen und besaß stets ein offenes Ohr für die Sorgen und Nöte seiner Nachbarn. Er kannte die Amanen und das Dorf, wusste um die Schwierigkeiten, mit denen die Viehzüchter zu kämpfen hatten, und verstand die Probleme der Farmer während der Erntezeit.

Doch wen sollte sie unter den Menschen aussuchen, die sich langsam ein neues Leben in Aman aufbauten? Einige hatten Felder übernommen, andere halfen in der Schmiede oder arbeiteten als Handwerker in den unterschiedlichen Betrieben. Dennoch kannte Véronique kaum jemanden von ihnen wirklich. Vor allem keinen, der das richtige Alter besaß, um eine Führungsrolle im Dorf zu übernehmen.

Sie und ihre Ratskollegen würden sich die Zeit nehmen müssen, diese Leute besser kennenzulernen, mit ihnen zu sprechen, zu beobachten, wer Verantwortung übernahm und von den Dorfbewohnern respektiert wurde.

Während sie weiter über diese Fragen nachdachte, ließ sie ihren Blick hinüber zum Rathaus schweifen, das im Lichte der aufkommenden Dämmerung lange Schatten warf. Ein warmes und würziges Aroma aus der Brauerei drang in ihre Nase und erinnerte sie an ihre Hausarbeit.

Die Luft in der Küche des alten Holzhauses war erfüllt vom Duft einer würzigen Kartoffel-Zwiebelsuppe. Das Knistern des Holzes unter dem Herd war kaum noch zu hören. Das Abendessen neigte sich dem Ende zu, und die Teller aus gebranntem Ton waren fast geleert.

„Morgen werden Hosin und ich mit den Umbauten an der *Flosse* fertig sein", verkündete Virgil Hauser, während er mit einem Stück Brot die letzten Kartoffelreste von seinem Teller auf einen Löffel schob.

Sinusi, die sich darüber freute, dass den drei Männern am Tisch ihre Suppe so gut geschmeckt hatte, musterte alle mit ehrlicher Bewunderung.

„Ihr habt wirklich hart gearbeitet! Es war bestimmt nicht einfach, die Kabinen des Schiffes wieder herauszureißen."

Hosin Rowitsch grinste, während er seinen Becher mit einem Rest Wein schwenkte und leerte.

„Das war das geringste Problem! Ich konnte mich noch genau daran erinnern, wie ich sie damals für euch Kinder eingebaut habe."

„Das war erst vor ein paar Dekaden", bemerkte Sinusi mit einem leichten Schmunzeln.

Hosin lachte trocken.

„Für dich vielleicht, Kleines! Für mich waren es hundertvierzig Jahre!"

Sinusi rührte verlegen in ihrer Suppenschale.

„Tut mir leid, das vergesse ich immer wieder."

Virgil legte seinen Löffel auf den Teller.

„Ich habe die Stellung der Segel leicht verändert. Die *Flosse* wird sich nun einfacher wenden lassen. Im Winter, wenn wir das Schiff ins Bootshaus bringen, werde ich mir das Ruder genauer ansehen. Da lässt sich sicher auch was optimieren. Aber für diese Fangsaison muss es erst mal reichen."

Sinusi hob die Brauen.

„Du sprichst schon wie ein richtiger Fischer. Ich hatte fast den Eindruck, mein Vater würde am Tisch sitzen."

Virgil warf ihr einen durchdringenden Blick zu.

„Nun, wenn du wirklich die Absicht hast, mit meinem Sohn eines dieser Bündnisse einzugehen, dann werde ich tatsächlich zu deinem Vater."

Hakim legte sanft seine Hand auf Sinusis Arm und nickte.

„Das hat sie. Und zwar ziemlich bald. Wir haben mit Aleika Bhatt gesprochen, und sie würde uns, natürlich erst nach den obligatorischen Vorbereitungen, noch im Sommer die Erlaubnis dazu erteilen."

Virgil horchte auf.

„Das geht aber ziemlich schnell! Wollt ihr nicht lieber noch ein Jahr warten? Euch erst besser kennenlernen?"

Sein Blick wanderte zu Hosin, als hoffe er auf die Unterstützung des ehemaligen Eremiten. Doch Rowitsch zuckte nur mit den Schultern.

„Wenn die beiden nach Aleika Bhatts endlosem Gefasel immer noch dazu bereit sind, ein Bündnis einzugehen, dann passen sie zusammen", meinte Hosin überzeugt. „Egal, ob dieses oder nächstes Jahr."

Sinusi erhob sich von ihrem Stuhl und begann den Tisch abzuräumen. Hakim half ihr wortlos.

Rowitsch lehnte sich verschwörerisch zu dem dunkelhäutigen Hünen hinüber.

„Hast du Lust auf einen kleinen Abstecher in die Taverne?"

Virgil Hauser zögerte.

„Glaubst du, das ist eine gute Idee?"

Hosin grinste.

„Warum nicht? Die Dorfbewohner müssen sich an ihre neuen Mitbürger gewöhnen. Je eher, desto besser."

Virgil erhob sich geräuschvoll und klopfte sich ein paar Krümel vom Hemd.

„Na schön. Gehen wir! Und ihr zwei", er warf Sinusi und Hakim einen warnenden Blick zu, „macht keinen Unsinn, während wir weg sind."

Sinusi und Hakim tauschten verlegene Blicke aus.

Hosin musterte sie skeptisch.

„Warum tragt ihr heute Abend eigentlich die Kleidung aus der Arche?"

„Wir wollten noch hinunter zum Strand gehen", versuchte Hakim ihnen zu erklären. „Es ist Vollmond, und ein Spaziergang nach dem Essen ist doch gesund."

Virgil deutete auf Sinusis hohe Absätze.

„Mit diesen Stöckeln?"

Sinusi berührte die Eingabefläche ihres Armreifs. Sofort verschwanden die Absätze in der Sohle ihrer Schuhe und die junge Frau war plötzlich einige Zentimeter kleiner.

Hosin schüttelte den Kopf.

„Es wäre besser, wenn ihr ganz auf diese Anzüge verzichten würdet. Ich kann mir vorstellen, dass ihr Material und die darin integrierte Nanotechnologie bei den Dorfbewohnern für Aufregung und Verwirrung sorgen könnte."

Hakim seufzte und zog Sinusi enger an sich.

„Na gut. Ab morgen verschwinden die Dinger auf dem Speicher. Aber ich frage mich, warum die Mutter des Ursprungs uns gestattet, diese mitzunehmen."

Hosin verzog das Gesicht.

„Sicherlich nicht, um nachts damit am Strand herumzulaufen. Also, ihr wisst, was zu tun ist."

Das mussten Sinusi und Hakim einsehen.

Hosin grinste schelmisch.

„Brave Kinder!"

Er schlug Virgil kameradschaftlich auf dessen breite Schulter.

„Lass uns aufbrechen, Kumpel! Ein frisches Bier wartet auf uns."

Die beiden so unterschiedlichen Männer schritten zur Haustür, während sich Sinusi und Hakim erneut einen bedeutungsvollen Blick zuwarfen. Als die Tür hinter Hosin und Virgil ins Schloss fiel, wurde der Abwasch in der Küche zu einer unbedeutenden Nebensache. Und wenige Minuten später war selbst der nächtliche Spaziergang vergessen.

Die kleine Taverne ‚Zum Krug', gleich gegenüber dem Rathaus, war erfüllt von warmem, flackerndem Licht, das von rußgeschwärzten Öllampen an den Holzbalken der niedrigen Decke ausging.

Der würzige Geruch nach gebratenem Fleisch und starkem Bier hing in der Luft, vermischt mit dem dezenten Duft nach altem Holz und Harz. Stimmengewirr, das Klirren von Krügen und das gelegentliche Auflachen eines betrunkenen Gastes schufen eine lebendige Kulisse, in der die Sorgen des Tages in alkoholgeschwängerter Heiterkeit verflogen.

Kaum traten Hosin und Virgil durch die Tür – eine schwere Holztür, die an den Scharnieren knarrte und mit tiefen Kerben gezeichnet war –, verstummte das Murmeln der Gäste. Blicke wanderten misstrauisch, neugierig oder gar anerkennend zu den beiden Neuankömmlingen hinüber.

Hakim Hauser und Sinusi Khana

„Wir wünschen einen guten Abend!", rief Hosin Rowitsch in den Raum hinein und schritt zusammen mit Virgil auf den Tresen zu.

„Willkommen im Krug", begrüßte sie der Wirt hinter der Theke freundlich.

Er war ein massiger Mann mit rötlichem, kurz geschnittenem Haar und einem Dreitagebart. Sein Bauch wölbte sich unter einer ledernen Schürze.

„Ian McBride, wenn ich mich recht entsinne?", sprach Hosin Rowitsch ihn an, während er sich gegen die polierte Eichenholztheke lehnte.

„Richtig!", bestätigte der Wirt und stemmte sich mit den kräftigen Armen auf den Tresen. „Und wenn ich mich nicht irre, seid ihr die neuen Fischer. Was kann ich euch anbieten?"

„Zwei Krüge von dem Hellen, bitte!", bestellte Hosin.

Während McBride routiniert das bernsteinfarbene Getränk aus einem hölzernen Fass zapfte, sah sich Hosin in der Taverne um. Die Atmosphäre wirkte auf ihn leicht angespannt, aber keineswegs feindselig. Einige der Gäste flüsterten miteinander oder musterten die beiden Fremden mit verstohlener Neugier.

„Viel los heute Abend", bemerkte Hosin beiläufig.

McBride blickte kurz auf.

„Geht so! Die Leute kommen her, um sich auszutauschen und weil ihnen das Bier besser schmeckt als das Wasser aus ihren Brunnen."

Er reichte den beiden ihre Krüge.

Plötzlich erhob sich eine Stimme von einem der großen Holztische.

„Ihr beiden habt das Dorf in den letzten Tagen mit Fisch beliefert!"

Hosin drehte sich um und erkannte James Wood, den Schäfer des Dorfes, der mit einigen anderen Amanen an einem runden Tisch saß.

„Das stimmt!", nickte Hosin.

Wood hob seinen Krug und deutete mit der anderen Hand auf zwei freie Stühle.

„Kommt, setzt euch zu uns! Die Gäste des Kruges teilen ihr Bier und ihre Geschichten gerne in Gesellschaft."

Hosin und Virgil nahmen die Einladung an und nahmen neben Wood und seinen Begleitern Platz.

„Darf ich vorstellen", sagte James mit einem breiten Grinsen. „Das ist meine bessere Hälfte, Maggy. Und das sind unsere Nachbarn, Saine und Corine Vulpin. Saine ist unser Schmied, und Corine fertigt die schönsten Krüge in ganz Aman."

Corine hob demonstrativ ihren kunstvoll verzierten Krug.

„So ist es!", bestätigte sie mit einem verschmitzten Lächeln.

„Freut mich!", sagte Virgil.

„Ebenfalls!", fügte Hosin hinzu.

Corine musterte ihn aufmerksam.

„Sind Sie wirklich Hosin Rowitsch?"

„Der bin ich!", bestätigte er höflich.

„Ich war noch ein Kind, als Sie aus dem Dorf verbannt wurden", sagte sie nachdenklich.

Hosin hob eine Braue und nahm einen Schluck Bier.

„Und ich bin zurückgekehrt, dank eines jungen Mannes namens Caidian Meroth."

„Man erzählt sich komische Geschichten über euch", mischte sich Saine Vulpin ein. „Stimmt es, dass ihr die Mutter des Ursprungs getroffen habt?"

„Das haben wir tatsächlich", nickte Hosin. „Und nun arbeiten wir mit Sinusi Khana und dem Sohn meines Freundes Virgil als Fischer."

„Darüber sind wir sehr froh", meinte Maggy. „Wir haben lange auf frischen Fisch verzichten müssen."

Wood rückte mit forschendem Blick ein wenig nach vorn.

„Manche behaupten auch, die Menschen würden von den Sternen kommen", flüsterte er. „So wie unsere Vorfahren, die Gründermütter und -väter. Ist das wahr?"

Ein leicht angetrunkener Gast am Nebentisch lachte laut auf.

„Das ist doch Unsinn!", mischte er sich spöttisch ein.

Hosin drehte sich mit ungerührter Miene zu ihm um.

„Ich verstehe dich, mein Freund", sagte er wohlwollend „Es ist für dich schwer zu glauben, entspricht aber der Wahrheit. Doch heute Abend will ich nicht darüber reden. Lieber erzähle ich euch eine Geschichte."

Die Amanen am Tisch blickten ihn gespannt an. Auch an den Nebentischen horchte man auf.

„Eine Geschichte?", fragte Corine aufgeregt. „Worum geht es?"

„Sie handelt von einem Volk, das in einem fruchtbaren Tal lebte …", begann Hosin mit tiefer, ruhiger Stimme. Die Taverne wurde stiller, die Gespräche rundherum verstummten.

„Hier auf Aman?", wunderte sich Saine Vulpin.

„Natürlich nicht!", lächelte Rowitsch und strich sich durch seinen gepflegten Bart. „Sagen wir einfach, auf einer anderen Welt. Aber das macht nichts. Es gibt zahlreiche Gemeinsamkeiten mit euch, sodass die Fremdartigkeit dieses Volkes keine Rolle spielt. Diese Leute waren ziemlich klug, solltet ihr wissen, doch ihre größte Schwäche war ihre Uneinigkeit. Jede Familie ihrer Gemeinschaft beanspruchte das Recht, über die anderen zu herrschen. Misstrauen und Neid fraßen sich in ihre Herzen wie eine ansteckende Krankheit."

Weiter Besucher der Taverne näherten sich ihrem Tisch und hörten gespannt zu. Selbst der Wirt, der eben noch Krüge füllte, hielt inne und lauschte

„Zunächst stritten sie sich nur mit Worten. Es waren hauptsächlich Streitigkeiten über Land und Besitz, über alte Fehden und neue Missverständnisse. Doch Worte genügten ihnen irgendwann nicht mehr. Die Auseinandersetzungen wurden blutiger, Häuser brannten, und Freunde wurden zu Feinden. Das Volk, das einst freundlich und stolz auf ihre gemeinsamen Errungenschaften war, begann sich selbst zu zerfleischen."

Einige der Amanen, die sich um den Tisch versammelt hatten, wechselten nachdenkliche Blicke.

Hosin fuhr fort:

„Inmitten dieses Chaos lebte ein Mann, der das Elend kommen sah. Er warnte seine Freunde, flehte sie an, sich zu besinnen, sich wieder zu versöhnen, bevor es zu spät wäre. Doch sie lachten ihn aus, nannten ihn einen Träumer.

Und dann … kam der Feind.

Ein Volk aus den Bergen, das die Streitigkeiten längere Zeit sehr genau beobachtet hatte. Es griff die Talbewohner an, die nicht im Stande waren, sich zu verteidigen, und all ihr Hab und Gut verloren."

Ein leises Murmeln ging durch die Zuhörer.

Hosin machte eine Pause, ließ seine Worte sinken, trank einen weiteren Schluck Bier und betrachtete die Gesichter um ihn herum. Manche wirkten besorgt.

„Was geschah mit dem Mann, der sie gewarnt hatte?", fragte McBride.

Hosin sah ihn lange an.

„Er überlebte. Doch die Bürde des Wissens, dass er den Untergang nicht aufhalten konnte, trug er für den Rest seines Lebens mit sich."

Viele unausgesprochene Fragen und Gedanken hingen in der Luft.

„Ist das wirklich nur eine Geschichte?", wollte Corine wissen. „Oder möchten Sie uns damit etwas Bestimmtes sagen?"

Rowitsch lächelte sanft, doch in seinen Augen lag eine Traurigkeit, die nicht aus dieser Zeit zu stammen schien.

„Was denkt ihr?", fragte er in die Runde.

Niemand antwortete, doch ihnen allen war klar: Diese Geschichte war mehr, viel mehr als nur eine Erzählung. Sie war eine eindeutige Warnung und sie entsprang den Erinnerungen des Erzählers.

Den weiteren Abend verbrachten Hosin und Virgil lachend mit den Besuchern der Taverne. Gegen Mitternacht kehrten sie in ihr Haus zurück, mit der Gewissheit, neue Freunde gefunden zu haben.

39. Tag des Frühlings
im Jahre 154 nach der Gründung von Aman

Caressa Alvarez betrat die Küche mit einem energischen Schritt, ihre Lippen zu einer angespannten Linie zusammengepresst. Wie üblich am Morgen erfüllte der Duft frisch gebackenen Brots den Raum. Doch das schien die junge Frau nicht zu interessieren. Aufgebracht setzte sie sich an den hölzernen Tisch, wo bereits Lutana Meroth saß und einen Kräutersud anrührte.

„Ist Caidian etwa schon wieder drüben?", ließ Caressa ihrem Unmut gleich Luft.

„Dir auch einen guten Morgen gewünscht!", blickte Lutana zu ihr auf.

„Morgen!", knurrte Caressa verbissen.

„Ja!", seufzte Lutana leise. „Caidian hilft den Kadochis bei der Renovierung des Hauses. All diese Gebäude standen viel zu lange leer. Der Zahn der Zeit hat deutlich Spuren hinterlassen."

Unversöhnlich verschränkte Caressa die Arme vor ihrem offenherzigen Dekolleté.

„Er könnte sich ruhig mehr um seinen Sohn kümmern!", meckerte sie weiter. „So wird er ihn nie richtig kennenlernen."

Lutana legte den Holzlöffel beiseite und sah Caressa gelassen an.

„Das kommt schon noch. Außerdem spielt er fast jeden Tag eine Stunde mit Cayson."

Caressa stieß ein unzufriedenes Murmeln aus, griff nach einem der mit Käse belegten Brote auf dem Tisch und biss kraftvoll hinein. Ihr Kiefer mahlte schleppend, während ihre Gedanken in Unruhe rasten.

„Du könntest Chiyoko und ihrer Mutter auch ein wenig helfen, sich einzurichten", schlug Lutana vorsichtig vor.

Caressa hielt mitten in ihrer Kaubewegung inne und starrte Lutana an, als hätte diese etwas Ungeheuerliches gesagt.

„Ich? Warum sollte ich das tun?"

„Weil gute Nachbarn sich untereinander zur Seite stehen. Oder möchtest du ewig in einem völlig unsinnigen Streit mit Chiyoko leben?"

Caressas rassiges Gesicht verzog sich zu einer Mischung aus Trotz und verletztem Stolz.

„Sie hat mir Caidian weggenommen!"

Lutana schüttelte leicht den Kopf.

„Du hast meinen Sohn nie besessen, Caressa. Und wenn du dich weiterhin so verhältst, könnte es passieren, dass du auch Cayson verlieren wirst."

Caressa spürte, wie ein kalter Dolch ihr tief ins Herz gestoßen wurde.

„Wie kommst du darauf?", starrte sie Lutana entsetzt an.

„Glaubst du nicht, dass der Kleine bemerkt, was zwischen euch dreien vorgeht?"

Lutana hielt ihrem Blick stand.

„Cayson ist begeistert von seinem Vater", erklärte sie der jungen Frau weiter. „Nicht nur, weil sie zusammen spielen, sondern weil er ihm in der kurzen Zeit schon einiges beigebracht hat."

„Dummheiten!", verdrehte Caressa ihre großen Augen.

„Zu lernen, einen Nagel in die Wand zu schlagen, ist keine Dummheit", wies Lutana sie zurecht. „Kleine Jungs lieben es, wenn sie den Großen helfen können. Vor allem ihren Vätern."

„Er könnte ja auch mir bei der Hausarbeit helfen!", hielte Caressa dagegen.

„Uns, meinst du wohl."

Lutana sah sie durchdringend an.

„Mir ist nicht entgangen, dass du seit Caidians Rückkehr einige deiner Pflichten vernachlässigt hast. Manchmal kommt es mir vor, als hättest du dir einige schlechte Eigenschaften bei deiner ehemaligen Schwiegermutter abgeschaut."

Caressa griff nach dem Messer, das neben dem Schneidebrett vor ihr lag.

„Du vergleichst mich mit Shenmi Hunagi?", fragte sie wütend. „Ist das dein Ernst?"

Sie bemerkte das Messer in ihrer Hand und legte es schnell wieder hin. Sie atmete tief ein und wieder aus. Nach einem Moment der Stille ließ sie die Schultern sinken.

„Tut mir leid!", sagte sie leise. „War nicht so gemeint. Und ich wollte dich nicht im Stich lassen, nach allem, was du und Hylan für mich und Cayson getan habt. Ich bin nur …"

„… eifersüchtig!", half Lutana ihr aus.

Caressa nickte stumm.

Lutana griff über den Tisch nach ihrer Hand und drückte sie liebevoll.

„Das kann ich verstehen", beruhigte Lutana sie. „Aber Caidian war nie wirklich an dir interessiert. Und deine Aktion damals im Rathaus …"

„Ich weiß!", biss sich Caressa auf die Unterlippe. „Aber ich habe ihm nicht wehgetan. Und es hat mir geholfen, mich aus den Klauen der Hunagis zu befreien."

Lutana nickte zustimmend.

„Was sich letztlich als ein Segen herausstellte! Und ich kann mir auch vorstellen, dass Caidian die Sache im Rathaus, auf einer für Männer typische Art, sogar genossen hat. Dennoch hatte er sich sein erstes Mal sicherlich anders vorgestellt. Weder mit dir noch mit Sinusi."

„Sinusi!", wiederholte Caressa schwermütig. „Ich dachte immer, er würde sich für sie interessieren. Aber dann schwirrten plötzlich die Zwillinge um ihn herum."

„Und er hat sich schließlich für eine ganz andere entschieden", schmunzelte Lutana.

„Für eine Fremde!", bemerkte Caressa.

„Mag sein, dass die Menschen als Fremde zu uns kamen. Doch nun gehören sie unserer Gemeinschaft an und das sollten wir sie auch spüren lassen."

„Was kann ich tun?", fragte Caressa aufrichtig.

„Geh hinüber zu den Kadochis und biete ihnen deine Hilfe an. Ich bin sicher, sie werden sich freuen."

Caressa zögerte.

„Usagi vielleicht, aber Chiyoko? Sie ist noch so jung!"

„Du warst jünger, als du das Bündnis mit Maso eingingst."

„Und was hat es mir gebracht?", lachte Caressa bitter.

„Schlussendlich einen liebenswerten kleinen Sohn", bemerkte Lutana.

Caressa schluckte schwer.

„Von Caidian."

„Drehen wir uns nicht im Kreis", riet Lutana ihr. „Blicke voran! Vielleicht findest du ja irgendwann den Richtigen für ein neues Bündnis."

Caressa zuckte mit den Schultern, ihre Gedanken schienen für einen Moment weit weg zu sein.

„Dann gehe ich mal hinüber zu den Kadochis", sagte sie traurig.

Lutana lächelte ihr aufmunternd zu.

„Nimm Cayson mit."

Caressa blickte sie stumm an. Zaghaft erwiderte sie ihr Lächeln und nickte.

Mit Cayson an der Hand erreichte Caressa das Haus der Kadochis. Die Vormittagssonne tauchte den Garten in ein warmes Licht. Hinter den aufgereihten Blumenkübeln am Rande des Weges kniete Usagi Kadochi, ihre schmalen Hände tief in der dunklen Erde vergraben. Ihr silbergraues Haar klebte an ihrer schweißbedeckten Stirn.

„Kann ich Ihnen helfen?", fragte Caressa höflich und trat an die alte Frau heran.

Usagi zuckte zusammen, hob den Kopf und blinzelte überrascht auf.

„Caressa!", erkannte sie ihre Nachbarin und seufzte erleichtert. „Gerne! Caidian hat mir zwar erklärt, wie man diese Setzlinge einpflanzen soll, aber ich scheine dafür kein Talent zu besitzen."

Caressa betrachtete die Pflanzen in Usagis Händen und erkannte sofort, was sie falsch gemacht hatte. Sie kniete sich neben sie.

„Tomaten!", nahm sie der Frau den Setzling in ihrer Hand ab. „Lassen Sie mich Ihnen zeigen, wie das geht. Es ist wirklich ganz einfach."

Sie drehte sich um und wandte sich an ihren Sohn.

„Cayson, dein Vater ist bei Chiyoko im Haus. Kannst du bitte zu ihm gehen?"

Der Junge riss begeistert die Arme in die Luft.

„Gerne, Mama!"

Ohne zu zögern, rannte er über den schmalen Kiesweg zum Haus.

★

„Das stinkt!", rief Cayson empört und verzog das Gesicht.

Er hielt sich die Nase zu, als er beobachtete, wie sein Vater mit einem dicken Holzstab eine zähe, dunkle Masse in einem großen Messingtopf rührte. Der Kessel hing über dem offenen Feuer im Wohnzimmerkamin, und ein stechender, beißender Geruch erfüllte den Raum.

Caidian lachte leise.

„Das ist Knochenleim", erklärte er seinem Sohn geduldig.

„Knochen?"

Cayson sah ihn entsetzt an.

„Echte Knochen? Von Menschen?", fragte er.

„Nein, von Rindern und Schweinen!"

„Igitt!", schüttelte sich Cayson.

„Wir brauchen den Leim, um die Innenwände des Hauses zu streichen. Aber keine Sorge, wir mischen ihn mit Kreide, damit er heller wird. Hier, probier es aus!"

Er reichte Cayson eine kleine Schachtel mit feinem, weißem Pulver.

„Wirf das vorsichtig in den Kessel. Aber pass auf, dass du dich nicht verbrennst."

Cayson nahm die Aufgabe sehr ernst und schüttete die Kreide vorsichtig in den Kessel hinein. Ein leises, zischendes Geräusch ertönte, als das Pulver auf die heiße Flüssigkeit traf.

Caidian nickte zufrieden.

„Danke, Cayson, du hast mir sehr geholfen. Jetzt lauf in die Küche zu Chiyoko und sag ihr, dass du dir einen Keks verdient hast, weil du so fleißig warst."

Cayson grinste zufrieden, doch bevor er loslief, hielt er inne und sah seinen Vater nachdenklich an.

„Magst du Chiyoko?"

„Natürlich!", schmunzelte Caidian.

„Und Mama?"

Meroths Lächeln wurde sanfter.

„Auch."

Der Junge runzelte die Stirn.

„Genau so doll wie Chiyoko?"

Caidian zögerte kurz.

„Anders!"

„Das verstehe ich nicht!",

„Das wirst du, wenn du älter bist."

Der Junge überlegte einen Moment, dachte an den Keks und zuckte mit den Schultern.

„Ach so!", schien er sich mit der Antwort seines Vaters zu begnügen und lief in Richtung Küche davon.

✶

Später am Tag saßen Caidian, Chiyoko und Usagi gemeinsam auf einer Bank hinter dem Haus und tranken eine Zitronenlimonade, die Lutana ihnen vorbeigebracht hatte.

Plötzlich räusperte sich Caidian und blickte zwischen den beiden Frauen hin und her.

„Ich habe mir etwas überlegt", begann er zögernd. „Da Chiyoko und ich im Sommer ein Bündnis eingehen werden, könnten wir danach Cayson zu uns nehmen. Wenigstens teilweise. Das Haus ist groß, wir hätten genug Platz für ihn. Und ..."

„Und was ist mit Caressa?", drehte sich Chiyoko fragend zu ihm um. „Glaubst du wirklich, sie wäre damit einverstanden?"

Bevor Meroth antworten konnte, meinte Usagi.

„Und wenn sie ebenfalls hier wohnen würde?"

„Caressa?"

Mit einem ungläubigen Ausdruck im Gesicht stießen Caidian und Chiyoko den Namen gleichzeitig aus.

„Sie scheint mir eine sehr nette Frau zu sein", fügte Usagi hinzu, als wäre es das Offensichtlichste der Welt.

„Sie ist in Caidian verliebt!", behauptete ihre Tochter.

„Ist sie nicht!", widersprach Caidian sofort. „Sie ist nur frustriert und unglücklich."

„Was sich auf uns übertragen würde, wenn sie mit uns zusammen wohnen würde", gab Chiyoko zu bedenken, wobei ihre Stimme lauter wurde.

„Das glaube ich nicht!", hielt Usagi an ihrer absurden Vorstellung fest. „Außerdem wäre es besser für Cayson, wenn er mit beiden Elternteilen gleichzeitig aufwachsen könnte. Und wir würden mit Caressas Hilfe schneller Fuß in Aman fassen."

„Und was ist mit mir?", wandte Chiyoko sich fragend an Caidian. „Bin ich dann die Tante deines Sohns?"

Meroth sah sie grübelnd an. In Gedanken stellte er sich vor, wie eine solche Dreierbeziehung funktionieren könnte. Er hielt es für unmöglich. Vor allem, wenn er und Chiyoko eigene Kinder bekommen würden.

Usagi hingegen ließ sich nicht beirren.

„Wir sollten sie jedenfalls nach ihrer Meinung fragen", entschied sie.

Chiyoko atmete tief durch und drehte sich mit einem finsteren Blick zu Caidian.

„Da hast du was angerichtet!"

Véronique Panek strich unbewusst mit den Fingerspitzen über die raue, von Jahren gezeichnete Holzplatte des Tisches. Ihre Gedanken hingen an der Vergangenheit, an den vielen Ratsbesprechungen, die ihr Schwiegervater hier abgehalten hatte.

Doch heute war es anders.

Heute saß sie in seinem Stuhl in der kleinen Kammer, einem Platz, den sie noch lange nicht ausfüllen könnte. In der Mitte des Tisches lag das *Buch der Vernunft*, sein lederner Einband von den Jahren abgegriffen. Außerdem gab es anstelle von fünf bloß noch drei Räte, was der Grund ihres Treffens war. Hinzu kam, dass der neue Bürgermeister, oder besser gesagt die neue Bürgermeisterin, vereidigt werden sollte.

Vor ihnen standen kleine Becher, gefüllt mit dem letzten Rest aus einem Krug *Gute-Geister-Saft*, den Shenmi Hunagi einst dem Rat stets gespendet hatte. Doch seit ihr Sohn gestorben war, hatte sie damit aufgehört.

Die Zeiten hatten sich verändert.

Misstrauisch blickte Véronique ihre Kollegen an.

Irgendetwas stimmte nicht.

Ein leises Ziehen in ihrem Inneren warnte sie. Zu schnell und ohne jeglichen Widerspruch hatten Aleika Bhatt und Wollit Moertel ihrem Entschluss zugestimmt, James Wood als Ratsmitglied in ihren Kreis aufzunehmen. Keine Diskussionen, kein Zögern, nicht einmal die üblichen trivialen Einwände, die sie von Aleika erwartet hatte.

„Dann sind wir uns einig?", sagte sie langsam. Sie beobachtete ihre beiden Gegenüber genau. „Ich nehme an, dass Sie, Aleika, in Ihrer Funktion als Bürgermeisterin, James unser Angebot unterbreiten wollen?"

Aleika, eine Frau von korpulenter Statur und stolzem Auftreten, wich ihrem Blick aus. Sie spielte nervös mit einem ihrer silbernen Armbänder, das leise klirrte.

„Ich möchte das Amt nicht annehmen", sagte sie leise.

Véronique runzelte die Stirn.

„Warum nicht?"

Aleika hob ihr Haupt.

„Es gibt zu viele wichtige Entscheidungen, die getroffen werden müssen", sagte sie. „Vor allem jetzt, wo die Menschen ins Dorf gezogen sind. Ich bin dem nicht gewachsen. Ich kümmere mich lieber um die Vorbereitungen für die Bündnisse. Das erscheint mir wichtig. Außerdem müssen all die neuen Blutlinien katalogisiert werden."

Véronique versuchte hinter ihren Worten eine versteckte Wahrheit zu finden. Fühlte Aleika sich wirklich überfordert? Oder war es reine Furcht vor dem Unbekannten, die ihren Entschluss beeinflusste?

„Verstehe", murmelte sie nachdenklich und wandte sich Wollit Moertel zu, der unruhig auf seinem Stuhl hin und her rutschte. „Damit würde Ihnen das Amt zufallen, Wollit."

„Mir?"

Moertels Augen weiteten sich vor Entsetzen. Er schüttelte hastig den Kopf, als wolle er so die bloße Vorstellung daran von sich schleudern.

„Das … das ist nichts für mich!", stotterte er. „Ich kann keine Entscheidungen treffen. Seit Jahren schließe ich mich immer wieder der Mehrheit an. Meistes dem Urteil deines Schwiegervaters! Ich bin ein einfacher Mann, ein Verwalter, kein Anführer. Das wäre mein Untergang und vielleicht auch der des Dorfes."

Véronique schloss für einen Moment die Augen. Sie spürte, wie eine Welle der Frustration in ihr aufstieg, kalt und unaufhaltsam. Als sie die Lider wieder hob, war Moertels Blick gesenkt, und Aleika spielte weiter nervös an ihrem Armband herum.

Véronique verfluchte ihren Schwiegervater. Hatte er das etwa vorausgesehen oder wenigstens geahnt? Sie vermutete es.

„Und so erhält erneut ein Panek die Macht über das Dorf", erkannte sie schließlich. *„Klug eingefädelt, alter Mann!"*

Aleika blickte sie an und lächelte schwach.

„Du bist schlau, Véronique", schmeichelte sie ihr. „Und du hast Weitsicht, genau wie Asyn. Wer sonst als ein Panek könnte unser Dorf sicher durch diese unsicheren Zeiten führen?"

Véronique spürte, wie sich ihr Rücken versteifte. Worauf hatte sie sich hier eingelassen?

„Ich bin nicht mal eine gebürtige Panek", murmelte sie, mehr zu sich selbst als zu den anderen.

Véronique hatte sich nie nach Macht gesehnt, doch jetzt, da sie ihr so unentrinnbar präsentiert wurde, konnte sie nicht mehr ablehnen – sie wurde förmlich dazu gezwungen.

40. Tag des Frühlings
im Jahre 154 nach der Gründung von Aman

James Wood ergriff die dargebotene Hand der neuen Bürgermeisterin mit einem festen Griff.

„Ich bedanke mich nochmals für dein Vertrauen, Frau Bürgermeisterin", lächelte der Schäfer ihr freundlich zu.

Véronique nickte zufrieden.

Mit James im Dorfrat würde das Gremium wieder an Stabilität gewinnen. Der Zweiundvierzigjährige war kein gehorsamer Mitläufer, sondern ein Mann des Volkes. So, wie es einst Ken Whiteman gewesen war.

Sie hatte James Wood zusammen mit Lutana Meroth auf der Schafweide angetroffen. Die jährliche Untersuchung der Tiere stand an. Die Heilerin des Dorfes wusste Abhilfe, wenn das Vieh unter Wurmbefall oder Infektionen litt, und kannte bewährte Mittel, die von Amans Landwirten seit Jahren erfolgreich eingesetzt wurden.

„Ich habe zu danken. Es ist nicht selbstverständlich, dass du dich bereit erklärt hast, deine wertvolle Zeit zum Wohle des Dorfes einzusetzen", sagte Véronique.

„Tun wir das nicht alle?", grinste Wood. „Aber im Ernst, sag mir, wer soll noch im Rat aufgenommen werden?"

Véronique seufzte und löste den Blick von der sanft hügeligen Landschaft, die sie umgab.

„Wenn ich das nur wüsste! Asyn hätte wohl einen der Menschen gewählt, vielleicht um ihnen ein Gefühl der Mitbestimmung zu geben. Ich sehe das nicht so. Ich kann niemanden mitbestimmen lassen, den ich nicht kenne und der keine Ahnung vom Leben im Dorf hat. Vielleicht in ein paar Jahren, wenn ..."

„... Bhatt und Moertel zurücktreten", beendete Wood ihren Gedanken. Er lachte leise, diesmal ohne jegliche Heiterkeit. „In meinen Augen gehören die beiden längst nicht mehr in den Rat."

„Ich teile deine Ansicht", gab Véronique zu. „Doch es fehlt an Alternativen. Mein Schwiegervater hat dies schon vor Jahren erkannt, deshalb unterstützte er Caidian Meroths Ausflug. Und der Junge hat seine Hoffnungen übertroffen, indem er frisches Blut nach Aman brachte."

„Soll er eines Tages dem Rat angehören?", fragte Wood und warf einen Blick zu Lutana, die weiter mit ihren Fachkenntnissen die Schafe behandelte.

„Er wäre wohl der Richtige."

Wood nickte, dann schien ihm etwas einzufallen.

„Ich hatte vorgestern eine interessante Begegnung mit einem seiner Freunde in der Taverne."

„Seiner Freunde? Einem der Mädchen?"

„Nein! Hosin."

Véronique sah ihn skeptisch an.

„Hosin Rowitsch?"

Wood beugte sich leicht nach vorne.

„Ja. Ein kluger Mann. Und wenn man seinen Aussagen zu seinem Alter Glauben schenkt, hat er mehr Erfahrung als der gesamte Dorfrat zusammen."

Véronique schwieg einen Moment, bevor sie langsam nickte.

„Das könnte sein", musste sie eingestehen. „Ich verstehe, worauf du hinauswillst."

„Er wäre für mich eine primäre Wahl", erklärte James Wood mit Nachdruck. „Er besitzt das Vertrauen der Menschen und ist ein Amane."

„Wir sollten ihn fragen."

„Wir?"

„Warum nicht?", schmunzelte Véronique listig. „Es wäre deine erste Aufgabe als Ratsmitglied."

James lachte kurz auf.

„Asyn hat gut daran getan, dich an Zargas Platz zu setzen."

„Ich wünschte, er hätte es nicht getan", schnaubte Véronique leise. „Aber da er mich nun schon mal ins Wasser gestoßen hat, werde ich auch schwimmen."

„Und du bist eine gute Schwimmerin, wenn ich mich recht entsinne", meinte James und machte dazu entsprechende Bewegungen mit seinen Armen.

Véronique erinnerte sich an ihre Kindheit, an die Wettkämpfe, in denen sie sogar die älteren Jungs im Wasser des Calls besiegt hatte.

„Na schön", sagte sie schließlich. „Besuchen wir heute Abend den Träger der Mandatszeichen."

„Ich habe schon mit so etwas in der Art gerechnet!", offenbarte ihnen Hosin Rowitsch mit einem Anflug von Ironie in seiner Stimme.

Seine grauen Augen funkelten im schwachen Licht des Kaminfeuers, als er sich in seinem breiten Sessel zurücklehnte. Er trug eine braune Leinenhose und ein langärmliges, blaues Hemd, das an den Ellbogen mit ovalen Stoffstücken verstärkt war. Seine Stiefel hatte er ausgezogen, die nackten Füße in den weichen Stoff des Sessels unter sich vergraben. Die Tattoos, die vier Mandatszeichen über und unter seinem rechten Auge, schimmerten unmerklich auf, als würde ein verborgenes Feuer in ihnen glimmen.

Véronique und James saßen ihm auf einem abgenutzten, aber bequemen Sofa gegenüber. Zwischen ihnen stand ein kleiner Beistelltisch, auf dem eine geöffnete Flasche Apfelschnaps und drei gefüllte Gläser bereitstanden. Das Holz im Kamin des Wohnzimmers knisterte leise, und der Duft von Rauch mischte sich mit der herben Süße des Schnapses.

„Dennoch frage ich mich", fuhr Hosin fort, „wieso ihr gerade mir diesen Posten anbietet? Ich bin nicht mehr derselbe Kerl, den ihr vielleicht einmal gekannt habt. In Wahrheit bin ich ein völlig anderer Mann geworden, das gebe ich ohne Umschweife zu. Macht euch das keine Angst?"

„Doch!", gestand Véronique, ohne zu zögern.

Eine kaum merkliche Unruhe verriet ihre Anspannung.

„Natürlich!", bestätigte auch James Wood und sah Hosin mit ernster Miene an. „Im Grunde genommen bist du ein völlig unbekannter Faktor. Dennoch erkenne ich in dir einen Mann, einen ehemaligen Amanen, dem ich blind vertrauen würde."

Hosin neigte den Kopf leicht zur Seite.

„Nun, das kann ich nachvollziehen."

Seine Mandatszeichen schimmerten erneut bläulich auf. Diesmal deutlicher.

Er senkte kurz seinen Blick.

„Ich habe in den letzten Jahrzehnten vieles gesehen und erlebt", verriet er seinen Besuchern. „Wunder und Katastrophen, tiefe Freundschaft und erbarmungslose Feindseligkeit. Ich weiß, was es heißt, zu verlieren, und ich weiß, was es bedeutet, zu kämpfen. Außerdem kenne ich den Tod in seinen zahlreichen Facetten, was ich sehr bedauere.

Ein Platz im Dorfrat von Aman wäre eine willkommene Abwechslung. Und einige politische Erfahrungen besitze ich auch, aus meiner Zeit als …"

Rowitsch unterbrach sich.

„Spielt keine Rolle!", winkte er ab. „Sagen wir einfach, ich bin gut vorbereitet für diese Aufgabe. Allerdings warne ich euch: Mit mir ist nicht gut Kirschen essen. Ich folge meinen eigenen Prinzipien, wenn es um Gerechtigkeit und Verständnis geht. Und davon werde ich nicht abrücken. Ich habe einen Auftrag, und den werde ich erfüllen, komme, was wolle."

James legte seine Hände ineinander und musterte Hosin eindringlich.

„Solange dein Auftrag dem Wohle von Aman dient, habe ich nichts dagegen einzuwenden", meinte er nur und stellte keine weiteren Fragen.

„Wirst du uns verraten, von wem du diesen Auftrag erhalten hast?", hakte Véronique nach.

Hosin schüttelte leicht den Kopf.

„Dazu ist es noch zu früh", erwiderte er mit rätselhafter Miene. „Außerdem seid ihr klug genug, es selbst herauszufinden. Wenn nicht, Caidian kann euch sicher dabei helfen, dieses Geheimnis zu lösen."

„Weiß er, was du in den Jahren deines Verschwindens erlebt hast und wo du warst?", fragte James geradeheraus.

„Nein!", antwortete Hosin. „Aber er kennt durch seinen Ausflug in die zweite Welt einige Zusammenhänge und ist schlau genug, um daraus die richtigen Schlüsse zu ziehen."

James' Augen verengten sich.

„Haben deine mysteriösen Auftraggeber dir auch deine Mandatszeichen verliehen?"

Ein kurzes Lächeln huschte über Hosins Lippen.

„In der Tat. Das haben sie."

„Hat das wehgetan?", versuchte ihm Véronique weitere Informationen zu entlocken.

Hosin hielt kurz inne, bevor er antwortete:

„Ich habe die Prozedur verschlafen, so wie vieles andere auch. Was vielleicht besser war."

Seinen Worten hing etwas Bedeutungsvolles an, das er nicht näher erläutern wollte. Dafür griff er nach seinem Glas und hob es hoch.

„Das alles gehört der Vergangenheit an. Lasst uns auf die Zukunft anstoßen."

Véronique und James tauschten einen kurzen Blick miteinander. Beide waren nun mehr denn je davon überzeugt, mit Hosin Rowitsch die richtige Wahl für das fünfte Mitglied des Dorfrates getroffen zu haben.

Sie griffen ebenfalls nach ihren Gläsern.

Einen Moment lang herrschte Schweigen. Nur das Knistern des Kaminfeuers und das sanfte Klirren der Gläser durchbrachen die Stille.

„Auf Aman", sagte James schließlich.

„Auf die Zukunft", ergänzte Véronique.

„Auf das Unausweichliche", fügte Hosin mit einem wissenden Lächeln hinzu.

Kapitel 31

Rätselhafte Visionen

45. Tag des Frühlings
im Jahre 154 nach der Gründung von Aman

Die Bürgerversammlung mit der Präsentation des neuen Dorfrates war vorüber. Einige der zahlreichen Zuhörer nutzen die Gelegenheit für einen Besuch im ‚Krug'. Die restliche Menge löste sich auf und ging nach Hause. Allgemein waren die zwei neuen Räte positiv aufgenommen worden. Selbst eine von der neuen Bürgermeisterin erwartete Kritik an Hosin hatte es kaum gegeben.

„Wir müssen reden!", riefen die Bandreso-Zwillinge im Chor beim Verlassen des Rathauses Caidian zu.

Ehe er reagieren konnte, zogen Nele und Nila ihn bereits energisch zur Seite.

„Was soll das?", **fragte** Meroth mit gespielter Entrüstung und sah sich nach Chiyoko um, die mit besorgtem Gesichtsausdruck hinter ihnen herlief. „Hattet ihr wieder eine Vision?"

„Noch nicht!", entgegnete Nele aufgeregt.

„Aber wir müssen unbedingt eine erzwingen!", behauptete Nila. „Es ist wichtig!"

In den Augen der Mädchen funkelte eine wilde Entschlossenheit, die Caidian nicht erwartet hätte, da er ihre Abneigung gegen erzwungene Visionen nur allzu gut kannte.

„Warum?", wollte Meroth wissen und hielt den Schritt an, um sich den beiden entgegenzustellen.

„Nur so ein Gefühl!", murmelte Nele. Für einen kurzen Moment klang sie selbst unsicher.

„Ein Gefühl?", wiederholte Meroth skeptisch. „Das ist ein verdammt schwacher Grund für so ein riskantes Vorhaben."

„Mag sein", gaben die Zwillinge zu. „Aber wir sollten es dennoch tun."

„Ich halte das für keine gute Idee!", mischte sich Chiyoko Kadochi ein.

Sie hatte inzwischen zu ihnen aufgeschlossen und versuchte gar nicht erst, ihre Besorgnis zu verbergen. Die schmerzhaften Erinnerungen an ihre eigene Erfahrung mit der besonderen Fähigkeit der Bandreso-Zwillinge lastete immer noch schwer auf ihrem Gemüt.

„Es ist wirklich wichtig!", drängten Nele und Nila. „Auch wenn wir es nicht erklären können, müssen wir es machen, und zwar bei euch."

„Bei uns?"

Chiyoko zögerte.

„Ich weiß nicht, ob meine Mutter damit einverstanden wäre", versuchte sie eine Ausrede zu finden, um die Visionssuche der Zwillinge irgendwie zu unterbinden.

„Sie muss auch mitmachen!", behaupteten Nele und Nila mit ernsten Mienen.

„Was?"

„Ja, deine Mutter und Hosin!"

„Wieso?", fragte Caidian misstrauisch.

„Das wissen wir nicht. Noch nicht!", sagten die Zwillinge unisono.

„Habe ich eben meinen Namen gehört?", ertönte plötzlich eine vertraute Stimme.

Die vier drehten sich um.

Im Licht der Dämmerung standen, wie zufällig herbeigewünscht, Hosin und Chiyokos Mutter.

Nele und Nila erklärten nochmals ihr Vorhaben. Am Ende gab Usagi Kadochi stumm nickend ihre Zustimmung.

Rowitsch blickte zu dem wolkenbedeckten Himmel. Ein leichter Nieselregen setzte ein.

„Lasst uns gehen!", schlug er vor „Wir haben bestimmt noch einen aufregenden Abend vor uns, den ich gerne trocken beginnen würde."

Kaum hatten sie sich rund um den großen Tisch im Esszimmer der Kadochis versammelt, brach das Unwetter über dem Dorf herein. Der Regen peitschte gegen die Fenster, und der Wind ließ das Holzgebälk des Hauses unheilvoll knarren. Trotz der geschlossenen Fensterläden flackerten die Öllampen leicht, als würde die Luft selbst vor Erwartung vibrieren.

„Ihr hättet keinen schlechteren Zeitpunkt wählen können!", beschwerte sich Meroth. „Eine Vision bei solch einem Wetter zu erzwingen, kann nur Unheil bringen."

„Ich mache nicht mit!", entschied sich Chiyoko in letzter Minute, zog ihre Hände zurück und versteckte sie unter dem Tisch. „Ich habe Angst! Ich will das nicht!"

Usagi blickte ihre Tochter mitfühlend an.

„Das kann ich verstehen!", sagte sie sanft und strich ihr über den Kopf. „Aber ich kann dir vorweg schon sagen, was du über mich erfahren wirst."

Chiyoko schüttelte hastig den Kopf.

„Das will ich gar nicht wissen!", rief sie, ihre Hände in einer abwehrenden Geste erhoben.

„Ich werde sterben!", ließ Usagi ihre Gäste wissen.

Ihre Stimme klang ruhig, doch in der Stille des Raumes hallte die Bedeutung dieser Worte nach wie ein Donnergrollen von draußen.

„Und zwar in naher Zukunft."

Chiyoko schnappte nach Luft.

„Das kannst du nicht wissen!", flüsterte das Mädchen, den Tränen nahe.

„Doch!", entgegnete Usagi ernst. „Mein Memochip hat es mir verraten."

„Memochip?", horchte Caidian auf. „Was ist das?"

„Ein Relikt aus meiner Vergangenheit", erklärte Usagi mit einem verschwörerischen Lächeln. „Ein Teil eines medizinischen Systems aus Nano- und Biotechnologie der Republik Terra. Es wurde einst der Elite der Menschheit zur Verfügung gestellt – nicht unbedingt freiwillig und nicht nur, um sie vor Krankheiten zu schützen, sondern auch, um sie zu kontrollieren."

Chiyoko starrte sie entsetzt an.

„Und so etwas trägst du in dir?!"

„Keine Angst!", versuchte Usagi sie zu beruhigen. „Ich konnte nie dadurch beeinflusst werden. Dafür hatte dein Vater rechtzeitig gesorgt."

Die Erwähnung ihres Vaters Taro ließ Chiyoko erstarren. Sie hatte ihn nie kennengelernt, da er bereits Jahre vor ihrer Geburt in den letzten Wirren der Rebellion gegen Terra den Tod fand. Ein wilder Sturm der Gefühle brach in ihr los. Sie spürte alte Wunden aufreißen, Wunden, die sie lieber mit aller Kraft verschlossen halten wollte.

„Also gut!", sagte sie schließlich.

Es war nicht der einfachste Ausweg, aber sie entschloss sich, ihn mutig anzunehmen.

Sie reichte Caidian und ihrer Mutter die Hände.

Damit war der Kreis am Tisch geschlossen.

Ein letzter kalter Luftzug huschte durch den Raum, als würde die Welt selbst den Atem anhalten. Und so begann die Reise in die bizarre Welt der Möglichkeiten.

✦

Die üblichen Visionen der Bandreso-Zwillinge folgten meist einem bestimmten Ablauf. Zunächst versank man in einen dichten, grauen Nebel – eine Übergangszone zwischen der Wirklichkeit und jener fremdartigen Dimension, die allein durch die Kraft ihrer vereinten Gedanken entstand. Danach erreichte man eine Welt des Vorhersehens, die trotz ihres chaotischen und surrealen Konstrukts aus Bildern und unausweichlichen Wahrscheinlichkeiten zu einer fassbaren und öfters auch schmerzlichen Realität wurde.

Doch nicht jede Vision verlief kontrolliert.

Besonders gefährlich waren solche, die den Zwillingen aufgezwungen wurden. Jene Momente, in denen die jungen Frauen keine Zeit hatten, ihre Begleiter unter ihrem Schutz sanft hinübergleiten zu lassen

Das erste Mal, dass ihnen dies widerfuhr, war, als Caressa sie zwang, ihr einen Blick in ihre Zukunft zu gewähren. Es war reines Glück, dass Nele und Nila dabei nicht im Strom der Zeit verloren gingen. Caressas Wunsch schickte sie über vier Jahre in die Zukunft. So weit wie noch nie zuvor. Dort wurden sie von ihren zukünftigen Ichs in Empfang genommen, was, wie sie später erfuhren, ein sicheres Zeichen dafür war, dass von dem, was sie in dieser Vision sehen würden, ein Teil davon unausweichlich geschehen würde.

Das zweite Mal hingegen verlief völlig anders, weitaus gefährlicher. Als Zarga Rowitsch die Zwillinge dazu zwang, eine Vision zu empfangen, geriet der gesamte Prozess außer Kontrolle.

Ein Teil des Bewusstseins der alten Frau drang in Nilas Geist ein. Was folgte, war nicht nur ein bloßer Blick in die Zukunft, es war eine Invasion. Nila spürte damals, wie etwas Kaltes und Fremdes sich durch ihre Gedanken fraß, ihre Erinnerungen durchwühlte und Kräfte stahl, ihr gleichzeitig aber auch Wissen hinterließ, das sich in den Tiefen ihres Bewusstseins festsetzte.

Zarga Rowitsch hatte unbewusst begonnen, sich ihre Gabe anzueignen, und musste gestoppt werden.

Für die Zwillinge wurde aus einer erzwungenen Vision ein tödlicher Kampf ums Überleben. Zarga verstand nicht, welche Macht sie plötzlich in den Händen hielt. Sie war stark, aber nicht stark genug, um die ungebändigte Energie, die sie berührt hatte, zu meistern. Nele erkannte, dass nur radikale Maßnahmen ihre Schwester retten konnten. Es gelang ihr, Caidian Meroths Bewusstsein ebenfalls in diese Vision zu ziehen. Und Meroth war bereit, sein eigenes Leben zu opfern, um Nila zu retten.

In dem von Zargas zukünftigem Ich ausgelösten Feuer im Rathaus ergriff Caidians zukünftiges Ich die alte Frau und stürzte sich mit ihr in die Flammen, wo ihre beiden Körper verbrannten, ihre Bewusstseine jedoch zusammen mit Nele und Nila zurück in die Realität geschleudert wurden.

Caidian und die Bandreso-Zwillinge überlebten diese schreckliche Vision unbeschadet. Zarga hingegen erlitt einen schweren Schock. Ihr Geist, einst so scharf und gnadenlos grausam, versank in eine tiefe Starre. Sie fiel in ein Koma, aus dem sie erst kurz vor ihrem Tod in der realen Welt erwachen sollte.

Bei der heutigen Vision war jedoch so manches anders, vor allem chaotischer. Langsam, fast zögerlich, als wolle er seine Geheimnisse nicht preisgeben, lichtete sich der dichte graue Nebel und formte ein Bild. Schatten wurden zu Gestalten, fernes Flüstern zu klaren Worten. Die Vision bot dem kollektiven Bewusstsein, dem passiven Beobachter, einen Blick auf diverse mögliche Ableger der Zukunft.

„Seid ihr endlich fertig?", rief Usagi Kadochi ungeduldig die Treppe hoch. „Chiyoko kommt noch zu spät zu ihrer eigenen Bündnisfeier."

„Kein Angst!", kamen ihr die Bandreso-Zwillinge, gefolgt von ihrer Mutter Lykke, grinsend entgegen. Alle drei trugen sie feierliche Sommerkleider. „Caidian wird schon auf sie warten. Soll er ruhig ein wenig zappeln."

Usagi blickte erneut nach oben.

Eine traumhafte Erscheinung im sommerlichen Gelb stieg die Treppe hinab. Chiyoko trug ein Kleid von Roberto Bandreso, der damit ein wahres Meisterwerk gezaubert hatte, das perfekt zu ihrer makellosen elfenbein-

farbenen Haut passte. Auf ihren schwarzen Haaren trug sie einen Kranz aus duftenden Blumen.

„Du bist wunderschön, mein Schatz!", umarmte Usagi ihre Tochter vorsichtig, als sie unten angekommen war.

Sie nahm Chiyoko in den Arm und verließ zusammen mit den anderen Frauen ihr Haus. Draußen auf der Veranda wartete Roberto auf sie. Gemeinsam gingen sie im Lichte der warmen Sonne den Südweg hoch zum Rathaus. Einige ihrer Nachbarn winkten ihnen aufgeregt zu, andere schlossen sich ihrem kleinen Tross an.

Etwa fünfzig Meter vor dem Rathaus, unter dem Schatten eines knorrigen Baumes stand Sven Viklund, der den seiner Meinung nach völlig unsinnigen Trubel mit finsterem Blick abwartend verfolgte. Mit grimmiger Miene sah er, wie der Zug sich ihm näherte. Als Chiyoko noch zehn Meter von ihm entfernt war, griff er nach seinem Jagdmesser und stürmte los.

Usagi sah den aufgebrachten Mann auf sie zukommen. Ihr lächelndes Gesicht verwandelte sich in Entsetzen, als sie das lange spitze Messer in seiner Hand bemerkte.

„Nein!"

Ihr Schrei ließ ein paar Vögel aus den Bäumen aufflattern.

Ohne zu zögern, warf sie sich zwischen Viklund und ihre Tochter.

Svens Messer drang genau in ihr Herz.

Usagi keuchte, ihre Augen weiteten sich, während ihr Atem in einem erstickten Laut zerbrach.

Roberto reagierte sofort.

Mit einem wütenden Aufschrei packte er Viklund und riss ihn zu Boden. Andere Dorfbewohner kamen hinzu, packten den tobenden Mann, hielten ihn fest, während er sich windete wie ein wildes Tier.

„Es darf nicht zu dieser Verbindung kommen!", schrie Sven aus Leibeskräften. „Ihr müsst das verhindern, ihr Narren. Die Nachkommen von Meroth und Kadochi bringen Unheil über das Dorf! Ihr werdet es alle bereuen!"

Seine Schreie verloren sich im Nichts.

Niemand hörte ihm zu.

Alle Augen waren auf Usagi gerichtet, die in den Armen ihrer weinenden Tochter lag. Ihr Atem wurde schwächer, ihre Finger tasteten noch einmal nach Chiyokos Gesicht, ehe sie endgültig erschlafften.

Der Schnee knirschte unter seinen Füßen, als Caidian stampfend auf der Stelle trat. Er rieb seine Hände aneinander, um wenigstens ein wenig Wärme zu erzeugen. Beides erfolglos. Der eisige Hauch des Winters, der dieses Jahr besonders früh und mit viel Frost eingetroffen war, kroch ihm bis in die Knochen. Da nutzte auch die warme Winterkleidung nichts.

„Worauf warten wir eigentlich?", wollte der jüngste seiner drei Söhne von ihm wissen.

Caidian warf dem zitternden zwölfjährigen Taro, der an der Seite seiner Mutter nach Wärme suchte, einen mitfühlenden Blick zu. Normalerweise lag der Junge um diese Zeit längst im Bett und sicherlich wünschte er sich gerade jetzt auch dorthin.

„Das musst du Onkel Hosin fragen", antwortete Caidian und schubste Rowitsch, der in einen dicken Mantel gehüllt neben ihm stand, an.

„Nur noch einen Moment", reagierte der bärtige Mann angespannt. Seine Augen leuchteten vor Aufregung. „Es ist gleich so weit! Das dürft ihr nicht verpassen."

Der Himmel spannte sich über ihnen. Ein pechschwarzes Meer ohne Mondlicht, gesprenkelt von wenigen fahlen Sternen, die gegen die Dunkelheit kämpften. Der dichte Schnee, der die Häuser und Felder bedeckte, reflektierte das spärliche Licht kaum und ließ die Nacht nicht weniger trostlos erscheinen.

„Es ist verdammt kalt, Hosin! Frierst du nicht?"

Caidian zog den Schal fester um seinen Hals.

„Natürlich", gab Hosin zu, ohne den Blick vom Himmel zu nehmen. „Aber das hier ist wichtiger als ein wenig Frost."

Dorfrat Rowitsch hatte sie alle herbeigerufen. Kaum einer der Dorfbewohner hatte sich seiner Aufforderung verweigert. Nun standen sie auf der Schafweide, Männer, Frauen und Kinder, zusammengepfercht, manche skeptisch, andere ungeduldig, einige voller Ehrfurcht. Ihre Blicke hingen am Firmament, suchten nach einem Zeichen des ihnen versprochenen Wunders, von dem nur der Dorfrat zu wissen schien.

Ein Raunen ging durch die Menge, als plötzlich etwas über ihren Köpfen aufblitzte. Erst ein einzelner Lichtpunkt, dann ein zweiter, gefolgt von einem dritten. Innerhalb eines Wimpernschlags explodierte das Firmament in einem Meer aus Sternen, heller, als es je zuvor erstrahlte, so als hätte jemand ein unsichtbares Tuch fortgezogen, das lange Zeit das Universum unter sich verborgen gehalten hatte.

„Was … was ist das?", staunte Taro Meroth mit großen Augen. Sein Herz schlug schneller, sein Atem stockte.

Hosin sah sich triumphierend um.

„Die Hammanon-Wolke hat sich aufgelöst", sagte er nur.

Ein erschrockenes Murmeln breitete sich unter den Dorfbewohnern aus. Manche flüsterten, andere wagten nicht zu sprechen. Ein Kind weinte leise in den Armen seiner Mutter.

„Die Hammanon-Wolke …", wiederholte Caidian nachdenklich, während er sich an einen Text aus einem der Bücher aus der Schulbibliothek erinnerte. Er wunderte sich über das plötzliche Auftauchen der Gestirne. „Ich dachte, das Licht der Sterne bräuchte Jahre, um uns zu erreichen."

„Das tut es auch", bestätigte Hosin ihm nickend. „Aber die Hammanon-Wolke war mehr als nur eine Barriere. Sie war eine Zeitverzerrung, ein Schleier, der das Licht eingefangen und manipuliert hat. Jetzt, da sie fort ist, sehen wir das Universum in seiner unendlichen Weite, so wie es wirklich ist."

Caidian hob erneut den Blick.

Seine fehgrauen Augen spiegelten das sternenübersäte Firmament wider. Ein Gefühl von Demut, gepaart mit einem Hauch von Unbehagen, ergriff ihn.

„Das bedeutet …", begann er langsam zu sprechen, während sein Verstand die Konsequenzen dieses Ereignis erfasste. „Aman hat seinen Schutz verloren."

Rowitsch trat nach vorne und stelle sich vor die Dorfbewohner. Seine Stimme klang rau, aber dennoch klar und deutlich, als er sprach:

„Die Welt, wie wir sie kannten, endet heute Nacht, mein Freunde", sagte Rowitsch zufrieden.

Caidian widersprach ihm nicht. Er griff die Hand seines Sohnes und blickte seine Bündnispartnerin mit gemischten Gefühlen an.

„Lasst uns nach Hause gehen", meinte er. „Die Sterne sind auch morgen noch da."

In der Versammlungshalle des Rathauses drängten sich die Dorfbewohner unter dem flackernden Licht der Öllampen. Auf dem leicht erhöhten Podest stand Caidian Meroth, der Bürgermeister, die Hände auf das neue grobe Holzpult gestützt, das er für Reden, wie er eben eine gehalten hatte, eingeführt hatte. Sein Blick war ernst, als er forderte:

„Kommen wir zur Abstimmung!"

„Es gibt noch zu viele offene Fragen, Bürgermeister!", zögerte Kaito Hunagi dies hinaus. Er stand inmitten der Menge und trat einige Schritte hervor. „Warum bist du so erpicht darauf, die Fremden abzuweisen? Hast du nicht selbst einst eine Gruppe von Fremden ins Dorf geführt?"

Ein Raunen ging durch die Menge. Erinnerungen wurden geweckt, Zweifel an Meroths Entscheidung genährt.

„Das kann man nicht miteinander vergleichen!", entgegnete Caidian. Sein Kiefer verkrampfte sich. „Und das weißt du genau!"

„Dennoch hat er recht!", stimmte ein anderer Mann Hunagi zu. „Wir brauchen mehr Informationen. Wir können doch nicht allein aufgrund einer Vision der Bandreso-Zwillinge eine solch bedeutende Entscheidung treffen. Warum sollen wir eine so große Chance verstreichen lassen? Oder verschweigen Nele und Nila uns etwas?"

„Das tun sie nicht!", verteidigte Caidian die Zwillinge mit Nachdruck. „Es ist ganz einfach: Die Fremden haben uns nichts zu bieten! Ich war in ihrer Welt, ich habe es mit eigenen Augen gesehen! Nur Zwietracht, Feindseligkeit und Krieg erwarten uns! Und ihr wisst, was das bedeutet!"

„Das war vor Jahren!", hielt Kaito dagegen. „Vielleicht haben sich die Dinge geändert. Vielleicht gibt es einen anderen Grund für deine Ablehnung? Außer deiner Angst vor einer Invasion?"

„Aman besitzt riesige Bodenschätze, von denen wir noch nicht einmal wissen!", erklärte Caidian mit ungeduldiger Stimme. „Für einige fremde

Völker sind sie von unschätzbarem Wert! Sie machen uns zu einem begehrten Ziel für Plünderer und Eroberer!"

„Das behauptest du!", konterte Kaito. „Aber wir könnten unsere Ressourcen doch auch anders nutzen. Zum Beispiel als Verhandlungsgrundlage, als Tauschgut! Wir könnten Schutz und Wohlstand gewinnen, anstatt uns zu verstecken."

„Warum?", fragte Caidian scharf. „Bist du mit dem, was du hast, nicht zufrieden?"

„Doch!", gab Kaito zu, doch sein Blick blieb herausfordernd. „Aber du hältst uns klein. Wenn wir wirklich einst ein Sternenreich besaßen, dann sollten wir dorthin zurückkehren. Egal, was es kostet."

Ein dumpfes Murmeln breitete sich aus. Einige nickten zustimmend, andere wirkten verunsichert.

Caidian ließ einen Moment verstreichen, bevor er ruhig, aber eindringlich antwortete:

„Kaito, wir sind ein Dorf. Ein winziger Fleck auf einem Planeten, den wir kaum erforscht haben. Der Weg zu den Sternen wird noch Jahrhunderte dauern."

Kaito verzog die Lippen zu einem spöttischen Lächeln.

„So, wie du es planst, bestimmt. Doch wir verschwenden auf deine Art nur Zeit. Die Fremden, die bald eintreffen, besitzen Technologie, die uns schnell voranbringen könnte!"

„Wir haben alle deine Argumente gehört", unterbrach Caidian die Debatte. Seine Stimme war ruhig, doch seine Finger umklammerten das Pult fester. „Die Zeit eilt. Eine Entscheidung muss getroffen werden. Wer ist dafür, die Fremden auf Aman zu empfangen?"

Die Amanen verstummten.

Dann hoben sich langsam Hände. Eine. Zwei. Fünf. Zehn. Es wurden immer mehr.

Caidian spürte, wie ihm die Luft wegblieb.

Das Ergebnis überraschte ihn nicht. Er hatte versagt! Die Gier nach Wissen und Macht hatte endgültig Einzug in Aman erhalten.

★

Nele und Nila fuhren keuchend aus dem Schlaf hoch. Im Gleichklang schlugen ihre Herzen wie das eines wilden Tiers. Ihre Finger krallten sich in die seidene Bettdecke.

„Es ist so weit!", stöhnte Nele auf.

Nila drehte den Kopf, ihr langer, blonder Schopf fiel ihr ins Gesicht. Ihre Augen, die in der Dämmerung des Schlafzimmers seltsam glommen, suchten den Blick ihrer Schwester.

„Sie werden kommen, um uns zu holen!", flüsterte sie kaum lauter als der Wind, der sanft durch das halb geöffnete Fenster strich.

Nele presste die Lippen zusammen. Sie spürte das Zittern von Nilas Körper, auch ohne ihn zu berühren. Ein Zittern, das auch in ihr selbst pulsierte.

War es Angst? Nein, nicht wirklich! Eher eine unbestimmte Unruhe, ein Echo dessen, was kommen würde.

„Wir müssen sie nicht begleiten", gab Nele zu bedenken. „Wir werden auf Aman gebraucht."

Nila schwieg für einen Moment und musterte ihre Schwester aufmerksam. Ihr gleiches Gesicht spiegelte dieselben Zweifel wider, denselben Funken von Rebellion.

Die letzten beiden Jahrzehnte hatten es gut mit ihnen gemeint. Sie waren kaum gealtert, während Freunde, wie Caidian Meroth oder Sinusi Khana, von den Jahren gezeichnet waren. Ihr Aussehen hingegen blieb fast unverändert. Ihre Gesichtszüge besaßen die jugendliche Frische von einst. Warum das so war, wussten sie nicht. Sie schoben es auf ihre besonderen Fähigkeiten, die ihr Leben umgaben wie ein unsichtbarer Schleier.

„Wir sollten mit der Mutter des Ursprungs darüber reden", sagte Nele schließlich.

Nila zog die Brauen zusammen.

„Mit der alten oder der neuen Mutter?"

„Mit Meng Zichau! Kin Wu wird immer vergesslicher und wird bald sterben."

„In zwei Dekaden", murmelte Nila und senkte den Blick. Eine ungewöhnliche Melancholie lag in ihren nächsten Worten. „Hätten wir es ihr sagen sollen?"

Nele schüttelte kaum merklich den Kopf.

„Sie weiß es sicher längst."

Ein leiser Seufzer entwich Nila, dann rutschte sie näher an Nele heran, suchte ihre Wärme. Ohne zu zögern, zog Nele sie in ihre Arme, versprach ihr Schutz, Geborgenheit, eine Sicherheit, die in diesen Stunden zerbrechlich war.

„Gut", murmelte Nila, legte ihren Kopf an Neles Schulter und küsste zärtlich ihre rechte Brust. „Fragen wir morgen früh Meng, was sie über die kosmischen Archivare weiß."

Die Unsicherheit war vergessen und ein intimes Liebesspiel nahm seinen Lauf.

Hosin trat mit langsamen, bedachten Schritten auf Meroth zu. Seine dunkelblauen Gewänder bewegten sich kaum im leichten Abendwind, und seine markanten Gesichtszüge mit den unverwechselbaren Mandatszeichen verrieten eine Mischung aus Erregung und Ernsthaftigkeit.

„Uns stehen aufregende Zeiten bevor", wandte er sich beschwingt an Meroth. „Vor allem dir, Caidian."

Caidian seufzte und ließ seinen Blick über die weiten Felder des Dorfes schweifen. In Gedanken sah er die Gesichter seiner drei Söhne, ihre leuchtenden Augen, wenn sie ihm von ihren Träumen, von ihren Lebenszielen erzählten. Er dachte an Chiyoko, an ihre sanfte Stimme, die ihn immer beruhigte, wenn der Druck zu groß wurde.

Doch jetzt, in diesem Moment, lastete eine unausweichliche Realität auf ihm. Das Schicksal des Dorfes – und seiner Familie – stand auf Messers Schneide. Er hielt die Entscheidung des Dorfrats immer noch für einen fatalen Fehler, doch die Amanen hatten sich von Gier und Neugier leiten lassen. Sie hatten ihre Ängste vergessen und nun schwebte das riesige ockergelbe Raumschiff lautlos über Aman, wie ein hungriger Raubvogel, der auf den richtigen Moment wartete, um zuzuschlagen.

„Kennst du das Volk dieses Schiffes?", fragte Caidian mit belegter Stimme, ohne seine Augen von der bedrohlichen Silhouette am Himmel zu nehmen.

Hosin antwortete nicht sofort. Stattdessen huschte ein beinahe verträumtes Lächeln über sein Gesicht, und er ließ sich einen Moment Zeit, ehe er sprach.

„Natürlich", sagte er schließlich mit einer sonderbaren Wärme in der Stimme. „Ich kenne sogar seinen Besitzer persönlich."

Caidian runzelte die Stirn und wandte sich ihm nun direkt zu.

„Ein Freund von dir?"

Hosin nickte.

„Ein sehr guter sogar. Und es gibt keinen besseren Mann für einen Erstkontakt als ihn."

Caidian musterte ihn nachdenklich.

Hosin war ein Rätsel.

Schon immer gewesen.

Und in letzter Zeit waren die Geheimnisse um ihn nur noch größer geworden. Der Mann, der einst in den Brunnen gefallen war und für tot gehalten wurde, war auf wundersame Weise zurückgekehrt. Doch er war nicht derselbe. Er war jünger, kräftiger, seine Bewegungen geschmeidiger als je zuvor. Und doch sprach er selten darüber, was damals geschehen war.

Nach einer langen Pause stellte Caidian schließlich die Frage, die ihn schon so lange beschäftigte.

„Werden wir irgendwann erfahren, was wirklich mit dir passiert ist, nachdem du in den Brunnen gestürzt bist?"

Hosin hielt seinem Blick stand, sein Lächeln wurde etwas schief.

„Das könnte sein", sagte er ausweichend. „Aber was ich während dieser Zeit erlebt habe, würde mehrere deiner geliebten Bücher füllen."

Caidian schnaubte amüsiert.

„Mit dem übergreifenden Titel: Die fantastischen Abenteuer des verjüngten Hosin Rowitsch!"

Er ahnte nicht, wie nah er damit an der Wahrheit lag.

Für den Bruchteil einer Sekunde erstarrte Hosin. Ein dunkler Schatten glitt über seine Züge, fast so, als hätte Caidian eine längst vergessene Tür aufgestoßen, die lieber verschlossen hätte bleiben sollen. Doch genauso schnell zwang er sich zu einem Schmunzeln, seine Augen funkelten her-

ausfordernd. Er lachte leise und schloss sich dem Grinsen seines Freundes an. Tief in seinem Inneren wusste er, dass der Tag kommen würde, an dem die Wahrheit nicht länger verborgen bleiben konnte.

★

Die Balken der Veranda knarrten leise unter ihren Schritten, als die Zwillinge, gefolgt von Hosin und Caidian, aus dem Haus traten. Nach dem Gewitter roch die Luft nach nassem Holz und feuchter Erde. Der Himmel wirkte merkwürdig leer, fast sternenlos. Ein bedrückender Anblick im Gegensatz zu der Vision, die sie zuvor erlebt hatten.

„Das war äußerst aufschlussreich!", meinte Hosin Rowitsch mit einem leichten Lächeln, während er sich neben Caidian stellte und die Bandreso-Zwillinge sich zu ihnen umdrehten. Rowitsch hatte sich angeboten, die beiden Mädchen nach Hause zu begleiten.

„Schade, dass ihr all diese Informationen in wenigen Minuten wieder vergessen habt."

Caidian sah Rowitsch skeptisch an.

Da war es wieder, dieses Misstrauen, das er nie ganz abgelegt hatte, seit sein Freund von den Toten auferstanden war.

„Wie meinst du das?", fragte er vorsichtig, während sich seine Muskeln unwillkürlich anspannten.

Hosin seufzte, sein Lächeln erlosch.

„Nun!", begann er ernsthafter und hatte alle Fröhlichkeit und Güte abgelegt. „Es fällt mir schwer, euch das anzutun, doch meine Auftraggeber können nicht zulassen, dass ihr so viel von der Zukunft wisst. Es würde eure Entscheidungen beeinflussen. Und das … ist gefährlich."

„Es steht ihnen nicht zu, unsere Erinnerungen zu löschen!", protestierten die Zwillinge gleichzeitig. Ihre Stimmen hallten über die Veranda, und durchbrachen die Stille der Nacht.

„Leider doch."

Hosins Ton war bedauernd, aber unnachgiebig. Seine Mandatszeichen begannen zu leuchten, ein flackerndes Blau, das immer intensiver wurde.

„Vor allem ihr zwei werdet zu schnell zu mächtig. Caidian hat recht. Ihr Amanen müsst Geduld lernen, sonst werdet ihr erneut in den Abgrund blicken."

Mit geweiteten Augen wichen die Zwillinge zurück. Die blauen Tätowierungen in Hosins Gesicht leuchteten nun so hell, dass sie fast blendeten, und manifestierten sich als eine unvorstellbar mächtige Kraft in der Dunkelheit.

Caidian ballte die Fäuste.

„Du kannst das nicht tun, Hosin."

„Doch, ich muss es tun."

Ein Windstoß fuhr über die Veranda. Die Dunkelheit ringsum schien sich zu verdichten.

Und dann geschah es.

Die Balken der Veranda knarrten leise unter ihren Schritten, als die Zwillinge, gefolgt von Hosin und Caidian, aus dem Haus traten. Nach dem schweren Gewitter roch die Luft nach nassem Holz und feuchter Erde. Der fast sternenlose Himmel wirkte beruhigend.

„Das war ein wirklich schöner Abend!", sagte Hosin Rowitsch, der sich angeboten hatte, die beiden Mädchen nach Hause zu begleiten.

Sie stiegen die drei Stufen der Veranda des neuen Heims der Kadochis hinab, wo sie ein leichter, süßlicher Duft von Jasmin empfing.

„Bitte richte Usagi noch einmal meinen Dank für das köstliche Essen und die nette Unterhaltung aus. Es war … bereichernd", fügte er mit einem kurzen Lächeln hinzu.

„Das werde ich", erwiderte Caidian Meroth wohlwollend. „Es freut mich, dass es dir geschmeckt hat. Wir sollten solche Abende öfter wiederholen."

„Warum nicht", sagte Rowitsch leichthin, doch während er beobachtete, wie Caidian sich von den Bandreso-Zwillingen verabschiedete, zog sich etwas Unsichtbares, Kaltes in ihm zusammen. Ein unbändiger Schmerz nagte an ihm, verborgen unter einer Fassade aus eisiger Selbstbeherrschung.

Was hatte er getan?

Er hatte seine besten Freunde betrogen.

Hatte ihre Erinnerungen ausgelöscht, hatte sie ihrer Vergangenheit beraubt – und das alles, weil sie es von ihm verlangten. Er konnte sich nicht länger selbst belügen: Er hasste es. Hasste, was sie aus ihm gemacht hatten.

Er versuchte sich zu beruhigen. Sein Atem ging flacher, aber seine Unruhe blieb.

Rowitsch ballte die Hände zu Fäusten, verkrampfte kurz und ließ die Finger wieder locker.

Es war zu spät für Reue.

Alles war entschieden.

Der Schmerz war sein alleiniger Begleiter.

Vor seinem inneren Auge tauchte das Bild der Frau auf, die er einst geliebt hatte. Die Frau, die er begleitet, beschützt, ja, für die er gekämpft hatte. Ihr Name hallte in seinem Kopf wider, eine süße, vergängliche Melodie, die niemals wieder Wirklichkeit werden würde.

Auch sie hatten sie ihm genommen!

Seine Brust zog sich zusammen. Nie wieder würde er ihre Stimme hören, ihr Lachen. Nie wieder würde er ihre Wärme spüren, über die Narbe in ihrem Gesicht streichen können.

Es war wie ein Fluch, der sein restliches Leben überschatten würde. Und das würde wahrscheinlich eine lange, eine verdammt lange Zeit sein.

Doch einen Trost gab es! Er hatte ihre Familie kennengelernt. Ihre Mutter und ihre Schwester. Er wusste Caidian nun in guten Händen.

Das Schicksal hatte sich entschieden, seine Kreise geschlossen. Ein Kapitel war beendet und ein neues begann.

Hosin hob den Kopf zum Himmel, als könne er das Gesicht seiner Geliebten in den wenigen leuchtenden Punkten über ihm erkennen. Eine stumme Bitte lag in seinem Blick, ein verzweifelter Wunsch, der niemals erhört werden würde.

„Ach, Ayumi …", ließ er seine Gedanken schweifen *„Wenn du wüsstest! Endlich sind eure Familien wieder vereint. Diesmal richtig. Der großen Dynastie steht nichts mehr im Wege."*

Rowitsch verabschiedete sich herzlich von Caidian und zog mit den beiden Mädchen in seinen Armen davon.

Vorsicht Spoiler!

Und damit endet vorerst die Geschichte um die Amanen und die Geheimnisse rund um ihr Dorf. Doch wir werden Caidian, den Familienvater, und seine Freundinnen eines Tages wiedersehen.

Zuvor müssen aber in tiefster Vergangenheit ein paar Sachen geklärt werden, die nicht nur im Zusammenhang mit den Amanen, sondern auch mit dem abgeschlossenen Hammanon-Zyklus und dem noch laufenden Meroth-Zyklus stehen.

In dem neuen, dem vierten Zyklus der Cerateran-Serie geht es um die Kalaner und ihren Aufbruch ins All. Dabei spielen ein gewisser Ben-Thos und sein Freund Selean-Cir eine besondere Rolle. Beide müssen sich nicht nur den Gefahren des Alls stellen, sondern auch den politischen Machenschaften auf ihrer Heimatwelt Kalan, wo die Lethro-Kollistin, eine Gruppe von Traditionalisten, auf sich aufmerksam machen.

Aber wir treffen nicht nur auf die Kalaner, sondern werden auch wieder den Urpiden, den Valati, den Kehati und noch einigen anderen Völkern begegnen. Handelskriege werden von Bedeutung sein.

Außerdem kommt es zu einer schicksalhaften Begegnung mit der Frau aus der Zukunft und dem nackten Riesen sowie einigen Völkern aus der Lavelle-Konföderation.

Zum Schluss gibt es noch einen Ausflug in den Großen Krieg, der bekanntlich mit der Gründung der Masanischen Allianz endet. Und wir werden bei der Unterzeichnung des Vertrages von Anfoghar dabei sein.

CERATERAN – Der Amanen-Zyklus
wird nach einer Pause fortgesetzt!

Mehr dazu demnächst unter: www.cerateran.eu

Cerateran
Der Hammanon-Zyklus

Einführung in den 5-teiligen, abgeschlossenen Hammanon-Zyklus

Auf der Erde schreibt man seit der Gründung der Republik Terra das Jahr 615 DNW (Der Neuen Weltordnung). Die Menschheit ist ins All vorgedrungen und besitzt mittlerweile 17 Kolonien in fernen Sonnensystemen. Auf ihrem Weg zu den Sternen sind die Terraner aber nicht gerade zimperlich vorgegangen und haben dabei, wie schon Jahrhunderte zuvor auf der Erde, rücksichtslos fremde Völker ausgerottet.

Die menschlichen Kolonien werden angeführt von einer elitären Oberschicht, denen sich die genmanipulierten Bürger aus den Zeugungshäusern ihrer Welten unterordnen müssen. Doch seit einigen Jahren versagt die staatliche Konditionierung, und aufständische Gruppierungen bilden sich, bereit, für ihre Unabhängigkeit zu kämpfen.

Gleichzeitig plant die Republik einen erneuten Krieg gegen die Masanische Allianz, den militärischen Arm der Malaga-Union, einen außerirdischen Völkerbund. Unerwartet von den Kolonien und der Regierung verschwinden die fast menschenleere Erde und der Mond hinter einem silbernen Schutzschirm. Kurz darauf wird der Präsident der Republik ermordet. Rebellen und Freidenker wittern ihre Chance und gehen in die Offensive.

Die Malaga-Union ist sich der drohenden Gefahr durch die Menschen bewusst. Dennoch trennen sich gerade jetzt die Labora, eine alte und mächtige Rasse, vom Bund und verlassen mit ihrem gesamten Volk ihre beiden Heimatwelten.

Aber nicht nur vonseiten der Terraner droht der Union Gefahr. Auch das Imperium der schlangenähnlichen Kehati macht wieder auf sich aufmerksam und droht mit Krieg.

Begleiten wir einen jungen Terraner, den es auf ein fremdes Raumschiff verschlagen hat und der sich dort nicht nur mit seiner, sondern auch mit der Vergangenheit der Menschheit auseinandersetzen muss.

Gehen wir auf eine Forschungsreise und suchen mit einem exzentrischen kalanischen Exo-Archäologen nach einer alten Priesterschaft und deren sagenhaften Brunnen.

Beteiligen wir uns am Kampf um den Thron der Kehati und blicken zurück auf die Zeit vor dem „Eisigen Schlaf".

Erleben wir gemeinsam mit der ungewöhnlichen Besatzung des terranischen Aufklärers *Greycrow* einige ihrer Abenteuer in fernen Welten. Und das nicht immer ganz nüchtern.

Tauchen wir ein in eine uralte kosmische Philosophie mit ihren galaktischen Lebenszonen sowie ihren Evolutions- und Devolutionsphasen.

All das bietet der Hammanon-Zyklus seinen Lesern und noch sehr viel mehr. Ein perfekter Einstieg ins Cerateran-Universum.

Mehr Informationen über den Hammanon-Zyklus unter: www.cerateran.eu

Cerateran
Der Meroth-Zyklus

Ab Juni 2021 – Start des Prequels zum Hammanon-Zyklus

Sabrina Kaufmann
Manga Illustrator & Creative Entrepreneur
Femininity, Fashion & Fairytales

sabrinakaufmann.com

Taurus
Scorpio
Virgo
HiMESAMA
himesama.fr
Manga-inspired Fashion & Accessories
for Casual Lolita & Japan Lovers